LE DERNIER SOUFFLE DE LA LIBERTÉ

L'EXODE - LIVRE 2

M.A. ROTHMAN

Traduction par
FLAVIEN VUILLARD

Primordial Press

Je tiens à remercier tout spécialement :

Le Dr. Charles Liu, professeur d'astrophysique. Je lui sais tout particulièrement gré de m'avoir permis de rester relativement honnête du point de vue de la physique, et aussi de m'avoir suggéré le titre de ce livre.

Je tiens enfin à remercier le Dr. Harold « Sonny » White, du Centre spatial Johnson de la NASA, ainsi que le Dr. Miguel Alcubierre, pour m'avoir inspiré les éléments scientifiques clés de ce roman.

Et enfin, merci à Marc Berte, un des types les plus intelligents que je connaisse, qui ne craint pas d'avoir des discussions scientifiques pointues à 5 heures du matin.

« *La liberté n'est jamais à plus d'une génération de l'extinction. Nous ne l'avons pas transmise à nos enfants par le sang. La seule façon pour eux d'hériter de la liberté que nous avons connue est de se battre pour elle, de la protéger, de la défendre et de la leur transmettre en leur expliquant comment ils doivent faire de même au cours de leur vie. Et si vous et moi ne faisons pas cela, alors vous et moi pourrions bien passer nos dernières années à dire à nos enfants et aux enfants de nos enfants comment c'était autrefois... quand les hommes étaient libres.* »

Ronald Reagan

CHAPITRE UN

« *Ave Maria, gratia plena ; Dominus tecum : benedicta tu in mulieribus, et benedictus fructus ventris tui Iesus.* »

La récitation de l'Angélus par le pape retransmise depuis la Terre parcourut des millions de kilomètres à travers l'espace, fut reçue par la colonie minière de Chrysalide, et résonna dans les bâtiments de l'hôpital psychiatrique.

Terry Chapper s'arrêta dans le couloir et inclina la tête. Ranger, son berger allemand, imita sa posture révérencielle tout en restant en alerte. Terry, lui aussi, était sur le qui-vive, tous ses sens aiguisés. Compte tenu du fait qu'il remplaçait un des agents de sécurité de l'hôpital dans son tour de garde, il n'avait pas le choix – en particulier ici, en zone verte. C'était la partie de l'hôpital réservée aux patients enclins à la violence. Pas moins de trois verrous biométriques isolaient cette zone du monde extérieur.

La prière prenait fin quand une infirmière entre deux âges se précipita dans sa direction.

— Terry, on a un problème avec Callaway. On dirait qu'il va…

— Je m'en occupe, dit Terry en lui tapotant l'épaule pour la rassurer.

D'un pas rapide, il rejoignit l'aile est et aperçut Josh Callaway dans un couloir. Visage taillé à la serpe et affichant cent trente kilos de muscle à la pesée, l'ancien soldat était habillé comme tous les autres patients – pyjama bleu, socquettes et bracelet médical au poignet. Il paraissait en parfaite santé.

Mais les apparences peuvent être trompeuses.

Callaway marchait lentement, frottant son épaule droite contre le mur, et agitant la main d'une manière qui n'aurait rien évoqué de particulier à la plupart des gens, mais Terry n'était pas la plupart des gens.

— Hé, Josh, mon pote, comment va ? Dis, tu es avec moi ?

Callaway ne répondit pas.

Ranger, aux côtés de Terry, se mit à grogner. Terry claqua des doigts.

— Assis.

Le chien obéit et souffla de frustration, oreilles aplaties.

Callaway se mit à gesticuler de plus belle. Le soldat était ailleurs, dans un autre temps. Soudain, il beugla :

— Œil de Faucon, Treize, à trois quatre. À vous, Hors-la-loi, cinq quatre.

Avec le plus d'autorité possible dans la voix, Terry répondit :

— Bien reçu, Treize. La zone d'atterrissage est libre. Je confirme : ZA libre.

Callaway écarquilla les yeux, fixant un point imaginaire devant lui, voyant quelque chose qui n'était pas là.

— Négatif, Hors-la-Loi. J'ai repéré du Coco sur les hauteurs du massif du Chu Pong. Ils préparent une embuscade. Je suis à quatre kilomètres, est-sud-est. J'ai un visuel. La ZA n'est pas libre. Je répète : la ZA n'est pas libre.

Terry avait étudié les antécédents de Callaway. Le soldat n'avait jamais quitté la colonie. Autrement dit, la scène qu'il était en train de jouer n'avait de réalité que dans son esprit.

— Bien reçu, Treize, dit-il. Je contacte le DASC pour faire décoller la chasse.

Un des infirmiers arriva en renfort au bout du couloir, tenant un pistolet paralysant à la main, mais Terry lui fit signe de reculer.

— Un hélico est déjà sur zone. Les infirmiers sont sur place. Vous me recevez ?

La tension disparut aussitôt de l'énorme visage du soldat.

Terry s'approcha prudemment.

— Sergent Callaway, fin d'alerte. Nous tenons la position.

Le patient exhala un souffle tremblant et se détendit lentement. Des larmes roulèrent sur ses joues. Il cligna des yeux, son regard revenant soudain à l'instant présent.

— Je suis désolé, Terry, dit-il.

Il s'essuya les yeux avec le talon de ses mains.

— J'ai encore eu une absence.

Terry sentit sa gorge se serrer, et lui tapota le bras.

— Tout va bien, Josh. Il n'y a pas de bobo. Allons. Il est temps d'aller prendre tes médicaments.

— Les sédatifs vont faire effet durant quelques heures, dit une infirmière en blouse bleue, en griffonnant quelque chose sur l'image holographique d'une tablette informatique. Je suis impressionnée que vous ayez réussi à entrer dans son délire. D'habitude, quand il est dans cet état, on est obligés de l'étourdir.

Ils se tenaient à l'entrée de la chambre de Josh Callaway. Même dans son sommeil, les tressautements de ses doigts étaient un signe révélateur de lésions cérébrales traumatiques qui n'avaient pas encore guéri. Terry pouvait s'identifier à ce pauvre type aux prises avec ses démons.

— Est-ce que son état s'améliore malgré tout ? demanda-t-il. Quel est son pronostic ?

L'infirmière fit disparaître la tablette d'un rapide mouvement latéral de la main, avant de faire signe à Terry de la suivre jusqu'à la salle de pause des infirmières.

— Eh bien, si l'on considère la violence du coup qu'il a reçu à la tête et qui lui a à moitié défoncé le crâne, on peut dire qu'il se porte plutôt bien. Les nanorobots font leur boulot. Je pense que d'ici un mois, il devrait être redevenu lui-même. Néanmoins, il est peu probable qu'il se souvienne de ce qui s'est passé. C'est ce qu'on n'arrive pas encore à réparer, la mémoire immédiate, ou du moins les souvenirs les plus récents.

En tant que chef de la sécurité de la colonie minière, Terry savait ce qui était arrivé à Callaway, et c'était tout sauf un acci-dent. L'ONU avait envoyé un nouvel espion, qui avait réussi sans qu'on sache comment à déjouer la plupart des contrôles de sécurité. Mais il avait trouvé Callaway sur sa route. Il avait réussi à le piéger et à lui porter un coup qui aurait probablement tué un homme moins costaud.

Terry s'était juré de tout faire pour empêcher qu'un autre de ces salopards de l'ONU ne pénètre à l'intérieur de leur périmètre. Si seulement il savait ce qu'ils cherchaient !

— Hé… salut, Terry. Un soda, ça te dit ?

C'était Candace, une des infirmières, qui lui faisait signe depuis la salle de pause.

Il entra dans la salle.

— Salut, Candace.

Elle regarda Ranger derrière lui. Le chien s'était arrêté sur le seuil de la porte, le museau levé et le regard méfiant.

— Salut, mon chien ! lui lança-t-elle. Tout va bien. Attends, je vais te trouver un petit quelque chose à grignoter.

Ranger remua la queue, se retourna et entra à reculons dans la pièce.

— Mais qu'est-ce que… ?

Terry éclata de rire.

— Quand je l'ai eu, il n'était pas beau à voir. Le véto m'a expliqué qu'on l'avait trouvé au fond d'une des mines, le nez cassé parce qu'il était rentré dans une porte en verre. Je préfère ne même pas te dire combien de crédits ça m'a coûté pour le remettre d'aplomb, mais ça en valait la peine. Le problème avec ce qu'il lui est arrivé, c'est que ça a laissé des traces, et qu'il a encore du mal à franchir les portes.

— Oh, le pauvre chou. Je suis désolée que tu te sois fait bobo sur une porte en verre, dit Candace en s'agenouillant devant Ranger.

Elle lui tendit un biscuit pour chien. Il le mangea dans sa main en remuant follement la queue.

Terry lui tapota gentiment le dos, tandis que l'animal ramassait en les léchant les miettes tombées par terre. Puis il attrapa Ranger par la gueule, l'embrassa sur le bout de la truffe, et dit :

— Nez cassé ou pas, c'est le meilleur chien que j'ai là.

Couchée dans son lit, ses écouteurs dans les oreilles, Priya écoutait l'enregistrement de sa dernière conférence, son réveil bipant sans discontinuer pendant ce temps-là.

« Okay, tout le monde. Pour ceux qui n'étaient pas réveillés la semaine dernière, je rappelle que nous avons évoqué l'effet Seebeck, et la manière dont il permet de convertir des différences de température en tension électrique via des thermocouples. Comme vous le savez, nous avons à l'intérieur de ces générateurs thermoélectriques, des éléments en décomposition comme le Strontium 90 ; ce sont ces mêmes éléments qui alimentent la plupart des appareils de poche que nous possédons aujourd'hui. Par la force des choses, ces générateurs à énergie longue durée contiennent de puissants émetteurs de particules bêta qui ont besoin d'être protégés. Le simple fait d'arrêter les particules bêta produit un phénomène de bremsstrahlung, *un type de radiations plus pénétrantes. Aujourd'hui, nous allons voir comment calculer l'épaisseur de la protection nécessaire, et les différentes options qui s'offrent à nous... »*

Chaque fois qu'elle écoutait un enregistrement de sa propre voix, elle était étonnée de constater à quel point son accent britannique s'entendait. Cela l'ennuyait un peu, mais pas au point de vouloir tenter d'y remédier absolument. Elle était bien plus agacée par le professeur qui lui avait dit qu'il y avait quelque chose d'à la fois hautain et sarcastique dans sa manière d'exposer. Si c'était vrai, elle allait devoir essayer d'arranger cela. Il n'était pas question qu'elle échoue à son doctorat.

La porte de sa chambre s'ouvrit, et tante Jen alluma la lumière.

— Il est presque sept heures ! Tu vas être en retard à l'école.

Priya vivait avec sa tante depuis l'âge de dix-sept ans, depuis la mort prématurée de ses parents sept ans plus tôt. Tante Jen n'avait pas d'enfants ; elle n'en avait jamais voulu, mais elle n'avait pas hésité à proposer de s'occuper de Priya, et la jeune femme lui en était reconnaissante.

— Je suis prête, grommela-t-elle.

Elle écarta les couvertures, révélant qu'elle était déjà complètement habillée.

Tante Jen la regarda par-dessus ses petites lunettes et souffla d'un air désapprobateur.

— N'oublie pas que tu as promis à la gamine de Mme Peete de l'accompagner à la station du Tube ce matin. C'est son premier jour d'école. Je suis sûre qu'elle t'attend impatiemment chez elle.

— J'y vais dans une minute.

Tante Jen battit en retraite, laissant flotter derrière elle les effluves de son parfum à la rose qui donnait vaguement la nausée à Priya.

Elle arrêta l'alarme de son réveil, jeta un coup d'œil à son reflet dans le miroir accroché au-dessus de sa commode, et grimaça. Son épaisse tignasse brune qui lui tombait sur les épaules était hirsute. Il allait lui falloir dix bonnes minutes pour la démêler et la peigner ; dix minutes qu'elle n'avait pas. Elle se décida pour un simple ratissage du bout des doigts ; puis elle attrapa son sac et sortit.

C'était une belle matinée, typique du sud de la Floride. Une brise légère charriait des odeurs de gazon fraîchement coupé, et même une note marine, bien que l'océan se trouvât à une quinzaine de kilomètres de là.

— Priya !

En bas de l'immeuble, elle se retourna et vit Anna Peete qui accourait dans sa direction. Avec ses nattes, son uniforme scolaire impeccable et son sac à dos presque aussi grand qu'elle, la fillette de cinq ans était adorable. Elle sourit à Priya.

— J'ai eu peur que t'aies oublié qu'on faisait le chemin ensemble ce matin, dit-elle.

— Non, sûrement pas, Dragibus.

Priya la prit par la main en bas de l'immeuble et elles se dirigèrent vers le Tube.

— Alors, ce premier jour d'école, tu es contente d'y aller ?

Anna leva vers elle ses grands yeux bleus.

— Assez contente, répondit-elle d'une voix légèrement chevrotante.

Priya exerça une petite pression sur sa main.

— Tu connais bien ce trajet, tu n'as pas de raison d'être inquiète. J'ai une idée : essayons de voir ce que tu sais. Si *réelle-*

ment tu es prête pour l'école, tu devrais pouvoir répondre aux questions que je vais te poser. On essaie ?

— D'accord, dit la fillette en s'égayant un peu.

— Où sommes-nous, et où allons-nous ?

Anna pointa du doigt le panneau de la station du Tube.

— C'est facile. Nous sommes à Coral Springs, en Floride, et je vais dans la classe de Mme Robinson à l'École élémentaire de la science et de l'espace David Holmes, à Cap Canaveral.

Priya fronça les sourcils.

— Hmm. Tu as raison. C'était trop facile. Je vais devoir trouver plus difficile.

Anna eut un grand sourire.

Elles montèrent les marches qui menaient à l'entrée de la station, dépassant une femme corpulente, les bras chargés de provisions. Parvenues en haut de l'escalier, un hologramme apparut juste devant elles – un recruteur souriant vêtu d'une blouse de labo portant un logo gouvernemental :

*« Chères voisines, la bienvenue ! Ce sont des personnes comme moi qui assurent la bonne marche et la sécurité du Tube. Tapez *92-8374 sur votre dispositif SMS, et découvrez comment rejoindre notre équipe. »*

— Bon, voyons voir comment tu t'en sors avec cette question, reprit Priya. À quelle distance sommes-nous de notre destination ?

— Pfft. Encore facile. Cap Canaveral se trouve exactement à trois cents kilomètres d'ici.

Elles étaient parvenues aux quais des arrivées et des départs. Anna s'approcha d'un panneau de contrôle. Il s'abaissa à sa hauteur pour lui faciliter l'accès aux commandes. Elle appuya sa main sur l'écran tactile. L'affichage bascula aussitôt sur ses paramètres personnalisés, et une femme s'adressa à elle avec un accent britannique :

« *Bonjour, Anna. Je suis Lexie, ton assistante sur le Tube. Ton compte personnel t'autorise à aller dans quatre directions différentes ? Où souhaites-tu aller ?* »

Anna se tourna vers Priya et lui montra l'écran.

— Tu vois ? On a la distance jusqu'à Cap Canaveral qui est indiquée juste là. Ça dit aussi que ça va nous prendre quinze minutes. Donc, euh…

Elle plissa le front, concentrée, puis :

— Notre vitesse sera de deux mille deux cents kilomètre-heure, calcula-t-elle, et on ressentira une accélération maximum de 3G.

Priya sourit devant la précocité de sa toute jeune voisine.

— C'est incroyable. Qui t'a appris à calculer une accélération comme ça ?

— Bah… ce n'est pas si difficile. C'est juste delta V sur Delta T, et on convertit en G.

La fillette pencha la tête et fronça les sourcils.

— Et c'est *toi* qui m'as appris ça. Il y a déjà longtemps.

Elle se tourna à nouveau vers le panneau de commandes et dit :

— Lexie, je dois aller à l'école. Priya m'accompagne.

— *Deux passagers pour le Campus David Holmes à Cap Canaveral. Confirmez, s'il vous plaît.*

— Je confirme, dit Anna en hochant exagérément la tête.

Un bruit de souffle se fit entendre derrière les portes métalliques du Tube.

« *Soufflerie à dépression activée. Demande de mise en file d'attente pour voie de transport entre Coral Springs-North Junction et le terminal principal du DHEC-Cap Canaveral.*

Priya posa une main sur l'épaule d'Anna.

— Tu vois ? lui dit-elle. Tu te débrouilles très bien toute seule.

— Oui, je suppose. Mais je suis quand même contente de ne pas faire le trajet seule.

« *La voiture arrive dans trois... deux... un... *»

Dans un grand sifflement, les portes s'ouvrirent, révélant une capsule vide équipée de deux fauteuils rembourrés.

« *La voiture est prête. Vous pouvez embarquer.* »

Elles entrèrent dans la capsule. À peine furent-elles assises que les portes se refermèrent. Aussitôt, Priya sentit un changement au niveau de la pression de l'air.

— *Départ imminent.*

Les ceintures de sécurité automatiques intégrées aux fauteuils s'activèrent, enveloppant leurs jambes et leurs poitrines d'une sorte de bande de gaze élastique. Priya savait néanmoins que ces ceintures n'offraient qu'une protection illusoire. La vérité, c'était qu'à une vitesse excédant Mach 2, si elles rencontraient le moindre problème, aucune ceinture ne pourrait leur sauver la vie.

C'est de cette manière que les parents de Priya étaient morts.

Dans un silence quasi parfait, elles quittèrent la station de Coral Springs, leur capsule prenant lentement de la vitesse. Leurs sièges pivotèrent automatiquement pour qu'elles soient dans le sens de la marche ; moins d'une minute plus tard, la capsule commença à ralentir.

« *Chers passagers, nous arrivons au terminal de commuta-*

tion de Fort Lauderdale. Restez assis s'il vous plaît. Votre voiture va être automatiquement dirigée dans la bonne file pour un transport à grande vitesse. »

L'hologramme d'un technicien de sécurité apparut dans la voiture.

« Chères voisines, la bienvenue ! Vous vous apprêtez à traverser notre bel État à une vitesse qui excèdera celle du son. Certains passagers peuvent connaître des moments d'inconfort, notamment en voyant défiler le paysage à une telle vitesse, mais sachez que toutes nos voitures sont équipées de portails. Et si, pour une raison quelconque, vous sentez que vous devez interrompre ce voyage, veuillez noter je vous prie la présence d'un bouton d'arrêt d'urgence rouge sur chaque fauteuil. Appuyez dessus durant trois secondes pour un éventuel arrêt d'urgence. Y a-t-il des questions ? »

— Non, dit Anna.

L'hologramme tourna son regard vers Priya, qui secoua négativement la tête en souriant.

« Parfait. Dans ce cas, détendez-vous. Le départ aura lieu dans quarante-cinq secondes. Merci de m'avoir écouté patiemment. Bon voyage. »

Priya regarda par la vitre toutes les autres voitures du Tube qui convergeaient vers le terminal de commutation. Au loin, des ouvriers en combinaison spéciale utilisaient un découpeur plasma sur une voiture en maintenance. Puis leur capsule se remit à avancer, glissant sur un rail magnétique, avant d'être dirigée dans une nouvelle queue.

— Sais-tu pourquoi c'est toujours aussi silencieux à l'intérieur du Tube ? demanda Priya à Anna.

La fillette fit non de la tête.

— Je n'en suis pas sûre, dit-elle.

— Parce que les sons ne se transmettent pas dans le vide.

— Nous sommes dans le vide ? Je l'ignorais.

— Bien sûr que oui. Ces voitures ne pourraient pas atteindre un tel degré de vélocité si elles se trouvaient dans un environnement impliquant un frottement quelconque.

Anna écarquilla les yeux en prenant la mesure du problème.

— Oui, c'est logique, dit-elle. Pas d'air, donc pas de vent pour nous ralentir. De plus, comme nous glissons sur un rail magnétique, notre voiture n'est en contact avec rien.

— C'est exact. Et sais-tu pourquoi le son ne voyage pas dans le vide ?

— C'est parce que…

La fillette pinça les lèvres, fit un effort de concentration durant quelques secondes, avant de hausser les épaules.

— Non, en fait, je ne sais pas.

— Eh bien, c'est parce que le son est en réalité une onde mécanique. Et les ondes se diffusent en faisant vibrer des particules dans l'air. Mais justement, il se trouve que…

— Qu'il n'y a pas d'air dans le vide ! termina triomphalement Anna, comme si elle venait de faire une grande découverte.

— C'est exactement ça.

« *Attention. Votre voiture est la prochaine sur le seuil de départ. Nous quittons le terminal de commutation de Fort Lauderdale dans trois… deux… un… »*

Priya se sentit plaquée au fond de son siège comme la capsule accélérait. Un écran devant elles indiquait leur vitesse.

En moins d'une minute, il afficha plus de six cent quarante kilomètre-heure.

Anna regarda par la vitre, tandis que Priya se détendait, et repensait à l'étrange e-mail qu'elle avait reçu la veille au soir, se demandant ce qu'il signifiait au juste.

L'e-mail émanait d'un certain colonel Jenkins, d'une branche militaire dont elle n'avait jamais entendu parler. Il demandait à la rencontrer à la sortie de son cours de théorie quantique relativiste des champs. Comment savait-il quels cours elle suivait ?

Elle avait commencé par être simplement intriguée, mais maintenant qu'elle avait eu le temps d'y réfléchir, elle était inquiète, et les questions fusaient dans son esprit. Qui était ce type ? Et surtout, qu'attendait-il d'elle ?

Assise dans une alcôve du *Mama Tina's Diner*, un minuscule restaurant situé à la sortie du campus, Priya sentit son estomac gargouiller tandis qu'elle faisait défiler les plats à la carte sur l'écran tactile. Elle se décida pour un plat que sa mère lui préparait souvent.

— Priya !

Elle appuya sur « valider » pour lancer sa commande, et leva les yeux. Karen Tian, une de ses camarades du cours de physique, quitta la table qu'elle occupait et s'approcha, son assiette à la main. Elle s'affala sur la banquette, en face de Priya.

— Salut, Karen, dit Priya. Je croyais que tu ne venais ici que tard le soir pour réviser, quand tous les distributeurs automatiques se déconnectaient.

Karen secoua la tête, occupée à couper au couteau l'indéterminable morceau de viande en sauce qu'elle avait commandé. Elle en fourra un morceau dans sa bouche et répondit :

— Nan, ces trucs-là sont bons aussi pour la gueule de bois. Et crois-moi, ne laisse personne essayer de te convaincre que l'alcool de prune ne saoule pas.

« *Commande prête* », annonça la voix synthétique du serveur électronique.

Une fente s'ouvrit dans l'appareil, et une assiette fumante d'épinards parsemés de dés de fromage apparut dans l'ouverture.

Priya écarta une mèche de cheveux de son front, se pencha et huma l'odeur du gingembre, du *garam masala* et de l'ail.

— Qu'est-ce que c'est que ça ? demanda Karen.

— Du *palak paneer*. C'est un plat traditionnel indien. En gros, une purée d'épinards épicée et du fromage.

Elle en prit une cuillérée et mâcha le fromage végétalien caoutchouteux. On était loin du fromage à base de lait de bufflone qu'utilisait sa mère, se prit-elle à regretter.

Elle désigna l'assiette de Karen avec le bout de sa cuillère et demanda à son tour :

— Et ça, qu'est-ce que c'est ?

Karen coupa de nouveau un morceau de ce qui ressemblait à un steak.

— C'est un vieux classique du sud, répondit-elle. Un steak de poulet frit avec un jus de viande. C'est une vraie bombe côté sel et gras, mais c'est parfait pour la migraine dont j'essaie de me débarrasser.

Elle agita le bout de sa fourchette dans la sauce épaisse et ajouta :

— Tu te rends comptes qu'autrefois ils tuaient des vaches et se servaient de vraie crème pour faire ce truc ? C'est un miracle qu'ils ne soient pas tous morts de honte, ou tout simplement d'une crise cardiaque. Quand je pense à ce qu'ils mangeaient à l'époque, fit-elle en frissonnant.

Priya se contenta de sourire. Contrairement à Karen, elle avait gardé le souvenir du goût des vrais aliments, et elle ne désespérait pas de trouver un moyen de s'en procurer de nouveau. Mais pas question d'avouer sa petite hérésie à sa camarade. Elle n'était pas prête à s'entendre sermonner par quelqu'un qui peinait à suivre le programme développé en cours.

— *Réveille-toi.*

Les mots avaient été composés en code morse tactile sur son crâne.

Priya sursauta, leva la tête et regarda autour d'elle. Personne dans l'amphithéâtre ne prêtait attention à elle. Ils étaient tous occupés à prendre en note le cours du professeur Darby, qui n'avait pas son pareil pour brasser de l'air.

Elle murmura dans sa barbe :

— Quoi encore, Harold ?

Elle sentit une pluie de tapotements sur sa tête, imaginant son compagnon inexistant agitant un doigt tout aussi inexistant dans sa direction.

— *Tu ne devrais pas dormir en cours. Et s'il arrivait quelque chose pendant ce temps-là ?*

— Lâche-moi un peu. Ce cours de théorie quantique n'est

qu'une resucée de ce que je sais déjà. Darby n'a pas eu une idée originale depuis… sait-on seulement s'il en a jamais eu une ?

En bas de l'amphithéâtre, le professeur continuait de parler sur un ton monocorde de particule N, de bosons identiques, de fonctions d'onde et d'espace de Fock.

— Je suis capable de faire tous ces trucs les yeux fermés, murmura Priya. Alors, si tu me laissais roupiller encore un peu, hein ?

Harold resta silencieux. Soit il n'avait pas la répartie qui convenait, soit il était de mauvaise humeur.

Harold était une intelligence artificielle, d'une forme extraordinairement avancée. Priya n'avait jamais rien rencontré de tel. Il pouvait changer de forme pour imiter physiquement à peu près n'importe quoi, comme il le faisait maintenant, à la racine de ses cheveux, sur sa peau. Il constituait également une sorte d'héritage familial, puisqu'il y avait en lui les souvenirs de tous les Radcliffe, du Grand Exode jusqu'au temps présent.

Sauf que dernièrement, il était particulièrement grincheux, au point que Priya se demandait s'il ne se mettait pas tout simplement à calquer sa personnalité sur la sienne. Malgré cela, ou peut-être *grâce* à cela, elle s'entendait avec Harold mieux qu'avec n'importe qui d'autre.

Le cours magistral prit fin, et l'auditorium commença à se vider de ses étudiants. Priya hésita à suivre le mouvement, repensant à l'étrange rendez-vous qui l'attendait à la sortie, dans le couloir. Elle n'était pas du genre à éviter les confrontations, mais c'était aussi la première fois qu'elle devait faire face à un colonel dont elle ignorait tout, à commencer par le but de sa visite.

— Mademoiselle Radcliffe ?

Priya sursauta, comme électrisée. Un homme de grande taille en uniforme militaire se tenait juste à côté d'elle.

Le colonel Jenkins ? Certainement.

— *Je t'avais bien dit de ne pas dormir en classe,* la blâma Harold, toujours dissimulé quelque part dans sa tignasse.

L'homme lui tendit la main en lui décochant un petit sourire forcé.

— Je me suis faufilé ; vous étiez assoupie. C'est gonflé de faire ça dans un cours de niveau 700. Mais ça correspond assez bien à votre profil.

Priya lui serra la main et fulmina en silence contre Harold qui ne l'avait pas prévenue de la présence de l'homme.

— Je suppose que vous avez reçu mon e-mail hier soir.

— Oui, en effet, mais…

— Venez, je vous explique tout dans une minute.

Le colonel se dirigea vers la sortie en lui faisant signe de le suivre. Priya dut accélérer le pas pour le rejoindre ; les enjambées du militaire faisaient une fois et demi les siennes.

En sortant du bâtiment des arts et des sciences, Jenkins prit la direction du nord du campus.

— Où allons-nous ? demanda Priya.

Le colonel lui désigna d'un geste le grand bâtiment qui se profilait devant eux, et dit :

— Au musée de la science et de l'espace.

Au musée ? Pourquoi ?

Mais Priya avait une question plus pressante.

— À quelle branche de l'armée appartenez-vous exactement ? Votre e-mail portait en signature la mention COSNU. Un acronyme, je suppose, mais je n'ai rien trouvé qui corresponde.

Le colonel lui décocha un regard oblique.

— C'est l'abréviation de Commandement des opérations spéciales des Nations Unies. Nous ne faisons pas de publicité. Disons seulement que nous relevons directement du Premier conseil des Nations Unies.

Priya s'intéressait d'assez loin à la politique, mais elle savait que le Premier conseil se trouvait tout en haut de l'organigramme gouvernemental. Ce qui signifiait que le COSNU était – quoi, au juste, elle n'en savait rien encore, mais quelque chose de sérieux, de toute évidence, qui impliquait des responsables et un financement de première importance. Et s'il y avait bien une chose qu'elle avait apprise au cours des dernières années qu'elle avait passées à fréquenter le monde universitaire, c'était que le financement était la clé de tous les progrès scientifiques.

À l'entrée du musée, le colonel présenta son badge au gardien de service. L'homme acquiesça, leur fit doubler une file de touristes, et franchir un tourniquet réservé.

Priya voulut poser une autre question, mais le colonel Jenkins l'en dissuada d'un geste de la main.

— Attendons d'être dans un endroit sécurisé avant de continuer notre conversation.

Priya pinça les lèvres en suivant l'homme à l'intérieur du musée. À sa grande surprise, elle ne redoutait plus ce qui allait se passer ; elle l'attendait même avec une pointe d'excitation. Elle espérait qu'il s'agissait d'une stratégie de recrutement originale. Elle avait déjà envisagé d'entrer dans l'armée, mais après ses études ; néanmoins, s'il lui demandait de signer maintenant, il se pourrait bien qu'elle accepte.

Comme ils passaient devant des reproductions des premières

navettes spatiales des vingtième et vingt-et-unième siècles, une voix de synthèse se fit entendre dans les haut-parleurs du plafond :

« Le 20 décembre 2019, aujourd'hui 47.354 PE, Donald J. Trump, président des États-Unis, signa une directive marquant la création de la Force spatiale des États-Unis. Cette branche des forces armées fut connue durant des décennies sous le nom d'USSF, ainsi que pendant les quarante-cinq premières années suivant le Grand Exode, ou 45.30 AE, quand la Force Spatiale passa sous l'égide des Nations Unies. »

La date stellaire 45 correspondait au début du XXIIe siècle. Une époque où les nations jusqu'alors indépendantes se décidèrent à se fédérer et à dépendre d'un seul gouvernement, dirigé par les Nations Unies. Ce fut aussi une période de troubles généralisés dans le monde entier. Priya avait étudié cette période en cours d'histoire ; le web regorgeait d'informations sur cette époque. L'avènement d'un gouvernement global avait suscité des résistances, ce qui était compréhensible ; un tel changement ne pouvait se faire que dans la douleur. Selon certaines sources, il avait fallu que les Nations Unies déclarent la loi martiale pour que les esprits finissent par se calmer.

Ils passèrent devant une réplique à échelle réduite, mais encore imposante, d'un vaisseau spatial.

« À la date stellaire 151.23, la secrétaire générale des Nations Unies Natalya Porochenko signa un décret approuvant la construction de Voyager, *le premier croiseur spatial interstellaire de l'humanité. Les détails de sa construction restent classifiés, mais sa conception serait basée sur des plans vieux de*

presque deux siècles esquissés par le Dr David Holmes lui-même. »

Jenkins fit entrer Priya par une porte sur laquelle on pouvait lire : « Réservé au personnel militaire ». Ils traversèrent un couloir et s'arrêtèrent devant une porte en métal sans poignée et sans inscription. Un policier militaire en uniforme se tenait juste à côté, le regard noir.

Le colonel lui montra ses papiers. Le policier les contrôla à l'aide d'un scanner, les lui rendit, et lui adressa le salut militaire de rigueur.

Jenkins désigna Priya d'un geste du pouce.

— J'ai préautorisé Priya Radcliffe pour un pass d'une journée. Je serai son accompagnateur.

— Oui, monsieur.

Le sergent, dont la main n'était jamais à plus de quelques centimètres de l'arme de poing rangée dans son holster de ceinture, se tourna vers elle.

— Mademoiselle Radcliffe, je suppose que vous avez une CAC sur vous ?

Tous les étudiants du campus s'étaient vu remettre une carte d'accès commune. Elle permettait de circuler dans les différents bâtiments universitaires. Priya fouilla dans sa poche et présenta la carte au sergent.

Il la passa au scanner. Une lumière LED verte s'alluma sur son appareil. Il lui rendit la carte et appuya sur un des boutons du boîtier noir également fixé à sa ceinture. Un « bip » retentit. Le colonel poussa la porte et fit signe à Priya de le suivre.

Elle pénétra dans un couloir étroit en béton brut. La porte se referma derrière eux. Priya sentit la pression de l'air changer. Ses tympans claquèrent.

Puis une autre porte s'ouvrit au bout du couloir.

Le colonel avança. Elle lui emboîta le pas.

— Obtenir la permission de vous conduire ici a demandé plus de signatures que vous ne sauriez l'imaginer, lui dit-il. Souvenez-vous d'une chose : tout ce que vous verrez ou entendrez ici est classifié et doit le rester.

Ils franchirent la porte et débouchèrent dans une vaste salle aux allures de hangar. Au centre, des dizaines d'opérateurs robot commandés à distance construisaient une imposante structure en métal. Certains soudaient une passerelle à l'intérieur du cadre métallique, tandis que d'autres y mettaient en place toute une série de câbles. Des drones équipés de caméras virevoltaient autour de la structure et prenaient des images sous tous les angles.

— Savez-vous ce que vous avez devant les yeux ? demanda Jenkins.

Priya ne put s'empêcher de sourire. Elle avait déjà vu un tas de navettes et de vaisseaux spatiaux. Elle les avait vus décoller et atterrir, parfois de très près. Mais ça… c'était quelque chose de tout à fait différent. La structure qu'elle avait devant les yeux n'était qu'une petite partie d'un vaisseau beaucoup, beaucoup plus grand. Un vaisseau dont elle venait juste de voir la réplique, à l'intérieur du musée.

— Je croyais qu'ils construisaient ça là-haut, dans l'espace, dit-elle, le cœur battant. Je veux dire, ça ne peut pas être… c'est réellement une partie du vaisseau *Voyager* ?

— Oui, sourit Jenkins.

Il eut un large geste du bras et ajouta, théâtral :

— Priya Radcliffe, bienvenue au SAMER, le Centre d'ingénierie et de recherche métallurgique avancée du Projet Voyager. Nous sommes ici au cœur de l'installation.

Il lui fit signe de le suivre en recroquevillant un doigt.

— Laissez-moi vous présenter quelques membres de l'équipe.

CHAPITRE DEUX

Priya était assise, seule, dans le bureau du colonel. Pendant qu'elle attendait le retour de ce dernier, elle joua avec trois petits cubes de métal posés sur le secrétaire. Ils paraissaient identiques, mais leur poids était différent. Une balance numérique de bureau le confirma.

— Harold, qu'est-ce que tu penses de ces cubes ? demanda-t-elle. Je me demande s'il est possible que…

— *Sois prudente*, conseilla Harold en lui tapotant la tête. *J'ai détecté l'activation d'un émetteur de radiofréquences à proximité au moment où tu as commencé à parler. Tu es probablement surveillée.*

Les mots s'étranglèrent dans la gorge de Priya. Pourquoi quelqu'un l'écouterait-il ?

Mais elle avait toute confiance en Harold. C'était un cadeau de ses parents, et bien qu'ils n'aient pas eu l'occasion de lui en dire grand-chose avant d'être tués, ils lui avaient au moins donné deux conseils : toujours garder le secret de son existence, et toujours tenir compte de ses avertissements.

Elle pinça les lèvres et se mit à claquer des dents selon un tempo codé que l'IA pouvait détecter : « J'ai dit quelque chose de mal ? »

— *Quiconque t'écoute se demande probablement qui est Harold ?*

Elle grimaça et s'éclaircit la gorge. Puis, elle se remit à jouer avec les cubes, avant de laisser échapper un petit rire plein d'autodérision feinte.

— Si quelqu'un m'entendait parler à un chat qui n'est même pas là, il se dirait sûrement que je suis devenue folle.

— Un chat ? releva Jenkins avec un sourire ironique en entrant dans le bureau.

— Quoi ? Oh, ce n'est rien, dit-elle en se demandant si Jenkins l'avait réellement surveillée ou non. J'ai un chat à la maison à qui je parle tout le temps. Bref, je jouais avec ces cubes, et par habitude je me suis retrouvée à parler à Harold.

— *Miaou*, tapota Harold.

Jenkins accueillit l'explication avec un petit rire. Puis :

— Alors, qu'avez-vous appris en examinant ces cubes ?

Priya haussa les épaules.

— Il n'y a pas besoin d'être un génie pour comprendre qu'ils sont faits de métaux différents. Le cube le plus léger pèse environ cent cinquante grammes. En supposant qu'il est entièrement solide et compte tenu du fait qu'il mesure environ quatre centimètres de côté, je pense qu'il s'agit d'aluminium.

Elle prit le deuxième cube.

— Celui-ci pèse presque cinq cents grammes. Je dirais qu'il est en acier.

Enfin, elle prit le plus lourd des trois, et sourit.

— Mais *ce matériau-là* est nouveau. Je sais que le métal le plus lourd – excepté quelques métaux très rares – est le tungstène. Un cube de quatre centimètres de tungstène devrait peser presque un kilo… Or, celui-là fait plus de deux kilos.

Le colonel se pencha légèrement en avant, les coudes appuyés sur son bureau.

— Qu'est-ce que vous en déduisez ?

— Eh bien, les éléments aux numéros les plus élevés du tableau périodique sont tous radioactifs, avec des demi-vies mesurées en millisecondes. Comme ce cube est froid au toucher, il n'est apparemment pas radioactif ; de toute façon, je doute que vous gardiez quelque chose de radioactif sur votre bureau. Je suppose donc que quelqu'un a découvert un nouvel îlot de stabilité. Une coquille nucléaire stable et d'une densité hors norme. Je ne vois pas d'autre explication.

Jenkins sourit.

— Bien. On dirait qu'on ne peut rien vous cacher. Disons que vous n'êtes certainement pas loin de la vérité. Les détails concernant ce métal n'ont pas été divulgués, en dehors d'un cercle d'initiés, pour la bonne raison que nous ne savons pas comment le fabriquer.

— Que voulez-vous dire ? demanda Priya en fronçant les sourcils. J'en tiens un échantillon dans les mains.

— Oui, mais nous ne l'avons pas fabriqué.

Elle allait poser une autre question, mais Jenkins l'en dissuada en levant la main.

— Avant que vous ne posiez la question, sachez que je ne peux pas vous dire comment nous sommes entrés en sa possession… du moins, pas encore. Mais nous savons déjà pas mal de choses à son sujet. Nous avons effectué des analyses approfondies au cours du siècle dernier et nous connaissons sa structure atomique, les liaisons moléculaires qu'il forme et sa demi-vie estimée, qui se compte en millions d'années. Plus important encore, nous savons que c'est le matériau le plus résistant, le plus dur et le plus solide avec lequel nous ayons jamais travaillé. Il est donc idéal pour la construction de *Voyager*.

Priya désigna le hangar d'un geste du pouce.

— Vous voulez dire que vous vous servez de ce matériau pour construire ce que j'ai vu là-bas ? Cette structure seule doit être incroyablement lourde. Comment comptez-vous la mettre en orbite ?

Le colonel eut un petit sourire amusé.

— Vous m'avez pris en flagrant délit de mensonge. Je vous ai dit que cette structure était une partie de *Voyager*, alors qu'il s'agit plutôt d'un plan en 3D du vaisseau. Nous construisons les prototypes à l'échelle, ici, sur Terre, en utilisant des métaux plus accessibles ; puis, nous en prenons des scans détaillés, et enfin nous demandons à des techniciens en orbite de construire le vrai vaisseau avec ce matériau, ajouta-t-il en pointant du doigt le cube en métal, avant de se recaler de son fond de son fauteuil. Mais je ne vous ai pas fait venir ici juste pour vous parler de métaux.

Il sortit une feuille de papier d'un classeur, et la fit glisser vers elle, avec un stylo.

— Je m'apprête à vous divulguer des informations hautement confidentielles, mais avant cela, j'ai besoin que vous lisiez et signiez ce document. C'est un formulaire assez classique. En gros, vous reconnaissez que vous êtes sur le point d'être mise au courant d'informations compartimentées sensibles, de type militaire, et vous vous engagez à les garder secrètes jusqu'à la fin de vos jours. Cela signifie que vous ne pourrez parler à *personne* de ce que vous apprendrez ici, ni à vos amis, ni même à votre famille.

Priya prit le document en main et arqua un sourcil.

— L'armée recourt encore à des documents imprimés pour sa paperasse ? Nous sommes au vingt-troisième siècle, bon sang.

Le colonel inclina la tête et sourit.

— Vous connaissez les militaires… nous sommes attachés aux traditions.

Priya lut le document jusqu'au bout, hocha la tête, le signa, puis le rendit au colonel en le poussant sur le bureau. Elle sentit des papillons s'agiter dans son estomac, tandis qu'elle regardait Jenkins jeter un coup d'œil au document, puis le ranger dans son classeur. Il se renversa contre le dossier de son fauteuil et la fixa en silence durant quelques secondes. Elle avait envie de se lever d'un bond et de hurler : « Allez, parle ! Accouche, espèce de salopard ! » Mais elle garda son calme, en s'efforçant juste de ne pas vomir.

— Bon, permettez-moi de commencer par le commencement, dit enfin le colonel. J'ai connu vos parents ; votre père et votre mère. En fait, ils faisaient partie des membres fondateurs du projet Voyager. Leur mort a été une grande perte pour l'équipe, et je ne peux qu'imaginer à quel point elle vous a affectée personnellement. Cependant, j'ai toujours gardé un œil sur vous ; j'ai suivi votre parcours, en particulier depuis que vous êtes entrée à l'Académie. Et je dois dire que je suis très *très* impressionné. Malgré la charge de travail que vous vous êtes imposée, bien plus lourde que celle de la plupart de vos camarades, vous êtes de loin la meilleure de votre classe. Alors, Priya, au cas où vous ne l'auriez pas encore compris, ce que je m'efforce de faire, c'est vous recruter. En temps normal, nous aurions attendu l'année prochaine avant de contacter des recrues potentielles, mais nous ne sommes pas dans une situation *normale*.

C'était bien ce à quoi Priya s'attendait, mais elle ressentait tout de même un frisson d'excitation à voir ses espérances se confirmer. En même temps, son esprit était troublé par la révélation que ses parents avaient travaillé sur ce même projet. Elle savait qu'ils travaillaient pour l'armée, dans le domaine de la recherche scientifique, mais ils avaient toujours soigneusement cloisonné vie privée et vie professionnelle.

Jenkins poursuivit :

— Permettez-moi de vous poser une ou deux questions. Je sais bien que cela s'est passé avant votre naissance, mais que pensez-vous de l'attaque terroriste qui a eu lieu à La Haye contre le Premier Conseil de l'ONU ?

Priya se recala sur sa chaise, surprise par la question.

— J'avoue n'y avoir pas beaucoup réfléchi. Bien sûr, j'en ai entendu parler à l'école. L'attentat a coïncidé avec la première réunion de la CCNU. L'année précédente, des radicaux avaient protesté contre le rôle accru de l'ONU dans la coordination des ressources à l'échelle mondiale. Je suppose que certains n'avaient pas confiance dans le nouveau système judiciaire, dans ce Premier Conseil ; la nouvelle gouvernance a dû leur apparaître comme quelque chose de distant. Ils étaient habitués à tout contrôler eux-mêmes. Je dirais que c'est compréhensible. Mais la violence n'a jamais rien résolu.

Jenkins hocha la tête.

— D'accord, mais et l'attaque d'il y a sept ans ?

Priya sentit affluer en elle une vague d'émotion. Elle prit une grande inspiration, et expira lentement, prenant le temps de bien choisir ses mots.

— Il y a sept ans, les terroristes ont attaqué ce campus. Plusieurs missiles ont été lancés, mais les défenses laser Patriot ont fonctionné… du moins en grande partie.

Les souvenirs de bulletins d'information de l'époque défilèrent dans son esprit. Le campus avait été sauvé, mais deux missiles n'avaient pu être que détournés. L'un des deux avait frappé la voiture du Tube dans laquelle ses parents voyageaient alors, causant instantanément leur mort. Ce jour-là pourtant, les journaux télévisés avaient à peine évoqué leur disparition.

Elle poursuivit, d'une voix plus faible :

— Mes parents sont mort dans cet attentat. J'aurais dû mourir moi aussi, mais j'étais malade ce matin-là. J'étais restée à la maison.

De nouveau, elle inspira profondément pour ne pas se laisser submerger par l'émotion. Puis, elle reprit, avec plus de force et de confiance :

— Nous ne savons même pas avec certitude *pourquoi* nous avons été attaqués. Certains ont suggéré à l'époque que c'était parce que le campus symbolisait le complexe militaire post-Exode. D'autres ont émis des hypothèses encore plus folles.

Jenkins se pencha en avant et la fixa sans ciller.

— Qu'est-ce qui, d'après vous, aurait pu justifier une telle attaque ?

— *Justifier ?* Vous êtes sérieux, là ? s'enflamma brusquement Priya, rouge de colère. Rien ne peut justifier de tuer des innocents ! Si cela ne tenait qu'à moi, la racaille responsable de ces attaques serait passée au hachoir à viande, et finirait comme engrais.

Elle pâlit soudain, en se rendant compte de ce qu'elle venait de dire.

— Je suis désolée, je…

— Non, dit Jenkins avec force. Ne vous excusez pas.

Il hocha rapidement la tête.

— C'est cet esprit fougueux contre lequel vos professeurs m'ont mis en garde.

Il tambourina doucement sur son bureau avec ses pouces, et reprit, d'un ton grave :

— Les bulletins d'information de l'époque n'avaient pas nécessairement tort, s'agissant des motivations des terroristes. Ils n'avaient pas une vision d'ensemble du problème, voilà tout. En particulier, il ignorait l'existence de ceci.

Il prit le cube le plus lourd et le fit tourner entre ses mains, la lumière des plafonniers LED se reflétant sur la surface métallique polie.

— Nous appelons ce métal holmésium, en l'honneur du Dr Holmes, qui a prédit son existence peu avant sa mort. Il a émis l'hypothèse de sa composition nucléaire précise presque soixante ans avant que nous ne découvrions les premiers gisements dans la colonie minière de Chrysalide.

Priya savait peu de choses de Chrysalide. Quand la position

de la Terre avait été fixée au cours des premières années suivant l'Exode, la planète Epsilon avait été jugée inhabitable, mais sa lune s'était révélée prometteuse. Sa terraformation avait pris une cinquantaine d'années, mais une colonie minière avait fini par y être installée.

— C'est pour cela que nous avons établi une colonie minière là-bas ? demanda-t-elle. À cause de ce métal ? L'holmésium ?

— En réalité, nous ignorions au début que l'holmésium y était présent. Nous ne l'avons découvert que des années plus tard. Mais vous pouvez facilement imaginer les conséquences d'une telle découverte... nos projets d'exploration spatiale dépendent à présent entièrement de cette colonie. D'où nos problèmes actuels.

Il posa bruyamment le cube sur le bureau.

— Malheureusement, il semble que nous ayons des éléments rebelles sur Chrysalide. Nous ignorons qui, et comment ils agissent exactement, mais un groupe de Chrysaliens a participé à l'élaboration des missiles responsables des deux attaques dont nous venons de parler. L'attentat contre le Premier Conseil de l'ONU, et celui qui...

— ... qui a tué mes parents, termina Priya, la gorge nouée. Pourquoi me racontez-vous tout cela ?

— Mademoiselle Radcliffe, fit une voix derrière elle.

Priya se retourna et vit un homme d'une certain âge entrer dans le bureau. Son uniforme bleu de la CCNU était orné de quantité de barrettes multicolores et de médailles. Il lui adressa un petit salut de la tête, avant de faire signe à Jenkins de se rasseoir.

— Je suis le général Heinrich Duhrer, premier attaché à la Division antiterroriste de l'UNSOC. Je vais être franc avec vous : nous pensons que les terroristes de Chrysalide préparent une nouvelle attaque. Un attentat d'une ampleur jamais vue. Nous avons envoyé des agents sur la colonie pour tenter d'infiltrer ce groupe et comprendre la nature de la menace à laquelle nous devons faire face, mais jusqu'à présent non seulement nous n'avons rien appris d'utile, mais aucun de nos agents, de surcroît, n'est revenu.

Priya aurait préféré être n'importe où à cet instant, plutôt que dans cette pièce. Il lui fallut puiser dans tout ce qu'elle possédait de maîtrise de soi pour ne pas vomir sur les chaussures vernies du général.

— Vous êtes ici pour deux raisons, jeune fille, qui n'ont rien à voir avec vos compétences universitaires, même si nous pensons qu'elles vous seront utiles. Pour commencer, vous êtes ici parce que vous avez un intérêt immédiat à découvrir qui a tué vos parents – et croyez-moi, c'est quelqu'un de là-haut. Et deuxièmement, vous êtes ici parce que vous êtes une Radcliffe. Vous n'en mesurez peut-être pas l'importance, et, important, ça ne l'est peut-être pas ici, sur Terre, mais pour les gens de Chrysalide, croyez-moi, c'est un nom qui compte. Ils ne sont pas comme nous ; plus maintenant. Ils ont des souvenirs très forts du Grand Exode, et sont très attachés à la mémoire du Dr. Holmes et des Radcliffe, aux rôles qu'ils ont joués. Cela signifie qu'ils seront beaucoup plus enclins à vous faire confiance. Et donc, vous aurez d'autant plus de chances de réussir dans votre mission.

Priya fronça les sourcils.

— Ma *mission* ? Êtes-vous vraiment en train de me demander d'aller espionner ces gens pour découvrir qui veut nous tuer ?

Le général le lui confirma d'un hochement de tête.

— Exactement.

Cette fois, Priya eut *réellement* envie de vomir.

Le général jeta un coup d'œil à Jenkins, avant de se concentrer de nouveau sur Priya.

— J'espère que vous comprenez l'importance de cette mission, mademoiselle Radcliffe. Notre gouvernement ne peut tolérer que l'on tue des innocents comme vos parents. Nous soupçonnons que leurs prochaines cibles seront encore plus sanglantes, encore plus déstabilisantes ; c'est quelque chose que notre société ne pourra pas accepter. Si nous ne parvenons pas à déterminer qui sont les responsables, nous n'aurons d'autre choix que d'anéantir toute la colonie. En fait, cette option est déjà discutée au plus haut niveau. Je crois pouvoir retarder ces procédures, mais seulement si je peux leur dire que nous avons missionné quelqu'un comme vous pour tenter d'écarter toute menace.

Vous avez dit pression ? Mais non, songea ironiquement Priya.

Le général continua :

— Si vous réussissez dans cette mission, eh bien… je peux vous garantir que vous serez nommée au poste qu'il vous plaira, une fois tout ça terminé. Bien entendu, si nous ne pouvons pas compter sur vous aujourd'hui, je doute sérieusement que nous ayons une place pour vous à l'avenir dans nos unités.

Il se tourna vers Jenkins.

— Faites-moi connaître sa décision.

Il tourna les talons et quitta le bureau d'un pas raide.

Priya se pencha en avant pour attraper la corbeille à papier. Elle y parvint de justesse pour vomir son déjeuner.

Dans l'alcôve de méditation des étudiants, Priya frissonna. Elle sentit Harold quitter lentement sa tête, descendre le long de son cou et se glisser sous sa manche. Les seuls moments où il changeait de forme, c'était lorsqu'elle était contrariée, comme maintenant – et, bien entendu, quand il n'y avait pas de risque qu'il soit vu changeant de forme justement.

En dépit de toutes ses années d'études en science des matériaux, elle n'avait qu'une vague idée de la manière dont Harold parvenait à faire cela. Il descendit jusque sur ses genoux en se transformant, tel un caméléon capable non seulement d'imiter les couleurs, mais aussi les formes et les textures. Elle l'avait vu prendre toutes sortes d'apparences – une araignée en métal aux yeux semblables à des jumelles, un serpent, une plante – mais lorsqu'elle était très affectée comme maintenant, il aimait se transformer en chaton. C'était la forme qu'il était en train de prendre.

Le processus de transformation prit moins de trente secondes. Quand ce fut terminé, Priya n'eut qu'à soulever le chaton qui ronronnait sur ses genoux et à le serrer contre elle. Le fait de savoir qu'il ne s'agissait pas d'un véritable chaton – ou encore qu'Harold se contentait de suivre une directive de programmation avancée pour la réconforter – lui importait peu. Serrer l'IA sous cette forme l'aidait ; cela l'aidait même beaucoup.

Pour l'heure, elle avait plus que jamais besoin de réconfort. Plus de trois millions de personnes vivaient sur Chrysalide. Il était *impensable* qu'elle soit, *elle*, sinon la cause, du moins la raison de leur anéantissement par l'ONU. Non, elle ne le supporterait pas. Aussi ridicule cela pouvait-il paraître – elle, Priya, une *espionne* ? – elle se devait d'essayer. Elle n'avait pas d'autre choix.

Tout ce qu'elle avait à faire, c'était se rendre sur Chrysalide, gagner la confiance de certaines personnes, et puis… les trahir.

Elle enfouit son visage en larmes dans le ventre d'Harold, et pleura tout son soûl.

CHAPITRE TROIS

— Écoutez-moi, capitaine. En tant que chef de la sécurité de la colonie minière de Chrysalide, je suis responsable de la santé et du bien-être de plus de trois millions de personnes. Vous n'aurez pas mon feu vert tant que vous n'aurez pas confirmé que tous les passagers qui débarquent ont bien suivi les procédures d'hygiène obligatoires concernant les agents pathogènes terrestres. Si cela pose problème, vous et vos passagers pouvez faire demi-tour et retourner sur Terre. Vous m'entendez ?

— *Pas de souci, M. Chapper*, dit le pilote, sa voix à l'accent australien résonnant haut et fort dans la tour de contrôle. *C'est en cours. Quelqu'un ici est en train de procéder au balayage final.*

Ranger aboya en direction du haut-parleur, comme pour ponctuer le message.

— Désolé de vous avoir fait venir pour ça, monsieur Chapper, s'excusa Gene, le contrôleur du trafic orbital en service. Mais ce type s'est comporté comme un véritable abruti quand j'ai commencé à passer en revue avec lui la liste de contrôle de l'immigration. Il refusait de me répondre de manière directe ; alors, je me suis dit qu'il fallait quelqu'un ayant plus d'autorité pour le remettre à sa place.

— Pour commencer, appelez-moi Terry. Nous sommes dans la même équipe, vous et moi, dit Terry en fixant le jeune contrôleur, qui ne devait pas avoir beaucoup plus de vingt ans. Gene, depuis combien de temps faites-vous ce boulot ?

— Six semaines. J'ai obtenu mon diplôme il y a deux mois.

Terry sentit soudain tout le poids de ses quarante ans.

— L'une de vos tâches consiste bien à vous assurer que les listes de contrôle de l'immigration sont bien remplies et vérifiées par les vaisseaux qui entrent en orbite ?

— C'est exact, monsieur. Je veux dire, Terry.

— C'est ce qu'on appelle une responsabilité assumée. L'autorité ultime, qui décide si quelqu'un est autorisé ou non à atterrir ici, c'est *vous*. Vous comprenez ?

— Mais…

— L'autorité *ultime*. Quand ces pilotes sont en orbite, ou qu'ils arrivent d'un de nos avant-postes, c'est vous qui décidez. N'oubliez pas ça. Ceci étant dit, évidemment, si vous avez un doute ou si quelque chose vous semble anormal, n'hésitez pas à contacter la sécurité comme vous l'avez fait. Mieux vaut prévenir que guérir.

— *Monsieur Chapper, confirmé. Les cent soixante-seize passagers qui débarquent sont passés par les procédures de stérilisation des agents pathogènes. Tout est en ordre ici.*

— Bien reçu. Je vous passe le contrôleur.

Gene se pencha vers son micro.

— Vaisseau de transport terrien *Stavropoulos*, ici la tour de Chrysalide. Vous êtes autorisé à entrer dans notre espace aérien. Verrouillez le signal de la balise kilo x-ray tango.

— *Tour de contrôle de Chrysalide, rupture de la trajectoire orbitale. Verrouillage sur le signal kilo x-ray tango. Ici, le vaisseau de transport terrien* Stavropoulos.

Terry s'appuya contre le mur et laissa son regard se perdre un instant dans l'obscurité du ciel nocturne.

— Alors, qu'est-ce que ça fait d'être aux commandes ? demanda-t-il à Gene, en désignant d'un geste vague les kilomètres de pistes et les bâtiments alentour. Ça vous plaît ?

Gene sourit.

— Je commence seulement à prendre mes marques. Il y a beaucoup à faire, mais c'est un défi stimulant.

Terry prit le temps de bavarder quelques minutes encore avec le jeune contrôleur. Il tenait à connaître chacune des personnes qui participaient à la chaîne de sécurité. Ses années dans les Forces spéciales lui avaient appris qu'étant donné qu'il ne pouvait pas être partout, il était important de gagner la confiance des autres. Tous faisaient partie de la même équipe ; il suffisait que chacun ait bien cela en tête, pour que son travail s'en trouve grandement facilité.

Par la fenêtre d'observation panoramique, le *Stavropoulos* apparaissait sous la forme d'une lumière de plus en plus vive dans le ciel. Gene vérifia l'hologramme à la teinte verte qui montrait une vue satellite du vaisseau en approche ; puis il se pencha et dit dans son micro :

— Vaisseau de transport terrien Stavropoulos, ici la tour de Chrysalide, tournez à tribord au cap deux-sept-zéro pour intercepter le radiophare d'alignement, piste ILS alpha autorisée, maintenez deux mille cinq cents pieds jusqu'à la fin de l'approche.

— *Bien reçu, tour de Chrysalide.*

Gene balaya du bout des doigts l'image holographique pour examiner le vaisseau en approche sous différents angles, avant de s'arrêter sur une vue depuis le sol.

— Combien de temps avant qu'ils atterrissent ? demanda Terry.

— Ils semblent avoir opté pour une approche lente, répondit Gene. Ils devraient se poser dans huit minutes.

— D'accord.

Terry adressa un pouce levé à Gene, et laissa le jeune contrôleur faire son travail.

Cinq minutes plus tard, il pénétra dans le terminal des arrivées et des départs orbitaux. À l'entrée de la zone de sécurité, il leva les yeux et fixa une caméra vidéo. Un laser de balayage à large spectre vérifia son identité ; puis la porte s'ouvrit dans un souffle.

À l'intérieur, il se retrouva face à une fenêtre d'observation offrant une vue à deux cent soixante-dix degrés sur la zone de procédures douanières. Il abaissa son monocle et scruta les mineurs qui arrivaient au compte-gouttes dans la zone d'attente des départs.

— Chap, je ne te comprends vraiment pas, dit Ian Wexler de sa voix râpeuse. On est au vingt-troisième siècle, mon ami. Pourquoi ne fais-tu pas rafistoler cet œil s'il n'est pas à la hauteur ?

Terry décocha un petit sourire à son vieil ami, un ancien copain de l'armée. Il voyait parfaitement bien, mais cela l'amusait de laisser planer le doute. Expliquer le monocle était trop compliqué, mais c'était ce qui lui convenait.

— Les scanners ont détecté quelque chose ? demanda-t-il en désignant les mineurs d'un geste.

— Il se trouve que oui. Mes gars viennent de mettre quelqu'un à l'écart.

Il tendit les doigts et fit apparaître un hologramme montrant une pièce vide. La porte s'ouvrit, et un mineur entra ; il tenait une sorte de sac de matelot, et il était accompagné d'un agent des douanes.

— *Monsieur Tanaka, ce n'est qu'un contrôle aléatoire. Simple routine. Nous devons examiner vos bagages, et je ne voulais pas le faire devant tout le monde.*

— *Bon, d'accord, mais il ne faut surtout pas que je rate cette navette. Ma femme est sur le point de rentrer sur Terre ; il faut que je sois chez moi à temps.*

— *Ne vous inquiétez pas. Nous ne vous retiendrons pas longtemps.*

— Est-ce qu'ils ont installé une fenêtre d'observation pour cette pièce ? demanda Terry à Ian.

— Bien sûr. Il y a un miroir sans tain au bout du couloir.

— Montre-moi ça, dit Terry.

Il appuya sur son micro-cravate et ajouta :

— Gene, autorisez le vaisseau à approcher, mais empêchez les passagers de débarquer, jusqu'à ce que je vous donne le feu vert.

Son oreillette grésilla tandis qu'un moteur sifflait bruyamment sur la piste.

— Compris. Je vais demander au signaleur de retenir le vaisseau à côté des arrivées.

Ian conduisit Terry le long d'un sombre couloir jusqu'à la vitre sans tain qui donnait dans la salle où l'on vérifiait le bagage du mineur. À travers son monocle, Terry pouvait voir ce que les autres ne voyaient pas. Le verre d'optique transmettait à sa rétine une image améliorée, qui fournissait plus de couleurs et de détails que n'en percevait son autre œil. Vus à travers le monocle, certains objets brillaient anormalement, mais il s'y était habitué au fil des ans.

— D'après la lecture du scanner, il s'agit apparemment d'un petit objet, dit Ian.

Terry balaya du regard les objets sortis du sac du mineur. L'un des avantages du monocle était qu'il lui permettait d'identifier les matériaux de base des objets en améliorant leur couleur et leur texture. Bien qu'il n'existât aucun manuel pour la technologie extraterrestre qu'il utilisait, il s'était entraîné à associer les matériaux les plus courants aux motifs colorés qu'il voyait.

— Monsieur Tanaka, êtes-vous certain de ne pas avoir emporté d'échantillons miniers par erreur ?

— Bien sûr que j'en suis certain ! Je connais le règlement.

— J'espère que ce gars-là n'a pas avalé ce truc, quoi que ce soit, dit Ian en fronçant les sourcils. Si c'est le cas, il va passer une sale journée.

Tandis que l'agent de douanes sortait un nouvel article du sac, Terry repéra le motif coloré correspondant aux objets de contrebande. Il claqua des doigts.

— Ça ! Ian, demande-lui de jeter un coup d'œil à l'intérieur de ces gants.

Ian tapota son oreillette.

— John, examine ces gants.

L'agent palpa chaque centimètres des gants de mineur et secoua négativement la tête. Mais lorsqu'il les passa devant le détecteur intégré à la table, une diode rouge s'alluma.

— *Monsieur Tanaka, s'agit-il des gants dont vous vous servez dans les mines ?*

— *Eh bien, oui. Pourquoi, ça pose un problème ?*

L'agent ajusta une lampe à col de cygne fixée à la table d'examen, et plaça un des gants sous la loupe grossissante. Soudain, il fronça les sourcils.

— *Monsieur, je crains qu'il n'y ait de la poussière de minerai incrustée dans les fibres de vos gants. Vous êtes conscient, je suppose, qu'il s'agit là d'une substance dont l'exportation est très contrôlée, même en quantité microscopique. Ces gants, en l'état, ne doivent pas quitter la colonie. J'ai bien peur de devoir les garder jusqu'à votre retour.*

— *Bon... je comprends, bien sûr, dit le mineur, les yeux écarquillés. Je n'aurais jamais... enfin, je n'ai pas pensé à la poussière. Je suis désolé.*

Ian se tourna vers Terry.

— Comment diable as-tu deviné que c'étaient les gants ?

Terry éluda la question d'un geste de la main.

— Je croyais qu'il y avait un protocole précis concernant le changement de vêtements, quand les travailleurs entrent ou sortent des mines.

— C'est le cas. Mais apparemment, il va falloir travailler à l'améliorer.

Ils retournèrent à la fenêtre d'observation qui donnait sur les arrivées. Ian s'assit et s'adossa à son siège en souriant.

— Tu comptes parler à notre gouverneure de ses mineurs ?

Terry grimaça à cette idée.

— J'aimerais mieux pas.

Il appuya sur son micro-cravate.

— C'est bon, Gene ; vous pouvez donner le feu vert et laisser nos visiteurs débarquer.

— *Bien reçu.*

Terry se retourna vers Ian.

— Ouvre l'œil, et le bon. On cherche quelqu'un qui pourrait dissimuler une balise de transmission. Et signale quiconque n'aurait pas bu la solution de contraste, de manière à faire des vérifications supplémentaires. Si ces connards des Nations Unies pensent qu'ils vont pouvoir nous coller un espion dans les pattes, ils se fourrent le doigt dans l'œil.

Comme les passagers qui débarquaient franchissaient la porte du terminal, ils déclenchèrent l'apparition d'une lueur orange et d'une incrustation holographique, visibles seulement à travers la vitre de la fenêtre d'observation. Superposées à chaque personne apparaissaient toutes sortes de statistiques et de données, dont la force du signal de marquage qu'ils avaient ingéré au cours de leur voyage vers la colonie.

Tandis que Ian se concentrait sur les arrivées, Terry se déplaça jusqu'à la fenêtre qui donnait sur les départs. M. Tanaka avait rejoint les autres mineurs, son sac en bandoulière, délesté de sa paire de gants. Il les avait probablement emportés par erreur, mais c'était justement pour cette raison que les procédures de contrôle avaient été mises en place. Le minerai ne pouvait pas quitter la colonie.

Mais c'était certainement les arrivées qui inquiétaient le plus Terry. Chaque visiteur devait être considéré comme une menace potentielle. Il n'entendait pas laisser un seul espion venu de la Terre infiltrer la colonie – pas tant qu'il serait chargé de la sécurité.

La vie des colons de Chrysalide en dépendait.

Harold remua sur ses genoux, exposant son ventre duveteux. Distraitement, Priya se mit à le gratter d'une main, tout en griffonnant dans son bloc-notes de l'autre.

L'ingénieur qui faisait cours à l'autre bout de la salle était lancé dans son sujet :

— *Pour des systèmes de freinage moins sensibles aux variations de température, nous avons ressuscité un procédé du vingtième siècle qui utilisait un sous-produit de la noix de cajou, à savoir le cardanol. La polymérisation de la chaîne latérale insaturée du cardanol, suivie d'une polymérisation croisée avec le formaldéhyde, donne une résine cardanol-formaldéhyde qui fonctionne parfaitement dans les conditions minières que nous trouvons dans les profondeurs de Chrysalide.*

Priya soupira. Après avoir accepté sa mission, elle avait été intégrée au programme d'exploitation minière d'une école technique située tout près d'Arlington, en Virginie. Les militaires prévoyaient de la faire entrer dans la colonie minière en tant que simple stagiaire, sans aucun lien avec l'Académie David Holmes

– et surtout sans aucun lien avec l'armée. Une simple étudiante s'efforçant de gagner des crédits pour son cursus académique. L'idée était plutôt bonne, mais les cours étaient affreusement ennuyeux, et elle allait devoir les subir durant six semaines.

La porte s'ouvrit au fond de la classe, et un homme vint se glisser sur le siège à côté d'elle. Priya tourna la tête, une fois, puis une deuxième, surprise. C'était le colonel Jenkins ; il était en civil. Il regardait droit devant lui, évitant tout contact visuel. Discrètement, il lui glissa un bout de papier.

Priya lut le message écrit à la main :

L'équipe de sécurité veut vous rencontrer. Pouvez-vous vous libérer juste après ce cours ? Je vous attends à la station du Tube.

Sans attendre de réponse, le colonel se leva et sortit, laissant Priya attendre, mal à l'aise, la fin du cours sur les composés organiques de friction.

« L'équipe de sécurité » ? De qui, ou de quoi, s'agissait-il, au juste ? Pourquoi voulaient-ils la rencontrer maintenant ?

Tandis qu'elle traversait le campus, Priya ruminait son amertume. Elle avait accepté cette mission, mais plus elle y réfléchissait, moins elle aimait la manière dont elle lui avait été présentée : soit elle endossait le rôle du bon soldat discipliné ayant une chance de sauver à lui seul des millions de vies, soit elle voyait son avenir dans le domaine des sciences définitivement barré.

Ce n'était pas un choix : c'était du chantage.

— Un foutu salopard, oui ! pesta-t-elle en enfouissant ses mains dans la poche de son sweat à capuche, où Harold lui mordilla les doigts.

Le colonel Jenkins l'attendait à l'entrée de la station du Tube. Priya s'efforça d'effacer la mauvaise humeur qui pouvait se lire sur son visage, tandis qu'elle grimpait deux à deux les marches de l'escalier pour le rejoindre.

Comme d'habitude, l'hologramme d'un recruteur souriant lui apparut :

« *Chère voisine, la bienvenue ! Ce sont des personnes comme moi qui assurent la bonne marche et la sécurité du Tube. Tapez *92-8374 sur votre dispositif SMS, et découvrez comment rejoindre notre équipe.* »

Le colonel Jenkins lui fit signe de le suivre, tandis qu'il se dirigeait vers le panneau de contrôle de la station. Il appuya sa main sur l'écran tactile, et une voix chantante à l'accent indien dit :

— *Bonjour, Michael. Je suis Mahesh, votre assistante sur le Tube. Votre compte personnel vous autorise à aller dans toutes les directions disponibles. Où souhaitez-vous aller ?*

Le colonel parcourut plusieurs écrans que Priya n'avait encore jamais vus. De toute évidence, ses autorisations d'accès étaient bien plus étendues que les siennes. Il entra encore quelques commandes tactiles, puis la voix désincarnée de Mahesh se fit entendre de nouveau.

— *Deux passagers pour le code de localisation classifié HF-392.5. Veuillez confirmer.*

— Confirmé, dit Jenkins.

Un bruit d'air qui s'engouffre s'accentua derrière les portes en métal du Tube.

— *Dépression activée. Demande de mise en attente d'une liaison entre le campus de l'école des mines de Virginie, et le terminal HF-392.5.*

— Où allons-nous ? voulut savoir Priya.

— Je ne peux rien dire pour le moment, mais ce n'est pas trop loin. Dès que nous aurons terminé, vous pourrez rentrer chez vous comme d'habitude.

— *Liaison terminée. La voiture arrive dans trois... deux... un...*

Les portes s'ouvrirent en coulissant, révélant une capsule vide équipée de deux fauteuils rembourrés.

— *La voiture est maintenant prête pour l'embarquement.*

Quand ils furent tous les deux assis, les portes se refermèrent, et les vitres de la capsule s'opacifièrent. Alors, comme ça... ils ne voulaient même pas qu'elle voit où ils allaient. Harold se faufila à travers une couture de son sweat à capuche, et commença à se lover autour de sa taille.

— *Départ imminent.*

Priya ferma les yeux comme la capsule accélérait de manière brutale.

Dix minutes plus tard, les portes s'ouvrirent de nouveau.

La station était souterraine, une première pour Priya qui n'en avait jamais vu de ce genre. Mais elle comprenait surtout qu'il s'agissait d'un lieu secret, dont on ne lui avait encore rien dit. Nulle part il n'y avait d'inscriptions, de panneaux, encore moins d'ouvertures vitrées. L'endroit était de toute évidence classifié.

Elle suivit Jenkins jusqu'à la sortie de la station, qui semblait communiquer directement avec un bâtiment, là encore sans aucune ouverture ni aucune signalisation. Ils ne croisèrent personne, jusqu'à ce qu'ils pénètrent dans un couloir et longent une série de bureaux en enfilade, où quelques personnes étaient assises à leur bureau, en train de faire Dieu savait quoi.

L'éclairage était faible dans tout le bâtiment, sillonné par un labyrinthe de couloirs beiges, tous identiques. Priya se demanda comment faisaient les gens pour se repérer dans un pareil endroit.

Elle continua de suivre Jenkins qui marchait d'un pas décidé, et qui était resté étrangement silencieux depuis leur arrivée.

— Bon, peut-être pourriez-vous enfin m'expliquer la raison de ma présence ici ? Cette équipe de sécurité, qu'est-ce que c'est au juste ?

— Je suis désolé, j'ai pour consigne de ne rien dire. En réalité, je ne fais que vous escorter. Les services de renseignement de l'ONU n'expliquent pas toujours aux militaires le pourquoi de leurs décisions.

— Bon, mais j'imagine que si tout cela est aussi secret, c'est que…

Elle s'interrompit d'elle-même.

— Oh, peu importe. Vous ne pouvez pas répondre de toute façon.

Ils tournèrent dans un couloir et s'arrêtèrent devant une porte munie d'une caméra vidéo. La porte s'ouvrit, et ils pénétrèrent dans une grande pièce qui tenait à la fois de la salle de réunion et du laboratoire médical. Une longue table trônait en son centre, entourée de chaises, mais les murs étaient couverts de graphiques et d'affiches comme on en voit couramment dans les cabinets médicaux. Au fond de la pièce, un homme en costume sombre travaillait devant un vieil ordinateur, avec clavier et moniteur à l'ancienne. L'ordinateur était relié à un fauteuil inclinable par une série de câbles épais.

L'homme leva les yeux, adressa un petit salut du menton au colonel, puis s'approcha en souriant.

Le colonel se pencha vers Priya.

— Je serai là quand vous aurez terminé, murmura-t-il.

Et il sortit comme il était entré, la porte se refermant derrière lui.

L'homme s'arrêta devant Priya et dit :

— Bienvenue, mademoiselle Radcliffe. Ravi de vous avoir ici, au donjon.

— Au donjon ? releva Priya en arquant un sourcil. C'est comme ça que vous appelez cet endroit ?

— C'est juste un surnom. Assez curieux, au demeurant, je le reconnais, puisque nous sommes ici à plus de cent cinquante mètres sous les rues de New York.

Il lui tendit la main.

— Je suis l'agent Ted. Je vais vous présenter les procédures de sécurité que nous allons appliquer pour maximiser vos chances de réussite dans la mission qui vous a été confiée.

Priya dévisagea l'homme et lui serra la main. Il était d'origine asiatique ; la petite quarantaine, avec un accent américain courant, mais ce qui attirait surtout l'attention, c'était ses yeux. Il s'agissait clairement d'implants, d'un gris acier, ses pupilles se dilatant et se rétrécissant de manière répétée, comme s'il cherchait à distinguer quelque chose dans les yeux de Priya. C'était déstabilisant.

Il lui fit signe de s'asseoir à la table. Puis il apporta un plateau contenant plusieurs flacons et un injecteur, et s'assit à côté d'elle.

— Mademoiselle Radcliffe…

— Appelez-moi Priya, je vous en prie. Je suis assez nerveuse comme ça.

— Il n'y a pas lieu d'être nerveuse. C'est une simple opération de routine. De plus, l'agence ne prendrait pas le risque de faire courir un danger réel à un civil. Croyez-moi.

— L'agence ? Où sommes-nous ici, exactement ?

— Navré, mais je ne peux pas répondre à cette question.

Il sourit, mais d'une manière étrange, qui n'avait rien de naturel. Priya sentit un petit frisson courir le long de sa colonne vertébrale, le doute s'immisçant dans son esprit.

L'homme prit l'injecteur et l'une des fioles.

— Vous devez faire plusieurs vaccins avant votre départ. La colonie est un peu en retard d'un point de vue technologique ; il traîne encore là-bas certaines souches de maladies que nous n'avons pas vues sur Terre depuis près d'un siècle. Ce vaccin-là est pour la rougeole.

Il remplit l'injecteur avec le contenu de la fiole, et désigna d'un geste l'avant-bras de Priya.

— Relevez votre manche, s'il vous plaît.

Elle s'exécuta en prenant une grande inspiration. L'agent pressa l'injecteur contre sa peau. Il y eut un petit « clic ». Priya ressentit une sensation de froid, comme peut en produire un produit anesthésiant.

L'agent répéta l'opération avec les autres fioles, censées la prémunir contre des maladies dont elle n'avait même jamais entendu parler. Lorsqu'ils arrivèrent à la dernière fiole, entourée d'une bande rouge, Ted expliqua :

— Celle-ci contient un dispositif de traçage.

Priya reprit son bras.

— Un quoi ? Je n'ai pas donné mon accord pour ce genre de chose.

— C'est sans danger. Cela nous aidera à suivre vos mouvements, et…

— Non, dit Priya, catégorique. Hors de question que vous m'injectiez ce truc. C'est probablement comme ça que les colons ont détecté les personnes que vous avez envoyées là-bas avant moi, et qui sont sûrement mortes à l'heure qu'il est. Radcliffe ou pas, ils n'hésiteront pas à me passer au hachoir s'ils s'aperçoivent que je les espionne. Je préfère tenter ma chance sans ce machin.

Les pupilles de l'agent se dilatèrent et se contractèrent rapidement, à la façon d'un obturateur d'appareil photo.

— Il va falloir que j'en parle à mes supérieurs.

— N'hésitez pas.

Ted marqua une pause. Il hésita, puis ramassa une télécommande et appuya sur un bouton. Aussitôt, le visage holographique d'une femme apparut juste au-dessus de la table. Quoique assez âgée, ses cheveux avaient conservé leur blondeur. Elle affichait un air sérieux, et dégageait quelque chose d'intimidant.

— Parlons de votre mission, dit Ted. Que savez-vous de la colonie minière ?

Priya haussa les épaules.

— Pas grand-chose. Je sais qu'elle a été fondée quelques années après le Grand Exode par David Holmes, et que son premier gouverneur était cette femme, Margaret Hager, dit-elle en désignant l'hologramme.

— Autre chose ? demanda l'agent en la fixant de ses yeux artificiels, qui donnaient la chair de poule.

— Eh bien, il y a certaines choses dont le général Duhrer m'a parlé, mais je ne suis pas autorisée à vous les dévoiler. À part ça, je sais qu'il y a environ trois millions de personnes là-bas, et… c'est à peu près tout. C'est bizarre, parce que d'habitude, on trouve sur Internet des milliers de données sur à peu près tous les sujets, mais là, j'ai eu beau faire des recherches approfondies, je n'ai presque rien trouvé sur Chrysalide, hormis tout un tas d'infos sur les lois restrictives en matière de voyage et d'immigration.

L'agent hocha la tête.

— Parlons d'abord de la manière dont les choses s'organisent là-bas.

Il désigna du regard le visage holographique.

— Comme vous l'avez remarqué, il s'agit de Margaret Hager. Elle était la présidente américaine pendant le Grand Exode. Et dix ans après son arrivée ici, quand la terraformation de la colonie minière de Chrysalide a réellement commencé, elle est devenue sa première gouverneure.

Il appuya sur la télécommande, et le visage d'une autre

femme apparut. L'image était plus granuleuse, manifestement prise à distance.

Priya fronça les sourcils.

— Qui est-ce ? Difficile d'en être sûr, mais on dirait bien qu'il s'agit encore de Margaret Hager.

Ted acquiesça d'un hochement de tête.

— Nous pensons qu'il s'agit de l'actuelle gouverneure de la colonie minière de Chrysalide. Et oui, les deux femmes se ressemblent. En fait, les principaux traits du visage concordent à quatre-vingt-six pour cent. Nous n'avons pas de données généalogiques sur la colonie, mais nos services de renseignement nous indiquent que ce poste de gouverneur s'est transmis de manière matrilinéaire. Autrement dit, cette femme est très probablement une descendante directe de Margaret Hager.

— Quoi, les colons ne votent pas pour élire leur chef ?

— La colonie est très secrète, en particulier sur ces questions de structure de direction. Je vous ai dit tout ce que nous savons, mais bien sûr nous cherchons toujours à améliorer nos renseignements. Nous ne savons pas non plus pourquoi ils essaieraient de saboter notre société. Après tout, nous n'avons que très peu d'échanges avec eux, en termes de flux humain, et ce depuis près d'un siècle. Ils interdisent toutes formes de tourisme, et limitent drastiquement le nombre de leurs ressortissants autorisés à se rendre sur Terre. Les quelques citoyens de la colonie qui viennent ici le font généralement à des fins éducatives.

Priya pinça les lèvres.

— Si je comprends bien, vous m'envoyez là-bas en ignorant presque tout de ce qui s'y passe ? Comment suis-je censée découvrir qui est responsable des attaques ? Je ne suis qu'une étudiante.

— Pour eux, vous êtes plus que cela. Vous êtes une Radcliffe. Là-bas, ça veut vraiment dire quelque chose. S'il y a au moins une chose que nous savons, c'est que les natifs de Chrysalide vénèrent littéralement le Dr. Holmes et les Radcliffe. Vous serez la première Radcliffe à poser le pied sur la colonie depuis que la génération fondatrice est revenue sur Terre après la mort du Dr. Holmes.

— Tout ça, c'est bien beau, mais j'aurais quand même voulu en savoir un peu plus avant de risquer ma vie en essayant d'infiltrer cette colonie.

— Vous y réussirez.

L'agent se leva et se dirigea vers son vieil ordinateur à clavier indépendant, relié à son fauteuil. Ses doigts voletèrent sur les touches qui cliquetaient bruyamment.

— J'ajoute un marqueur d'habilitation à votre dossier d'identification. Cela vous donnera accès à des fichiers comportant toutes les informations dont nous disposons concernant les terroristes et la colonie.

— Très bien. Puis-je accéder à ces fichiers depuis chez moi ?

L'agent esquissa son petit sourire factice et secoua la tête.

— Ce n'est pas le genre de fichiers auquel vous pensez. Il s'agit de fichiers dits de « deep learning », qui utilisent la technique de la stimulation magnétique transcrânienne pour déposer des informations pratiques dans votre cerveau. Compte tenu de la gravité de cette mission, nous ne pouvons pas prendre de risques ; il faut que vous absorbiez les informations nécessaires dans le temps qu'il vous reste avant votre départ.

Il se retourna vers le fauteuil, tira de derrière le dossier un objet en forme de dôme, le releva, avant de se reconcentrer sur le clavier d'ordinateur. Il pressa plusieurs touches, et le fauteuil inclinable se mit à émettre une sorte de bourdonnement.

Priya fixa le fauteuil avec appréhension. Elle avait lu plusieurs articles à propos de la stimulation magnétique transcrânienne, ou SMT, et notamment sur la façon dont elle était censée aider à retrouver les souvenirs perdus à la suite d'un traumatisme. Mais s'en servir pour injecter de nouveaux souvenirs ? C'était du jamais vu.

— C'est sans danger ? demanda-t-elle.

L'agent se mit à rire ; on aurait presque pu croire qu'il avait réellement de l'humour.

— Sans danger ? Bien entendu. Nous l'utilisons tout le temps, ici, à l'unité de renseignement, surtout quand il s'agit d'embarquer quelqu'un dans...

Il s'interrompit.

— Disons que cela permet d'amener les gens à la vitesse supérieure bien plus rapidement qu'on ne pourrait le faire autrement. Concrètement, nous déposons des souvenirs préformés dans votre cerveau ; nous parvenons ainsi en une heure à un résultat qui demanderait six mois d'études autrement.

Il lui désigna d'un geste le fauteuil inclinable.

— Je vous en prie, prenez place dans le fauteuil. Je vous expliquerai les choses au fur et à mesure.

En s'approchant du fauteuil, Priya eut l'impression que les papillons qui dansaient dans son estomac tombaient raide mort d'effroi. Même Harold ne se manifestait plus.

Elle s'assit et s'enfonça dans les coussins. Au moins, c'était confortable. Le dôme de la chaise paraissait flotter au-dessus de sa tête.

— Bon, commençons, dit Ted. Penchez la tête en arrière et ne bougez pas pendant que l'ordinateur prend quelques mesures de démarrage.

Priya entendit quelque chose produire un son vibré intense.

— Qu'est-ce que c'est ?

— C'est le scanner MEG. MEG pour magnétoencéphalographie. C'est une technique de neuro-imagerie qui permet de cartographier l'activité cérébrale. Le scanner va nous aider à obtenir les informations dont nous avons besoin pour que l'ordinateur puisse diriger les données vers les zones appropriées de votre cerveau.

Le dôme s'abaissa jusqu'à pratiquement toucher sa tête. Le fauteuil se mit à bourdonner à la façon d'une centrale électrique.

— Bien, dit Ted. Maintenant, détendez-vous. Je vais commencer à transmettre les informations.

— Attendez, qu'est-ce que je vais ressentir, au juste ? Est-ce qu'il faut que je ferme les yeux ?

L'agent laissa échapper un petit rire, tandis que ses doigts faisaient crépiter le clavier.

— Vous n'allez rien sentir du tout. Les souvenirs vont simplement se construire dans votre cortex neural. Vous savez faire du vélo ?

— Quoi ? Oui, bien sûr.

— Évidemment. Mais à l'instant présent, est-ce que vous pensez aux compétences que vous avez, et à celle-là notamment ? Bien sûr que non. Elles sont là si vous en avez besoin, mais quand vous n'en avez pas besoin, vous n'en êtes pas consciente. Et même lorsque vous faites du vélo, les informations apprises sont sollicitées sans que n'ayez à y penser de manière active. Ce sera la même chose pour ces nouveaux souvenirs.

L'agent appuya sur un des touches.

— C'est parti. Ça devrait prendre environ quarante-cinq minutes.

Le fauteuil se mit à vibrer encore plus bruyamment et un ventilateur se mit en marche. Priya prit une grande inspiration, et s'efforça de chasser de son esprit la petite voix qui lui disait qu'elle commettait une erreur monumentale.

— Et merde, il ne manquait plus que ça ! grommela Priya devant le panneau de contrôle de la station du Tube.

Elle essaya une fois de plus de poser sa main sur le panneau, mais de nouveau la voix de synthèse à l'accent new-yorkais dit : « *Ce panneau de contrôle est réservé au personnel ayant un niveau d'accès de type Z8 ou supérieur.* »

— Va au diable, dit Priya.

Cela faisait près d'une demi-heure que l'agent Ted l'avait escortée depuis le « donjon » jusqu'à la station, où elle attendait l'arrivée de Jenkins. Elle était littéralement coincée là sans lui, et son bras douloureux et sa migraine grandissante n'arrangeaient en rien son humeur.

Et puis, le bruit de souffle familier de l'air décomprimé lui parvint enfin de derrière les portes métalliques du Tube, bien qu'il n'y ait eu aucune annonce de l'arrivée d'une voiture, ni aucun message habituel. Les portes s'ouvrirent, et le colonel

Jenkins mit le pied sur le quai. Aussitôt, les portes se refermèrent derrière lui, comme pour empêcher quiconque de grimper à bord.

— J'espère que vous n'avez pas attendu trop longtemps. Prête à rentrer chez vous ?

Priya fronça les sourcils devant tant de décontraction discordante, mais elle ravala la réponse qu'elle fut tentée de lui faire.

— Oui. Pouvez-vous me conduire à la station de Coral Springs- North Junction ? Je suis épuisée.

— Bien sûr.

Le panneau de contrôle reconnut sans difficulté le colonel, et en quelques secondes, la demande de transport vers la station de Coral Springs fut mise en file d'attente. Priya voulait juste rentrer chez elle. Cet endroit lui donnait la chair de poule, presque autant que l'avait fait l'agent Ted.

— Tout va bien ? lui demanda Jenkins en lui jetant un regard inquiet.

— Oui, ça va.

Elle n'avait pas envie de s'étendre sur ce qui la tracassait vraiment.

— *Liaison terminée. La voiture arrive dans trois... deux... un...*

Les portes du Tube s'ouvrirent.

— Allez-y. Je prendrai la prochaine navette, dit Jenkins avec un sourire.

Une poignée de secondes plus tard, Priya se sentit plaquée contre son siège comme la voiture accélérait brutalement.

CHAPITRE QUATRE

— *Bureau du général Duhrer, Valérie à l'appareil. Que puis-je pour vous ?*

Le colonel se pencha en avant et appuya ses coudes sur son bureau.

— Valérie, ici le colonel Gary Jenkins, chef de…

— *Je suis désolée, mon colonel. J'ai reçu votre e-mail, mais l'agenda du général est réellement complet. Si vous avez des questions particulières, veuillez les envoyer par e-mail, s'il vous plaît. Je veillerai à ce que le général soit informé de votre demande. Y a-t-il autre chose ? J'ai deux autres personnes qui attendent en ligne.*

— Non, grogna le colonel.

Valérie mit fin à l'appel.

— Un vrai bonheur, cette femme ! ironisa Todd Winslow, assis de l'autre côté du bureau. Colonel ou pas, ça ne la gêne pas de vous envoyer promener. (Il claqua des doigts.) Allez hop, du vent !

Jenkins ignora le commentaire. D'un mouvement latéral de la main, il fit apparaître une image holographique au-dessus du bureau.

— C'est elle, dit-il. Priya Radcliffe.

— Mignonne, dit Todd. Dommage de devoir l'envoyer à l'abattoir.

Todd appartenait aux Forces Spéciales, et partageait le scepticisme du colonel concernant cette mission.

— Je n'arrive toujours pas à croire que nous envoyons une civile recueillir des informations. Si trois des meilleurs officiers du renseignement envoyés par le général se sont fait cueillir sur le tas là-haut, comment cette fille pourrait-elle réussir ? Elle va devoir passer le contrôle des antécédents, convaincre les agents de sécurité paranos de la colonie qu'elle est des leurs, qu'elle fait partie de l'équipe Chrysalide, et puis leur faire cracher la liste des personnes qui détestent les Nations Unies – m'étonnerait pas que ça concerne les trois-quarts de la colonie – et enfin revenir en un seul morceau. C'est de la folie.

Le colonel plissa le front.

— Duhrer semble croire que parce qu'elle est une Radcliffe, elle aura plus de chances là-haut. J'espère qu'il a raison. J'ai promis à ses parents de veiller sur elle, mais là, ce n'était certainement pas ce qu'ils imaginaient pour leur fille.

Il détourna son regard de l'image de Priya, et se concentra sur Todd.

— Sergent, j'imagine que vous avez deviné pourquoi j'ai voulu vous mettre sur le coup.

— Parce que j'ai des amis qui connaissent des personnes qui connaissent peut-être d'autres personnes de la colonie.

— Exactement. Et je considérerai comme une faveur personnelle le fait que vous acceptiez de tirer quelques ficelles. Je veux que cette fille soit surveillée vingt-quatre heures sur vingt-quatre et sept jours sur sept quand elle sera là-haut.

— Colonel, je pense que vous surestimez le genre de ficelles que je suis capable ou non d'actionner. Qui plus est, vous n'ignorez pas qu'il est illégal d'avoir des communications sécurisées avec la colonie.

— C'est justement pour ça que je vous ordonne de n'en rien faire. Tout ça doit rester confidentiel. Cette pauvre fille s'est fait rouler dans la farine par les dirigeants de l'ONU pour qu'elle accepte cette mission, et ça me ronge de l'intérieur.

— Laissez-moi deviner : le général est resté suffisamment vague pour ne jamais risquer d'être inculpé, mais suffisamment précis pour que son propos soit parfaitement clair ?

Jenkins hocha la tête.

— Je déteste quand ils font ça. Bon, je vais voir ce que je peux faire de mon côté, mais je ne vous promets rien.

Le soldat sortit un ordinateur de poche de son treillis, et fixa l'écran.

Jenkins regarda une nouvelle fois l'image holographique de Priya. Elle ressemblait tellement à la Neeta Radcliffe entrée dans l'Histoire. Il n'y avait pas vraiment prêté attention quand elle était plus jeune et immature, mais maintenant qu'elle entrait dans l'âge adulte, sur le plan physique et mental la ressemblance était troublante.

À présent, sur Terre, l'Histoire justement était le plus souvent aussi embrouillée qu'elle était passée sous silence. L'accent était mis sur l'avenir, non sur le passé. Mais Jenkins avait grandi avec les récits du Grand Exode. Il savait tout des exploits des grands de cette époque. Le Dr Holmes, bien sûr, mais aussi Burt et Neeta Radcliffe. Ce qu'ils avaient accompli était incroyable. Ils avaient sauvé l'humanité, et pourtant leurs noms ne figuraient plus qu'en notes de bas de page aujourd'hui. Des reliques du passé.

Tandis que l'image de Priya flottait au-dessus de son bureau, il avait l'impression d'avoir une de ces reliques devant les yeux. Et pourtant, il l'envoyait au-devant du danger. Pas volontairement, mais il était tout de même responsable d'elle.

Todd s'éclaircit la gorge pour avoir l'attention de Jenkins.

— Colonel ? J'ai reçu l'ordre de me rendre dans le Midwest demain. Apparemment, une milice pose problème. Elle est constituée d'un groupe de fermiers qui ne veulent pas vendre leurs produits à la collectivité, comme l'exigent les mandats de l'ONU pour la centralisation de la production alimentaire.

Jenkins grimaça.

— Se conformer aux règles, suivre les ordres... nous en sommes tous là...

Il se représenta Priya embarquant dans un transport pour la colonie, et ajouta :

— Aussi déplaisant cela puisse-t-il être.

C'était la fin de l'après-midi, et Terry, assis à son bureau, faisait défiler les e-mails signalés par leur système de sécurité. Ranger s'était couché à côté de sa chaise, face à l'entrée du bureau ; il ronflait légèrement. Terry fixa le jeune chien. Ranger donna l'impression d'avoir senti le regard de son maître se poser sur lui ; il leva les yeux, soupira, puis reposa sa tête sur ses pattes pour se rendormir.

Un nouvel e-mail arriva ; Terry l'ouvrit. Le texte flottait au-dessus de son bureau et brillait en lettres jaunes. Il s'agissait d'un communiqué officiel d'un représentant du gouvernement, membre de l'ONU :

Destinataire : Centre d'éducation de Chrysalide
Date : 153.122 AE
Sujet : Approbation du budget pour le prochain semestre

À qui de droit :

En vertu de la Charte de l'éducation de l'ONU-Chrysalide datée du 77.201, le Comité de révision de l'éducation de l'ONU a approuvé les budgets de vingt-trois nouveaux stages liés à l'exploitation minière pour le semestre à venir. Vous trouverez ci-joint les indemnités journalières prévues pour chaque étudiant. Si vous avez des questions, veuillez en faire part avant la date de lancement prévue, c'est-à-dire 153.150.

Carla Smith
Conseil de l'éducation de l'ONU

. . .

Terry appuya sur l'icône du téléphone de son bureau, et sélectionna un numéro sur sa liste de numéros abrégés. À l'autre bout de la ligne, on décrocha immédiatement.

— *Bureau de l'économat, bonjour.*

— Salut, Tony. C'est Terry Chapper.

— *Chap ! Que puis-je faire pour toi ?*

— J'ai un petit service à te demander. Il semblerait que nous allons avoir une nouvelle série de stagiaires, vingt-trois en tout. Peux-tu me dire combien nous en avons eus la dernière fois, et ce que nous avons reçu pour couvrir leurs frais ?

— *Bien sûr, attends une seconde…*

Il y eut un bref instant de silence. Puis :

— *Voilà, j'ai ce que tu demandes. Lors du dernier semestre, nous avons eu vingt-et-un stagiaires, et on nous donne deux cent cinquante crédits par semaine et par stagiaire. Pourquoi cette question ?*

Terry fit défiler la feuille de calcul jointe à l'e-mail qu'il venait de recevoir.

— Je ne sais pas si c'est une erreur ou non, mais apparemment l'ONU a décidé de doubler la prime. Les frais des stagiaires de la prochaine promotion sont couverts à hauteur de cinq cents crédits.

— *Ouah, c'est beaucoup d'argent.*

— Donc, tu n'étais pas au courant ?

— *Non. Il leur arrive de faire un ajustement en fonction du coût de la vie, mais on parle d'une augmentation de trois pour cent, pas de cent pour cent.*

— D'accord. Merci, Tony.

Il mit fin à la conversation ; mais aussitôt son téléphone sonna de nouveau.

— Chapper.

— *Terry, c'est l'heure de la réunion du personnel. Où es-tu ?*

Terry jeta un coup d'œil à l'horloge.

— Merde. Désolé, Jean. Dis-leur que j'arrive tout de suite.

La dernière chose dont il avait besoin maintenant, c'était de prendre un savon par la gouverneure devant toute son équipe.

Quand Terry rejoignit enfin la salle de réunion, les huit membres du bureau de la gouverneure étaient présents, mais pas cette dernière. Il poussa un soupir de soulagement en prenant place à la table.

La gouverneure Jenna Welch était un personnage phare de Chrysalide. Elle administrait la colonie d'une manière totalement pragmatique. Elle était courageuse et charismatique. Et c'était une brillante stratège. Néanmoins, elle n'avait aucun scrupule à écorcher vif – verbalement – quiconque manquait à ses obligations sans raison valable.

Et elle était *tout particulièrement* agacée par les retards à une réunion.

Amanda Cummins, responsable de l'agriculture de la colonie, fit cliqueter ses ongles sur la table laquée.

— Elle n'aurait pas annulé la réunion, par hasard ? demanda-t-elle.

— Non, dit Andy Grass, avec un fort accent hongrois.

En tant que chef de cabinet de la gouverneure, il connaissait parfaitement l'agenda de cette dernière.

— C'est juste qu'elle n'est jamais en retard, alors…

Ranger se mit à gémir et alla s'asseoir à sa place habituelle. Il se redressa juste avant que la porte s'ouvre. La gouverneure Welch arriva enfin. C'était une femme d'une cinquantaine d'années à la stature imposante. En dépit du sérieux qu'elle affichait constamment, elle décocha un petit sourire à Ranger et lui gratta le cou. L'animal manifesta son plaisir en agitant furieusement la queue.

Elle reprit son sérieux et se redressa.

— Je suis venue avec une invitée, dit-elle.

Comme si elle attendait dans le couloir qu'on l'annonce, une femme à la peau sombre entra et sourit à la petite assemblée. Elle tenait dans ses mains un objet métallique rond d'environ quinze centimètres de diamètre. Cela ressemblait vaguement à un cadre photo, mais sans photo.

— Je vous présente Nwaynna Stewart, notre responsable de la recherche avancée et du renseignement terrestre. Elle m'informait concernant nos dernières… (Elle s'interrompit.) Mais le mieux est que je la laisse vous expliquer tout elle-même. Nwaynna, je vous en prie.

— Tout le monde ici dispose d'une accréditation Deadman ? demanda cette dernière.

L'accréditation Deadman était un niveau de classification établi peu après la fondation de la colonie. L'accréditation était requise pour toute information concernant l'existence d'une intelligence non-humaine. Très *très* peu de personnes possédaient cette accréditation ; seuls ceux qui en disposaient savaient qu'il y avait eu des formes de vie extraterrestres sur Epsilon, la planète autour de laquelle orbitait la colonie.

— Oui, tout le monde ici est accrédité, confirma la gouverneure en s'asseyant. Vous pouvez parler librement.

Nwaynna posa le cadre sur un support en bout de table et adressa à tous un petit sourire nerveux.

— Bon, vous n'ignorez pas que certains des artefacts extraterrestres découverts sur Epsilon ont été utiles dans les opérations de collecte de renseignements. Récemment, nous avons réussi à introduire partiellement cette technologie dans le bureau d'un cadre des services de renseignement de l'ONU, et à capturer par là-même une vidéo qui nécessitait selon moi d'être portée à l'attention de la gouverneure.

Carl Gustav, le chef des opérations minières, leva la main.

— Excusez-moi, mais sommes-nous censés croire que nous avons reçu un signal provenant d'un site aussi sécurisé ? On peut penser ce qu'on veut de tous ces pontes du gouvernement terrien, mais ils ne sont pas stupides. Peut-être qu'ils *voulaient* que nous interceptions cette vidéo ? Je parle d'une tentative orchestrée pour nous induire en erreur, vous voyez ?

Nwaynna secoua la tête.

— J'en doute sérieusement, dit-elle. Nous nous servons d'émetteurs-récepteurs extraterrestres dont ils ignorent tout, et que même nous ne savons pas reproduire. Nous parlons de signaux qui opèrent à plus d'un exahertz, et...

— Mademoiselle Stewart ? interrompit Terry. Pour nous autres, pauvres ignorants qui n'avons pas un doctorat en technologie extraterrestre... un exahertz ?

Elle rit.

— Désolée. L'exahertz est une fréquence. Comme le kilo-hertz et le mégahertz. En gros, c'est un milliard de milliards d'ondes par seconde. Ce qui signifie que ces émetteurs-récepteurs peuvent envoyer des messages à plus de cent millions de gigaoctets par seconde. La transmission d'une seconde de surveillance vidéo ne prend qu'une nanoseconde.

Elle se tourna de nouveau vers Carl.

— Qui plus est, tout est brouillé. Autrement dit, il est pratiquement inconcevable que quelqu'un qui ne possède pas déjà cette technologie extraterrestre puisse la détecter, et encore moins la pirater.

La gouverneure Welch fit un geste circulaire de la main.

— Le mieux serait sans doute que vous nous montriez la vidéo.

— Oui, madame.

La scientifique plaça ses doigts sur deux points du cadre, et aussitôt une image holographique haute définition apparut au-dessus de la table de la salle de réunion. Elle montrait un général aux cheveux gris et à la mise impeccable assis à un grand bureau. Terry remarqua le petit ruban sur l'uniforme, indiquant que l'homme appartenait à l'UNIB, le bureau du renseignement de l'ONU. L'UNIB avait la même réputation de secret que des organisations des siècles passés, comme la CIA, le MI6 ou le KGB, mais contrairement à ces organisations, le bureau du renseignement de l'ONU était rattaché à des unités militaires capables de contrôler des mouvements de troupes.

Le général lisait une feuille de papier. C'était surprenant. Comment se faisait-il qu'ils utilisent encore du papier ? Le général retourna la feuille. Terry avait vraiment l'impression que la scène se déroulait juste devant ses yeux. Tout ce qui se trouvait dans la pièce, qu'il s'agisse du son ou de l'image, était reproduit avec une fidélité remarquable.

On frappa à la porte.

— *Entrez.*

Un soldat en treillis entra et prit un siège devant le bureau du général. Terry sentit un frisson lui électriser la nuque ; la démarche, la posture voûtée, la mèche blanche au milieu de ses cheveux bruns par ailleurs : il connaissait ce type.

— *Monsieur*, dit le soldat. *J'ai l'information que vous cherchez.*

— *Je vous écoute, sergent.*

— *Bradshaw a été identifié par leur équipe de sécurité la semaine dernière. Ils l'ont éliminé.*

La gouverneure tourna un regard vers Terry, ses yeux lançant un avertissement qu'il n'avait vu que trop de fois au fil des ans.

— *Merde.*

Le général se recala dans son fauteuil.

— *Est-ce que c'est confirmé à cent pour cent ?*

— *Oui, monsieur. Nous en avons la preuve grâce à une analyse ADN.*

— *En sait-on un peu plus sur leur technologie ?*

— *Oui et non. Bradshaw a réussi à descendre jusqu'au niveau 12, avant que son signal ne soit bloqué par... on ne sait trop quoi.*

— *Attendez. Vous m'aviez assuré que son signal justement ne pourrait pas être bloqué.*

Le soldat haussa les épaules.

— *Je ne sais pas quoi vous dire, général. Tout ce que je sais, c'est que son signal a brusquement disparu, avant de réapparaître lorsque son corps a été remonté du niveau 12 à la surface. Général, nous avons des informations fiables concernant la présence de quelque chose là-bas, peut-être une technologie extraterrestre. Et nous sommes passés tout près de découvrir de quoi il s'agissait cette fois. Mais justement ; étant donné qu'ils ont démasqué Bradshaw, on peut supposer qu'ils vont être sur leurs gardes maintenant. Nous devrions peut-être attendre un peu avant de lancer de nouvelles missions.*

Terry sentit un frisson courir le long de sa colonne vertébrale. Il savait ce qui se trouvait dans la mine, au niveau 12. Et à présent, du moins apparemment, cela faisait plus qu'aiguiser la curiosité des services de renseignement de l'ONU.

— *Négatif,* dit le général. *J'ai des plans pour une infiltration à laquelle ils ne s'attendent pas. Je vous enverrai les détails à transmettre dès que j'aurai finalisé tout ça. Autre chose ?*

— *Non, monsieur.*

— *Vous pouvez disposer.*

L'hologramme disparut.

— Qu'est-ce qu'ils espèrent trouver au niveau 12 ? interrogea Carl. Il n'y a là que des passages reliant entre eux les puits de mines, et quelques lieux d'entreposage.

Nwaynna allait lui répondre, mais la gouverneure leva la main et dit :

— Je suis désolée, Carl. Vous n'êtes pas autorisé pour ce type d'information.

— Pas autorisé ? bredouilla Carl. Dois-je vous rappeler que je suis responsable des opérations minières ?

— Ce qui ne nécessite pas que vous soyez au courant de tout

ce qui se passe dans les mines, répliqua Jenna Welch d'un ton ferme. Nous parlons de choses qui sont antérieures à votre nomination.

Le visage de Carl devint cramoisi ; il paraissait sur le point d'exploser. Aussi, Terry s'empressa-t-il d'intervenir :

— Madame la Gouverneure, je connais l'homme qui rendait compte de la situation au général. Il s'appelle Mark Dixon. Lui et moi avons participé à la première phase du Q-Course.

— Du « Q-Course » ? chercha à comprendre Amanda Cummins, la responsable de l'agriculture de la colonie.

— Il s'agit d'une phase préparatoire à l'examen d'entrée dans les Forces Spéciales de l'ONU sur Terre.

Il poursuivit, en s'adressant à la petite assemblée :

— Dixon a été éliminé au cours de cette première phase, et je dois dire qu'aucun soldat n'a regretté son départ. C'est un vrai connard, et honnêtement je suis surpris qu'il porte encore l'uniforme. Je ne connais pas une personne saine d'esprit qui voudrait de lui dans son unité. Ce qui m'inquiète, c'est qu'un type comme lui – au sein de l'UNIB, de surcroît ! – soit aussi près de savoir ce qui se passe au niveau 12. Même ici, sur Chrysalide, on peut compter sur les doigts de la main les personnes qui le savent, et une seule est capable d'en comprendre toutes les implications.

Les yeux de la gouverneure lui décochèrent un avertissement. Carl Gustav nota le petit échange muet, mais contrairement à son habitude, il ne dit rien.

— Madame la Gouverneure, reprit Nwaynna. Avez-vous encore besoin de moi ?

Jenna Welch secoua négativement la tête.

— Non, merci, vous pouvez retourner à vos occupations.

Nwaynna quitta la salle de réunion ; la porte se referma derrière elle.

La gouverneure se tourna vers Carl.

— Carl, je veux qu'on double la sécurité à l'entrée des mines, et que personne ne descende sous le niveau 10 sans mon autorisation directe. Est-ce que c'est bien compris ?

Carl, le visage encore rouge, hocha la tête à contrecœur.

— Oui, madame.

La gouverneure reporta son attention sur Terry. Il avait beau avoir quarante ans, quand elle le regardait ainsi, il se faisait l'effet d'être un gosse toisé par son directeur d'école.

— Je veux que les services de sécurité épluchent les dossiers de chaque personne ayant accès aux mines. Nous avons mis hors d'état de nuire un espion, mais nous savons maintenant qu'il y a quelqu'un d'autre. Quelqu'un qui sait quelque chose qu'il ne devrait pas savoir.

— Compris.

Terry grimaça. Il y avait un espion dont la présence était confirmée parmi eux, et c'était à lui et à ses hommes de le trouver.

La gouverneure promena un regard grave sur les participants à la réunion, et dit :

— Nous savons tous que le gouvernement de la Terre veut déchirer les traités qui accordent à cette colonie le droit d'être souveraine. Ils ne reculeront devant rien pour parvenir à leurs fins, et cela passe notamment par l'envoi d'espions.

Elle se leva.

— Je ne peux pas répondre à la question que vous vous posez tous : ce qui se trouve au niveau 12. Sachez seulement que ce secret a toujours garanti la sécurité de la colonie, depuis bien avant votre naissance. Nous ne pouvons pas laisser ces salopards de l'ONU s'en emparer. Je m'entretiendrai plus tard avec chacun d'entre vous afin de mettre au point des plans de secours s'il advenait que les choses tournent mal ; mais en attendant, veillez à rester attentifs à tout ce qui pourrait sortir de l'ordinaire, et surtout n'hésitez pas à faire remonter l'information jusqu'à notre chef de la sécurité, termina-t-elle en désignant Terry. Nous savons maintenant avec certitude que l'ONU déploie des efforts concertés pour pénétrer nos défenses. Les amis, la situation est grave. Soyez sur le qui-vive. Vous pouvez disposer.

CHAPITRE CINQ

Priya était assise dans la minuscule cuisine de son appartement avec tante Jen, qui était enrhumée et reniflait.

— « Tisane », dit cette dernière en s'adressant au robot ménager. Je veux une tisane de menthe.

— *La tisane de myrte n'est pas dans la base de données de cette unité. Voulez-vous que je me connecte au site web du fabricant et que je vérifie s'il y a des mises à jour ?*

— Nom de Dieu ! s'emporta Priya. Une tisane de *menthe*, espèce de tas de boulons rouillés. Juste une tisane de menthe !

— *Vous avez demandé une tisane de menthe. Veuillez confirmer.*

— Oui ! crièrent-elles en même temps.

La machine se mit à bruire lentement. Puis, quelques secondes plus tard, un filet de thé fumant s'écoula dans l'énorme mug de tante Jen.

— Ils auraient quand même pu penser à une reconnaissance

vocale capable de traiter une voix enrhumée, tu ne crois pas ? se désola Priya en secouant la tête.

Sa tante récupéra sa grande tasse et but une gorgée de thé.

— C'est un vieil appareil. Je l'ai acheté dans le West End. C'est une marque anglaise très solide, mais un peu capricieuse.

Elle s'assit face à Priya.

— Alors, qu'est-ce que c'est que ce courrier de stage qui vient d'arriver ? Ne me dis pas que tu envisages de changer de filière après tout ce temps ?

Priya ne put s'empêcher d'avoir l'estomac noué en voyant sa tante inquiète. Elle ne voulait pas lui mentir, mais comment faire autrement cette fois ?

— Oui, j'allais t'en parler justement, mais je ne suis pas autorisée à entrer dans les détails. C'est le genre de truc un peu confidentiel, tu vois. Bref, on m'a proposé un emploi vraiment fantastique, mais ils veulent d'abord que j'acquière de l'expérience à la colonie.

— Vraiment ? fit tante Jen en fronçant les sourcils. J'ai entendu dire qu'il n'y avait que des voyous et des brutes là-bas. Tu penses que c'est vraiment sûr ?

Priya se mit à rire, même si, au fond d'elle, elle n'avait qu'une envie : pleurer.

— Non, il n'y a aucun risque, tante Jen. Fais-moi confiance.

Elle but à son tour une gorgée de son thé.

— Tu te rends compte qu'il y a des endroits où on ne peut même pas se rendre en prenant le Tube ? Des tas de lieux qui ne sont pas desservis.

— Où as-tu besoin d'aller ?

— Ce n'est pas tellement que j'ai besoin d'aller quelque part en particulier, c'est juste que… Imaginons que je veuille rendre visite à des amis en Idaho, par exemple ; eh bien, pour ça, il faut que je dépose une demande auprès des autorités de transit, et que j'attende qu'elles m'y autorisent. Et d'après ce que je sais, certaines personnes se voient refuser le voyage, comme de vulgaires criminels.

— Mais non, c'est absurde, dit Tante Jen en se mouchant bruyamment. Il est normal que l'on n'utilise pas à tort et à travers des ressources comme le Tube. Ces choses-là demandent à être organisées, planifiées. Il n'y a qu'un nombre limité de capsules ; on ne peut pas tous voyager partout en même temps. La priorité doit être donnée à ceux qui en ont le plus besoin à un instant T. Ce n'est pas si grave. J'ai pris le Tube pour me rendre à Los Angeles une fois ; j'ai eu l'autorisation en moins de deux jours.

Priya soupira.

— Je trouve que c'est mal fait, c'est tout. J'ai lu des histoires dans lesquelles les gens conduisaient, et pouvaient aller où ils voulaient, quand ils le voulaient.

Tante Jen fronça les sourcils.

— Oui, ma grand-mère m'en a parlé, mais tu n'as pas idée à quel point on n'était pas en sécurité dans ces véhicules.

— Le Tube n'est pas si sûr que ça non plus, fit valoir Priya.

Sa tante se rendit soudain compte de sa maladresse.

— Je suis désolée. Je ne voulais pas…

— Non, ne t'inquiète pas. C'était il y a longtemps.

Tante Jen avala une autre gorgée de son infusion.

— Globalement, le Tube est un moyen de transport *très sûr*, malgré ce qui est arrivé à tes parents. Ces véhicules que les gens conduisaient autrefois… c'était du suicide. Sans compter les dégâts causés à l'environnement.

Priya changea rapidement de conversation, avant que sa tante ne se lance dans une de ses interminables diatribes écologistes.

— Tante Jen, as-tu déjà lu *Sur la route* de Jack Kerouac ?

— Non, ça ne me dit rien.

— Ça date d'avant l'Exode. J'ai lu pas mal de ces histoires. Un livre de voyage aussi, *Blue Highways*. On y parle d'un tas d'endroits qui ne sont pas desservis par le Tube… Je me demande ce que sont devenus tous ces endroits justement. À quoi ils ressemblent.

— Eh bien, s'ils n'ont pas de stations, que le Tube ne s'y arrête pas, c'est qu'ils ne doivent pas être très intéressants, dit sa tante. Qu'est-ce qui t'a poussée à lire ces vieux livres ?

— Ça fait déjà longtemps. C'était après la mort de p'pa et m'man ; je me suis réfugiée dans les livres et la lecture.

— C'est vrai, je m'en souviens. J'étais contente que tu aies trouvé un moyen de t'évader.

— Oui, ça m'a fait du bien, je suppose. C'est sûrement parce que les gens dans ces livres, leurs auteurs, s'évadaient *réellement* eux aussi. Comme Neil Peart, l'auteur de *Ghost Rider*. Sa femme et sa fille sont mortes, et il fait son deuil en traversant l'Amérique du Nord à moto, jusqu'au Mexique, et même encore plus au sud que ça, avant de revenir. Il rend visite à des amis, il pleure et… il roule, tout simplement. Il est difficile d'imaginer une telle chose de nos jours… être seul avec ses pensées. Ça paraît tout bonnement impossible.

— Et dangereux, ajouta tante Jen en posant son mug sur la

table. Priya, tu es sûre que tout va bien ? Tu as besoin de quelque chose ?

— Non, tout va bien, mentit Priya en terminant le reste de son thé.

Elle avait bel et bien besoin de quelque chose, mais le monde dans lequel elle vivait n'était pas en mesure de le lui fournir.

En entrant dans sa chambre, Priya sentit Harold tapoter un message sur son cuir chevelu.

« Un signal s'est activé quand nous sommes entrés dans ta chambre. »

Elle se retourna vers tante Jen, occupée à remplir une grille de mots croisés activée sur l'holo-appareil.

— Quelqu'un est entré dans ma chambre ? demanda-t-elle.

Sa tante hocha la tête d'un air absent.

— Oui, un agent d'entretien est venu plus tôt dans la journée pour nettoyer à fond les bouches d'aération. Pourquoi, il y a un problème ?

— Non, ce n'est rien.

Priya s'efforça de rester calme en quittant l'appartement, mais son cœur battait à tout rompre. Elle était sous surveillance. Dans sa propre maison.

Elle sentit l'adrénaline affluer dans ses veines ; la panique s'était logée dans sa poitrine. Elle avait l'impression que des yeux l'observaient de partout. Un voisin la regarda et lui sourit, mais, après un rapide salut de la main, elle ne put s'empêcher d'accélérer le pas.

Un peu plus loin, elle se mit à courir.

Elle courut sans s'arrêter jusqu'à North Coral Springs, ne ralentissant qu'après avoir atteint le bois qui bordait le quartier. Un panneau avertissait que le bois en question constituait une « zone réglementée», interdite d'accès, mais pour une fois elle n'en tint pas compte. Il fallait qu'elle leur échappe. Elle avait besoin d'être seule. Les six dernières semaines avaient été un enfer. Depuis sa rencontre avec le colonel, c'était comme si sa vie ne lui appartenait plus. Elle était constamment à cran.

Elle ignora l'écriteau et entra dans le bois.

Mais une centaine de mètres plus loin à peine, elle tomba à genoux. Elle n'était pas habituée à courir ainsi ; elle avait dû mal à reprendre haleine. L'épuisement physique, ajouté à la peur incontrôlable et à la paranoïa… C'était plus qu'elle n'en pouvait supporter.

Elle enfouit son visage dans le creux de ses mains et se mit à pleurer, tremblante, agitée de sanglots profonds.

Elle sentit Harold quitter sa tête, et se glisser jusqu'à sur ses genoux. Elle avait besoin de son réconfort ; elle tendit la main pour le caresser, mais au lieu d'un chaton sur ses genoux, elle sentit quelque chose de dur et de lisse. Elle baissa les yeux. Harold s'était transformé en tablette.

— Harold ?

La tablette clignota, et une vidéo apparut, montrant deux personnes que Priya reconnut : Neeta et Burt Radcliffe. Ses arrières-arrières-grand-mère et grand-père.

Ils se tenaient enlacés et pleuraient.

Elle ignorait totalement l'existence de cette vidéo dans les archives. Quand était-ce ?

Neeta attira contre son épaule le visage de son mari, et lui caressa l'arrière du crâne. Elle se tourna en même temps vers Priya, et, les yeux encore brouillés de larmes, dit :

— *Si tu vois ce message, c'est certainement parce que la technologie extraterrestre a déterminé que le moment était venu – le moment pour toi, ma chère enfant, d'être forte pour nous tous.*

Burt leva la tête et fixa Priya du regard. Ses traits étaient marqués ; il avait des rides. Il pouvait avoir soixante-dix ans, mais malgré son âge et ses yeux rougis par les larmes, on sentait qu'un feu ardent brûlait en lui. Quand il sourit, tout son visage s'illumina.

— *Je sais que le sang de ta grand-mère coule en toi ; c'est pour cela que j'ai une totale confiance dans ta capacité de faire ce qui doit être fait. (Il donna un baiser à sa femme.) Il est temps que tu saches ce qui s'est réellement passé quand nous avons fui l'endroit où l'humanité est née. J'aimerais pouvoir te raconter tout cela en étant près de toi, mais nous ne serons plus de ce monde depuis longtemps quand tu entendras ceci. Si la situation est telle que nous le craignons, on t'a probablement raconté un tas de mensonges.*

Neeta prit la suite :

— *Avant tout, tu dois savoir que David Holmes n'est pas mort d'une crise cardiaque, comme le gouvernement l'a probablement laissé croire. Il est même possible qu'ils l'aient effacé des livres d'histoire au moment où tu recevras ceci. Sache que David Holmes est l'homme qui a réellement sauvé l'humanité au cours de ce qu'on appelle désormais le Grand Exode. Ne crois pas ceux qui te disent autre chose. Et ils l'ont tué.*

Burt approuva d'un hochement de tête.

— *C'est vrai*, reprit-il. *Ils l'ont tué. Et maintenant, ils réduisent au silence tous ceux qui savent la vérité. Voilà pourquoi nous enregistrons ce message.* (Il soupira.) *Puisque nous n'avons aucun moyen de savoir ce qu'on t'apprend en histoire, je suppose qu'il nous faut commencer par le commencement, c'est-à-dire par la découverte d'une vie extraterrestre sur Epsilon...*

Priya écouta, concentrée, ses deux aïeux lui raconter tour à tour ce qui s'était réellement passé il y avait plus d'un siècle et demi de cela.

Priya resta assise un long moment après avoir regardé la vidéo. Tant de choses se bousculaient dans sa tête. Certaines d'entre elles la glaçaient jusqu'à la moelle des os ; d'autres n'avaient aucun sens. Tant de secrets ; tant de mensonges. Il y avait de quoi être déboussolé. Neeta et Burt ne savaient pas quand leur message serait entendu. Ils ne s'attendaient probablement pas à ce qu'il reste en sommeil durant près de cent cinquante ans. Difficile donc, pour eux, de savoir exactement quoi expliquer.

Neeta lui ressemblait tellement ; à moins qu'il ne fût plus juste de dire qu'*elle* ressemblait tellement à Neeta.

Harold était redevenu un chaton, et elle lui caressait le ventre.

— J'ai toujours su que tu étais différent. Une technologie extraterrestre ? Ça ne me surprend pas. Et merci, dit-elle en le prenant dans ses bras et en l'embrassant sur le nez. Merci d'avoir conservé ce message si longtemps.

Les derniers rayons du soleil scintillaient à travers les arbres.

Soudain, elle entendit craquer une brindille. Elle se redressa brusquement et vit un soldat approcher, tenant un fusil, prêt à faire feu.

— Ce bois est interdit d'accès, m'dame. Vous n'avez pas vu les écriteaux ?

— Je suis désolée ! bredouilla Priya, paniquée.

Et elle se mit à raconter, en la modifiant légèrement, une scène d'un vieux film qu'elle avait vu des années auparavant.

— La copine du frère du petit ami de la sœur de ma meilleure amie a entendu dire, par ce type qui connaît ce gosse qui sort avec cette fille, qu'il y a un fantôme dans ce bois.

Le soldat marqua un temps d'arrêt, s'efforçant d'assimiler l'information.

— Monsieur, est-ce qu'il y a un fantôme dans ce bois ? Parce que le petit ami de la sœur de ma meilleure amie…

— Stop ! fit le soldat en secouant la tête d'un air agacé.

Il pointa son arme en direction des maisons qui bordaient le bois.

— Allez dire à votre idiote d'amie qu'elle se trompe. Et si je surprends encore l'un d'entre vous à traîner par ici, il le regrettera. Est-ce que je me fais bien comprendre ?

Priya hocha la tête.

— Oui, monsieur.

Elle se mit à courir pour regagner son appartement, encore surprise d'avoir su tirer parti de ce vieux classique du cinéma qu'était *La folle journée de Ferris Bueller*.

Il faisait nuit noire lorsque le sergent Todd Winslow, qui n'était pas en uniforme pour cette mission, s'engouffra à travers une brèche de la clôture grillagée. Il était à présent en zone non surveillée – un endroit où les systèmes de sécurité et de vidéosurveillance habituels n'étaient pas opérationnels. Comme il était responsable de la sécurité du périmètre de Cap Canaveral, il savait où étaient les failles en matière de surveillance. Il était strictement illégal, pour le citoyen lambda, de pénétrer dans ces lieux, mais non seulement il n'était pas un citoyen lambda, mais il n'avait surtout pas l'intention de se faire prendre.

Il courut au petit trot en direction du nord sur environ deux kilomètres, jusqu'à un abri antiatomique désaffecté datant du vingtième siècle. Un bâtiment qui était en service bien avant que l'ONU ne se mette à diriger les opérations militaires des États-Unis, et que les chose ne dégénèrent. Comme il approchait du bunker en béton qui se découpait sombrement dans la nuit, Todd entendit le cri d'une mouette.

Mais ce n'était pas vraiment une mouette. Pas à cette heure de la nuit.

Il plongea la main dans sa poche et appuya trois fois sur un bouton qui émit seulement un *clic clic* distinct.

Trois ombres se matérialisèrent dans l'obscurité. L'une d'elles murmura :

— Il sera là dans une seconde.

Dans la nuit sans lune, Todd peinait à distinguer les trois hommes – ses contacts auprès de la faction locale des Rebelles, une milice qui vivait en dehors des règles de la société, et qui figurait depuis longtemps sur la liste des cibles à abattre de l'ONU. Le père de Todd était le chef de l'un des plus importants groupes de Rebelles, quelque part dans le Montana.

Le bourdonnement d'un drone en approche se fit soudain entendre. L'appareil descendit et s'arrêta au sol, à quelques centimètres des pieds de Todd.

— Il est déjà autoconnecté à Chrysalide, chuchota un des hommes. Faites vite, parce qu'il est programmé pour repartir dans une minute.

Todd s'agenouilla et regarda, fasciné, le drone se transformer en une boîte rectangulaire munie d'une longue antenne. Un émetteur de grande puissance.

Il approcha la boîte de son oreille et entendit une voix dire :

— *N'oubliez pas : il y a un délai de réponse de quatre minutes entre nos deux sites. Et je dois attendre que l'émetteur se désactive pour vous répondre. Envoyez-moi les instructions. Je ferai de mon mieux.*

Todd inséra une puce de stockage sécurisée dans l'appareil extraterrestre.

— Ci-joint l'image d'une nouvelle stagiaire, dit-il. C'est une Radcliffe. Elle partira d'ici dans quelques jours. Vous savez quoi faire.

L'émetteur vibra brièvement. Il retira la puce de stockage, laquelle se désintégra instantanément, réduite en poussière. Il reposa ensuite l'émetteur par terre. Le métal se mit à remuer comme s'il était vivant, avant de se transformer de nouveau en un drone qui s'élança dans le ciel et disparut dans la nuit.

Les hommes qui étaient là l'instant d'avant encore avaient également disparu.

Todd se mit à prier, tandis que son message filait à la vitesse de la lumière vers la colonie.

— J'espère que je n'aurai pas à regretter ce que je viens de faire, dit-il.

~

— Pour ceux qui n'auraient jamais quitté le réseau, laissez-moi vous expliquer quelques faits…

Priya regarda par la fenêtre du car qui roulait sur l'ancienne autoroute US 119 Nord. Ils traversaient une zone agricole ; les parcelles en partie boisées quadrillant le paysage ne ressemblaient à rien de ce qu'elle avait pu voir auparavant. La vue portait à des kilomètres. La seule fois où elle avait eu une vue aussi dégagée, c'était à la plage ; et encore. Les installations destinées à prévenir l'érosion se dressaient à environ un kilomètre du rivage, bloquant la vue sur tout ce qui se trouvait au-delà.

— *Nous allons parcourir un peu plus de quatre cent cinquante kilomètres pour visiter la mine désaffectée du comté de Marshall. Avec le Tube, ce serait un agréable voyage de dix minutes. En car, cela prendra trois heures. Alors, détendez-vous et profitez de la vue. Ce que vous voyez, ce sont les vestiges d'une époque lointaine où les gens travaillaient la terre et se déplaçaient à l'aide de carburants fossiles.*

La femme qui parlait, micro à la main, se tenait à l'avant du car. Sans son micro et les haut-parleurs répartis dans le véhicule, le bruit de la route aurait noyé ses paroles. Le contraste avec le silence des déplacements dans le réseau du Tube était frappant.

— On peut sincèrement remercier le Conseil de l'éducation des Nations Unies et le Département des mines, des minéraux et de l'énergie de Virginie, d'avoir autorisé l'École des mines de Virginie à effectuer ce voyage inhabituel. Si vous avez des questions pendant le trajet ou la visite, n'hésitez pas à les poser.

Un des stagiaires leva la main. Il dut crier pour qu'on l'entende :

— Cette autoroute est vieille de plusieurs siècles. Elle date d'avant l'Exode, si l'on en croit la documentation qu'on nous a distribuée. Comment a-t-elle pu rester en si bon état ?

— Bonne question. Comme vous pouvez le voir, la plupart de ces terres ont été converties en terres agricoles. Des millions d'hectares sont cultivés à l'aide de machines pour produire notre nourriture. Le réseau autoroutier est toujours utilisé pour transporter les récoltes – en utilisant des véhicules beaucoup plus grands que celui-ci – et il est entretenu dans ce but.

Priya leva la main à son tour.

— Est-ce que des gens vivent ici, dans ces zones non surveillées ?

— Bien sûr. Certaines personnes ont pour unique tâche d'entretenir le matériel qui permet d'automatiser les récoltes. Mais quelques-uns préfèrent une vie un peu plus isolée. Néanmoins, tous portent ceci, ajouta-t-elle en levant la main pour montrer son bracelet.

Priya aussi portait un bracelet d'identité. C'était d'ailleurs le cas de tous. Ils l'avaient passé à leur poignet en embarquant à bord du car. Priya détestait être suivie, mais elle n'avait pas le choix : si elle voulait monter dans ce car, il le fallait.

Le type assis à côté d'elle se pencha et chuchota :

— On dit qu'il y a des hors-la-loi ici, des gens qui ne sont absolument pas surveillés. Pas de carte d'identité, pas d'accès à la civilisation. C'est comme le Far West des années 1800. Enfin, c'est ce que m'a dit mon oncle.

— Que se passe-t-il si on a des ennuis ici, et pas de bracelet ? demanda Priya.

— Dans ce cas, c'est pas de chance. Mais certaines personnes s'en fichent. La famille de mon oncle était du New Hampshire, et elle appliquait la vieille devise : « Vivre libre ou mourir ». Personnellement, je ne m'imagine pas vivre ici, au milieu des animaux sauvages, de la saleté et des hors-la-loi qui cherchent à me voler.

— *Très bien, tout le monde. Si vous n'avez plus de questions importantes, je vais vous faire écouter une cassette audio que nous avons récupérée dans la mine que nous nous apprêtons à visiter. Elle date de plus de deux cents ans. Je crois que ça va vous intéresser.*

Une musique se fit entendre ; puis une voix d'homme s'éleva dans les haut-parleurs :

— *Nous sommes la plus grande entreprise privée de charbon aux États-Unis et la plus grande entreprise d'extraction souterraine de charbon au monde. Nous sommes la Murray Energy Corporation, et nous produisons plus de soixante-seize millions de tonnes de charbon par an. Il s'agit de charbon bitumineux de haute qualité, produit grâce aux efforts de près de sept mille personnes...*

Priya mit la voix en sourdine et regarda défiler le paysage agricole. Tout était si différent ici. Pas de magasins, pas de bibliothèques, pas d'écoles. Et pas de boulots non plus. Ce serait vraiment comme vivre au temps des premières Amériques, où tout ce qui comptait, c'était survivre. L'idée l'intriguait et l'effrayait à la fois.

Au moins n'allait-elle passer qu'une journée ici, se dit-elle pour se consoler. Chrysalide serait probablement tout aussi étrange, mais cette fois, elle allait devoir y passer six mois.

Du moins, si elle réussissait à survivre aussi longtemps.

Elle n'ignorait pas que d'autres personnes avaient été envoyées pour espionner Chrysalide, et n'étaient jamais revenues. Cette pensée était comme une épée de Damoclès au-dessus de sa tête. Comment pouvaient-ils s'attendre à ce que son petit voyage se solde autrement ? Selon toutes probabilités, elle allait mourir là-haut.

Elle prit une grande inspiration. Elle aurait voulu que les choses soient différentes ; elle ne se serait pas retrouvée dans cette situation impossible.

Mais soudain, elle sourit.

— Il y *a* quelque chose que je peux faire.

— Qu-quoi ? fit le type à côté d'elle.

— Oh, rien, éluda Priya en balayant la question d'un geste.

Elle se tourna de nouveau vers la fenêtre. Elle avait hâte que cette journée se termine. Demain, elle allait enfreindre toutes les règles.

« *Un passager pour le Bizarre Bazar à Times Square. Veuillez noter qu'il s'agit d'un déplacement premium, et que le Service de*

transport en commun débitera trois crédits de votre compte pour chaque trajet. Veuillez confirmer, s'il vous plaît. »

Priya leva les yeux au ciel.

— Confirmé.

Le bruit de l'air dû au changement de pression s'intensifia derrière les portes métalliques.

« Dépressurisation en cours. Demande de mise en file d'attente pour une liaison Coral Springs/North Junction et le terminal principal de Times Square/Bizarre Bazar. »

Priya se mit à piétiner, tout excitée. C'était son dernier jour sur Terre, au moins provisoirement – mais elle savait que cela risquait bien d'être définitif. Alors, elle allait dépenser sans compter ses crédits. Après tout, ils ne lui serviraient plus à rien quand elle serait morte.

« Liaison terminée. La voiture arrive dans trois... deux... un... »

Les portes s'ouvrirent. Priya entra dans la capsule monoplace, et se prépara pour les vingt minutes de trajet vers le seul endroit qu'elle connaissait où elle était certaine de pouvoir se procurer ce qu'elle voulait.

« Départ imminent. »

Elle sourit, et s'agrippa aux accoudoirs comme la capsule accélérait.

Priya aurait été incapable de décrire l'odeur paradisiaque qui lui parvenait aux narines. Elle lui rappelait vaguement les émanations d'un feu de camp, en plus âcre, plus primitif.

Elle avait lu pas mal de choses à propos de la viande, la vraie, mais elle n'avait encore jamais trouvé d'endroit qui en servait. Et voilà qu'elle se retrouvait avec un steak haché de bœuf fraîchement grillé devant elle. Elle savait à présent avec certitude au moins une chose : les livres ne rendaient pas justice à cet incroyable aliment. Rien que l'odeur était exquise ; elle en avait l'eau à la bouche.

La serveuse s'approcha et demanda :

— Vous avez des questions ?

Priya n'était pas habituée à ce qu'une vraie personne prenne sa commande, la lui rapporte, et lui demande de surcroît si elle avait des questions.

— Eh bien… je me demandais juste… quelle est la meilleure façon de manger ça ?

Elle avait dépensé plus pour ce steak haché de bœuf de soixante grammes que pour une semaine de courses habituellement. La dernière chose à faire, c'était gâcher l'expérience.

La serveuse sortit un pointeur laser de sa poche et dirigea le faisceau lumineux sur la viande, les petits pains ronds et les légumes.

— La plupart de nos clients apprécient de manger la viande seule, pour mieux savourer ce qui, en dehors du bazar, est illégal, comme vous le savez. Mais c'est censé être un sandwich. Les livres d'histoire sont très clairs sur ce que les gens mettaient dedans. La viande bien sûr, et puis de la tomate, de la laitue, parfois un cornichon, et enfin un peu de ketchup ou de mayonnaise, ou même les deux.

Priya décida de suivre le premier conseil de la serveuse : elle voulait essayer la viande seule. Elle en coupa un minuscule morceau, tout en se sentant ridicule d'être aussi excitée pour quelque chose d'aussi basique que de la nourriture. Puis elle fourra le morceau dans sa bouche.

C'était délicieux – tellement différent des ingrédients manufacturés et transformés avec lesquels elle avait grandi. La saveur juteuse de la viande, combinée à un léger goût de grillé… Elle laissa échapper un gémissement presque gênant.

La serveuse sourit.

— C'est bon, pas vrai ? Si vous avez besoin d'autre chose, faites-moi signe, d'accord ?

Priya fut tentée d'essayer de reproduire la sensation de cette première bouchée, mais elle décida qu'il valait mieux essayer la manière traditionnelle. Le sandwich à la viande.

Elle assembla les ingrédients comme la serveuse le lui avait indiqué, sans oublier le ketchup et la mayonnaise, et prit une bouchée.

Nouveau gémissement de plaisir. Elle n'était pas près d'oublier cette expérience gustative. Elle savoura son sandwich, mâchant lentement chaque bouchée, appréciant chaque instant, mais très vite il n'en resta plus rien.

Elle jeta de nouveau un coup d'œil au menu numérique. Elle avait déjà dépensé la plupart de ses crédits, mais il lui en restait assez pour commander encore quelque chose. À quoi bon économiser son argent ? Elle était attendue le lendemain à l'aube à Cap Canaveral, pour un voyage dont elle ne reviendrait probablement jamais.

Elle fit signe à la serveuse, qui s'approcha aussitôt.

— Alors, comment était le steak haché ?

Pour toute réponse, Priya émit un son qui était à mi-chemin entre le gémissement et le grognement.

La serveuse se mit à rire.

— C'est à peu près la réaction que j'ai eue la première fois que j'en ai goûté un. Vous aimeriez autre chose ?

— Pourriez-vous m'en dire un peu plus sur le cheesecake ? Qu'est-ce que c'est, au juste ?

— Oh, ma toute belle… Bon, par où commencer ?

— Vous êtes sûre que ce signal provient d'une technologie extraterrestre ? demanda Terry.

Il se tenait à côté de Nwaynna Stewart devant une console extraterrestre qui affichait plusieurs signaux reçus récemment. Le signal qui les intéressait avait déclenché une alerte quinze minutes plus tôt.

Nwaynna fit défiler avec la main plusieurs graphiques complexes qui paraissaient faire sens pour elle, ce qui n'était pas le cas de Terry.

— Sans le moindre doute, dit-elle pour répondre à sa question. La fréquence dépasse de plusieurs ordres de grandeur tout ce qu'il nous est possible de produire ; et évidemment, les scientifiques sur Terre ont des générations de retard sur nous en matière de technologie. Sans nos « renifleurs » de signaux extraterrestres, nous n'aurions rien capté du tout.

— Pouvez-vous décoder le message ?

— Non, j'en ai bien peur. Il a été transmis à l'aide d'un brouilleur automatique.

— Et pour ce qui est de la source et de la destination ?

Elle sourit.

— Là, j'ai de meilleures nouvelles. Nos récepteurs extraterrestres sont de très bons analyseurs de spectre. Ils ont leurs limites, mais j'ai réussi à capturer assez de fréquences pour pouvoir trianguler, et…

Elle balaya de nouveau l'écran avec la main, et une image du système solaire apparut. Au centre se trouvait Tau Ceti ; la Terre, éloignée, orbitait autour. Epsilon était plus proche, en orbite autour de Chrysalide. Un graphique animé montrait un signal envoyé depuis la Terre et voyageant à travers l'espace jusqu'à la colonie minière.

— Le signal provient de la Terre, du sud-est de l'Amérique du Nord. Je ne peux pas être plus précise. Quant à sa destination…

Elle écarta les doigts, zooma sur la colonie, et pointa un bâtiment en particulier.

— Il est allé là.

— Vous en êtes sûre ?

— À cent pour cent. Le signal est très concentré, sans doute pour des raisons de sécurité.

Elle sourit fièrement et ajouta :

— Mais nous l'avons tout de même capté.

Terry lui tapota l'épaule.

— Beau travail. Merci pour l'information.

Comme il sortait du bureau, Ranger, qui l'attendait tranquillement, se leva d'un bond et trotta à ses côtés. Terry pressa un bouton sur son col.

— *Mouais ?* répondit l'agent de sécurité en service.

— Jason, j'ai besoin qu'on verrouille le bloc C, celui des dortoirs. Je veux que personne n'en sorte jusqu'à nouvel ordre.

— *Oh, bon sang. D'accord, mais nous parlons de trois cents mineurs, j'espère que vous vous en rendez compte. Que voulez-vous que je leur dise ?*

— Rien du tout. Contentez-vous de verrouiller le bloc. J'arrive le plus rapidement possible. Oh, encore une chose : vérifiez la vidéo de surveillance des quinze dernières minutes. Si quelqu'un a quitté le bloc pendant ce temps, je veux qu'on le retienne jusqu'à ce que je puisse l'interroger.

— *Terry, ça ne va pas manquer de soulever des critiques. Vous êtes bien sûr que c'est ce que vous voulez ?*

— Faites ce que je vous dis.

— Très bien. Je verrouille les bâtiments… voilà.

Terry se déconnecta et courut au petit trot jusqu'à son transport. C'était peut-être l'opportunité qu'il cherchait.

CHAPITRE SIX

Le soleil n'était pas encore levé quand les étudiants en sciences minières s'alignèrent sur le tarmac de Cap Kennedy. Tous piétinaient dans la brise fraîche du matin ; l'excitation était palpable.

Tout près de la navette à présent, Priya ne put s'empêcher d'admirer la conception du vaisseau. Ses moteurs géants étaient de conception hybride, ce qui lui permettait de fonctionner comme un avion dans l'atmosphère, mais dans le vide spatial, il était capable d'opérer de brusque changement de trajectoire et d'accélérer dans n'importe quelle direction. L'orientation des moteurs « vers le bas » dans l'espace, permettait de créer l'illusion de la gravité pour tous les passagers, tandis que le vaisseau filait vers sa destination.

Le premier étudiant de la file donna son nom à l'officière chargée du contrôle, qui le cocha sur sa liste et l'envoya vers l'escalator mis en place à côté du vaisseau. Priya sentit son cœur battre plus fort tandis que l'officier avançait dans la file d'attente.

Elle était à la fois excitée à l'idée de vivre de nouvelles expériences, et effrayée face aux dangers qui la guettaient constamment. Après tout, elle s'embarquait en tant qu'espionne. Son travail allait consister à creuser, non pas le sous-sol de Chrysalide, mais le comportement des mineurs ; démasquer des terroristes. Obtenir des noms.

Sachant qu'une bonne partie de sa mission ne lui serait expliquée qu'une fois sur place. Et elle n'avait aucune idée de la façon dont cela se passerait.

L'officière s'arrêta devant elle.

— Nom ?

— Priya Radcliffe.

La femme consulta sa tablette et fronça les sourcils.

— Radcliffe, vous dites ?

Priya sentit un filet de sueur suinter à la base de son cou.

— Oui. Radcliffe, avec deux « f » et un « e ».

Le femme fit défiler sa liste de noms sur sa tablette.

— Vous êtes certaine d'être autorisée à participer à cette session de stage précise ? Je ne vous trouve pas sur ma liste.

— Oui, certaine, insista Priya en sortant son ordinateur de poche.

Elle montra à la femme sa carte d'étudiante et son certificat d'inscription au stage pour ce voyage précis sur Chrysalide.

L'officière lui fit signe de se mettre sur le côté.

— Bon, je continue de m'occuper des autres, et on règle ça juste après.

Alors qu'elle passait au stagiaire suivant, Priya ressentit un mélange d'embarras et d'indignation. Elle sortit son téléphone, chercha un numéro et colla l'appareil à son oreille.

— Oui ?

— Ted, je suis sur le tarmac, prête à embarquer, mais on me dit que je ne suis pas sur la liste. J'ignore ce qui…

— *J'arrive tout de suite.*

Il y eut un « clic » de fin de communication.

Priya fixa son téléphone.

— Bon, d'accord… eh bien, je vais attendre.

Le soleil était haut sur l'horizon, et Priya attendait toujours sur le tarmac. Le vaisseau aurait déjà dû décoller, mais à cause d'elle, il était encore au sol. Les autres stagiaires étaient tous confortablement installés à bord, et probablement impatients de rejoindre l'espace.

L'agent Ted était arrivé quelques minutes seulement après avoir été prévenu, mais la compagnie de transport avait dû faire appel aux services de l'immigration de l'ONU pour trancher la question. L'agent de l'immigration avait fini par arriver, mais pour contester la demande de l'agent Ted.

— Je suis désolé, mais ce que vous demandez est très inhabituel. Toute modification du manifeste doit être approuvée au préalable par la colonie.

L'agent Ted brandit son badge – une fois de plus.

— Je me fous de ce que dit votre manifeste. Mlle Radcliffe est autorisée à voyager. Cette navette ne doit pas partir sans elle. Contactez l'agence de voyage de l'ONU, et revoyez votre document de transport.

Priya redoutait ce voyage depuis le début ; mais après tout ce qu'elle avait enduré – l'entraînement, les vaccins, la stimulation magnétique transcrânienne, sans même parler des cauchemars – elle serait déçue si ce voyage ne devait pas avoir lieu. Il semblait pourtant bien que c'était ce qui allait se passer. Tout s'écroulait à la dernière minute.

Alors que l'agent de l'immigration était en ligne sur son téléphone avec elle ne savait trop qui, l'agent Ted s'approcha et lui tendit un portefeuille.

— Voici une copie de votre visa approuvé, juste au cas où ils vous chercheraient des poux dans la tête là-haut.

— Est-ce qu'ils vont seulement me laisser embarquer ?

Ted balaya la remarque d'un geste.

— Bien sûr que oui, ne vous inquiétez pas. C'était prévu. Nous avons mis tout ça en place à la dernière minute pour votre sécurité. C'est pour ça que j'étais sur le campus – je savais qu'on vous ferait probablement des difficultés.

— Pour ma sécurité ? releva Priya, inquiète maintenant.

Son malaise devait être évident, parce que l'expression de l'agent, de grave, se mua en quelque chose de presque… chaleureux. Il posa une main sur son épaule et dit :

— Seule une poignée de personnes est au courant de votre voyage. C'est voulu. Croyez-moi, nous avons pris toutes les précautions possibles. Vous serez en parfaite sécurité.

L'agent de l'immigration rangea son téléphone et dit quelque chose à l'officière des transports. La femme acquiesça d'un hochement de tête, puis s'approcha de Priya.

— Mademoiselle Radcliffe, vous êtes autorisée à embarquer.

Elle pointa un doigt vers l'escalator.

— Allez-y, embarquez. Je préviens l'équipage.

L'agent Ted serra la main de Priya.

— Bonne chance.

Priya ressentit une drôle d'impression, un moment presque surréaliste, tandis qu'elle parcourait les quelques cinquante mètres qui la séparaient de l'escalator. Des images fusèrent dans son esprit : un port spatial où elle savait pourtant n'avoir jamais mis les pieds ; un écriteau sur un mur disant « Bienvenue à Chrysalide », et des odeurs semblables à celles qui flottaient dans le Bizarre Bazar.

Et soudain, les visions et les sensations disparurent comme elles étaient venues.

Une hôtesse l'accueillit en haut de l'escalator.

— Bienvenue, mademoiselle Radcliffe. Nous allons décoller d'un moment à l'autre. Vous avez le siège 12 B.

Priya gagna sa place dans l'appareil, essuyant au passage les regards agacés de plusieurs stagiaires.

Elle s'assit finalement, et boucla sa ceinture.

— *Mesdames et messieurs, bienvenue sur le STNI, le Service de transport par navette interplanétaire. Je m'appelle Diane, et Kevin et moi-même seront à votre disposition durant ce voyage. Notre pilote sera le capitaine Igor Tchernychevski, assisté de son copilote, Buck Sexton.*

« Pour ceux d'entre vous qui n'ont jamais quitté la planète auparavant, ce voyage devrait être une expérience passionnante. Nous décollerons sur la piste 3C, en direction de l'est, au-dessus de l'Atlantique. Une fois que nous aurons dépassé la zone des quarante kilomètres, nous modifierons notre inclinaison et vous subirez une force G maximale d'environ trois fois le poids de votre corps. Il faudra environ vingt minutes pour s'affranchir de

l'influence gravitationnelle de la Terre ; puis nous remettrons les gaz, et maintiendrons une accélération et une décélération de 1G pendant le reste de notre voyage.

« Chrysalide et la Terre ont des orbites relativement proches, séparées par trente-sept millions de kilomètres ; nous devrions arriver au spatioport de Chrysalide dans environ trente-six heures. Pour le moment, au nom du STNI et de l'équipage, nous vous demandons de boucler vos ceintures et de profiter du voyage.

Priya se détendit et appuya sa tête contre le haut du siège. Elle revoyait encore l'image de la zone d'atterrissage à Chrysalide. À présent qu'elle l'avait « vue » une première fois, elle pouvait l'invoquer à volonté, comme un souvenir. La même chose était arrivée avec d'autres lieux dont elle avait rêvé après sa séance avec l'agent Ted. C'était donc comme cela que sa machine fonctionnait ? Elle avait introduit des données dans son subconscient, qui avaient fini par se transformer en souvenirs ?

Elle se demanda quel degré de précision avaient ces faux souvenirs. Comme la navette se mettait en route, elle se dit qu'elle n'allait plus tarder à avoir une réponse à ses questions.

Priya battit des paupières pour chasser le sommeil de ses yeux. La voix d'un homme au fort accent russe résonnait dans la cabine de la navette.

— *Mesdames et messieurs, ici votre capitaine. Nous sommes à présent à mi-chemin de la colonie minière de Chrysalide, et nous nous apprêtons à changer d'orientation.*

« *Au cours des dix-huit dernières heures, nous avons accéléré à un rythme constant, et nous avons maintenant atteint notre vitesse maximale d'environ 2.25 millions de kilomètres par heure. C'est plus de mille huit cents fois la vitesse du son, ou environ 0,2 % de la vitesse de la lumière. Dans ce laps de temps, nous avons parcouru près de treize millions de kilomètres dans l'espace.*

« *Maintenant que nous sommes à mi-chemin, nous allons inverser notre orientation, et notre taux d'accélération constant va devenir un taux de décélération constant. Une fois la manœuvre terminée, vous ne remarquerez aucune différence ; mais pendant qu'elle se déroulera, vous pourrez ressentir un bref moment d'apesanteur. Pour votre confort et votre sécurité, nous vous demandons de rester assis.*

Tout le monde autour de Priya resserra sa ceinture de sécurité. La sienne étant déjà serrée, elle s'agrippa simplement aux accoudoirs.

Bientôt, elle entendit et sentit le changement s'opérer ; les moteurs se coupèrent. Le vaisseau devint particulièrement silencieux, et elle eut l'impression que le coussin de son siège la poussait vers le haut. C'était aussi inquiétant qu'exaltant. Elle vit par le hublot les étoiles tourner, tandis que le vaisseau suivait le mouvement ; puis les moteurs redémarrèrent, et Priya se laissa aller contre le dossier de son siège.

Le stagiaire assis à côté d'elle secoua la tête.

— Je ne comprends pas pourquoi ils ont dû couper les moteurs.

— C'est assez simple, dit Priya, avant de se mordre la langue.

— Ah oui ? Je t'écoute.

Priya soupira ; puis elle tendit la main devant elle, paume vers le bas.

— Imagine que ma main, c'est le vaisseau qui se dirige vers Chrysalide. Ma paume, c'est le plancher du vaisseau, et le dessus de ma main, le plafond.

Le rouquin parut légèrement agacé par cette façon de faire, mais il hocha la tête et dit :

— D'accord.

— Depuis que nous sommes dans l'espace, en route pour Chrysalide, nous avons l'impression d'être sur Terre. Je veux dire, nous allons nous chercher à boire, nous allons aux toilettes et tout le reste, dit-elle en mimant avec deux doigts, sur le dessus de sa main, quelqu'un qui marche. Bref, tout paraît normal. C'est parce que les moteurs nous propulsent *vers le haut,* ou du moins par rapport au sol auquel nos sièges sont fixés. Le plancher se déplace vers le haut, contre nous, ce qui nous donne l'impression de nous appuyer dessus.

Elle déplaça lentement sa main vers le haut. Puis :

— Dans l'espace, bien sûr, il n'y a pas de « haut » ; nous nous déplaçons simplement vers Chrysalide, et nous devons nous y rendre « plafond en tête », si tu veux. Mais maintenant, nous devons ralentir, ce qui signifie que les moteurs doivent fonctionner dans la direction opposée, c'est-à-dire opposée à Chrysalide. Pourtant, de notre point de vue, ils doivent toujours pousser vers le haut, pour que nous ressentions toujours la gravité par rapport au plancher. Et pour cela, le vaisseau doit terminer le reste du voyage « plancher en tête ».

Elle retourna sa main, paume vers le haut, tout en continuant de la déplacer vers le haut, ses doigts marchant à présent sur le « bas » de sa main.

— Donc, si le capitaine ne coupait pas les moteurs en retournant le vaisseau…

Le stagiaire l'interrompit, les yeux écarquillés :

— J'ai compris. S'il ne coupait pas les moteurs, le vaisseau serait poussé sur le côté, ou partirait en boucle ou je ne sais quoi. Et s'il avait seulement fait pivoter les moteurs, au lieu du vaisseau lui-même, nous serions tous collés au plafond.

— C'est à peu près ça, confirma Priya, souriant en imaginant tout le monde plaqué au plafond de la cabine.

« *La manœuvre est terminée,* annonça le capitaine. *Vous êtes de nouveau libres de vous déplacer à l'intérieur de la cabine. L'équipage et moi-même vous souhaitons de profiter du reste de votre voyage vers Chrysalide.* »

Kevin, un des agents de bord, arrêta son chariot à hauteur de la rangée de Priya.

— L'un d'entre vous voudrait-il un rafraîchissement ?

Le rouquin leva les yeux.

— J'ai le choix entre quoi et quoi ?

— Entre oui et non, répondit Kevin d'un ton bourru.

Priya se couvrit la bouche pour s'empêcher de rire.

— Hum... alors, oui, dit docilement le rouquin.

Kevin lui servit un verre d'eau, avant de se tourner vers Priya.

— Et vous ?

— Oui, s'il vous plaît, dit Priya, souriant toujours.

— Ravi d'avoir pu te divertir. Je m'appelle Mike, lui dit le rouquin quand l'agent de bord passa à la rangée suivante.

— Salut, Mike. Moi, c'est Priya.

— Je sais. J'étais derrière toi quand cette femme a commencé à faire toute une histoire parce qu'elle ne trouvait pas ton nom sur la liste.

— Ouais, désolée pour ça.

Mike haussa les épaules.

— Tu n'y es pour rien s'ils ne sont pas foutus de tenir leurs listes à jour. Après ce stage, que comptes-tu faire ?

— Je ne sais pas encore, répondit Priya en s'efforçant de dissimuler son malaise.

Elle détestait les menteurs ; pourtant, au cours des prochains mois, elle savait qu'elle allait devoir apprendre à mentir, et même à très bien le faire. Dorénavant, le mensonge allait être son outil de travail.

— Je ne me ferme aucune porte pour le moment, précisa-t-elle.

— C'est chouette. Mon frère est mineur sur l'astéroïde X-55, aux confins du système solaire. Il y a beaucoup d'or là-bas, et de nombreux minerais rares. De belles primes aussi. Il est en train d'essayer de me trouver un boulot là-bas, pour enchaîner dès que j'en aurai terminé avec ce stage.

— X-55 ? Ce ne serait pas plutôt un planétoïde ?

— Si. De près de mille cinq cents kilomètres de large. Mais évidemment, ce n'est rien comparé à Chrysalide. (Il sourit.) Il est déjà jaloux que j'aie décroché ce stage.

— *Mesdames et messieurs, c'est le copilote qui vous parle.*

Veuillez prêter attention à vos agents de bord, qui vont passer dans l'allée avec des cadeaux pour chacun d'entre vous.

Kevin arriva presque aussitôt ; il déposa – ou plutôt, il laissa tomber – sur les genoux de Mike un cadeau emballé sous film plastique..

— Ouah ! fit Mike. C'est lourd, ce truc !

Kevin posa ensuite délicatement sur les genoux de Priya un autre paquet. De toute évidence, l'agent de bord avait ses têtes.

— Je suis désolé, lui dit-il, mais quelque chose a cafouillé à l'embarquement, et il y eu un petit problème avec votre cadeau. Mais nous vous avons trouvé ceci ; ça devrait faire l'affaire. Mais surtout, si ce n'est pas le cas, appelez-moi.

Priya s'aperçut qu'alors que le paquet de Mike portait son nom et son numéro de siège, le sien disait simplement : « Femme, 55-65 kilos ». Mike avait raison au moins sur une chose : c'était lourd, très lourd.

— Je suis sûre que ça ira, dit-elle.

La voix du copilote se fit entendre de nouveau :

— *Jolis cadeaux, n'est-ce pas ? Des gilets lestés à porter sur Chrysalide. Un vrai bonheur, non ? ajouta-t-il en riant. Étant donné que la gravité sur Chrysalide est presque deux fois moins importante que sur Terre, vous aurez besoin de ces gilets pour compenser la différence. Vous devrez les porter en permanence – ils vous éviteront une importante perte de densité osseuse. C'est le risque d'un séjour prolongé dans un environnement à faible gravité.*

— Seigneur, ce machin pèse une tonne, se plaignit encore Mike en se levant et en se tortillant dans son gilet.

Priya eut beaucoup plus de mal avec le sien. Tandis qu'elle se débattait pour glisser ses bras dedans, Kevin apparut et, sans un mot, l'aida à l'enfiler. Mike eut l'air penaud, comme s'il s'en voulait d'avoir raté une occasion.

Kevin recula d'un pas et regarda Priya d'un air dubitatif.

— Vous êtes sûre que c'est le bon poids pour vous ?

Priya hocha la tête.

— Je crois que oui. Il faut juste que je m'y habitue. Merci.

Elle allait vraiment devoir s'y habituer. Lorsqu'elle se rassit, elle se dit qu'elle n'était pas certaine à cent pour cent de réussir à se relever.

Mike eut un petit rire.

— J'aurais bien aimé que ce gars-là m'aide moi aussi. Je crois que je me suis froissé un muscle en enfilant ce truc.

« *Voilà ce que c'est que de ne pas aider une femme, mon petit Mike. Que ça te serve de leçon*, songea Priya sans rien en dire.

Mais elle se contenta de sourire.

La voix du capitaine retentit dans le système de haut-parleurs :

— Chers passagers, nous arriverons à la colonie minière de Chrysalide dans approximativement une heure.

Priya sentit brusquement l'appréhension la gagner. L'arrivée était proche.

— Ça va aller, tenta de la rassurer Harold en tapotant son cuir chevelu.

Le capitaine poursuivit :

« *Conformément à la charte d'immigration cosignée par*

l'ONU et Chrysalide, tous les passagers débarquant dans la colonie minière doivent avoir été traités à l'Innoc-64 avant leur arrivée. Cette mesure est destinée à s'assurer que tous les pathogènes terrestres ont été éliminés de votre organisme, afin de protéger votre santé et celle des colons. Nos agents de bord vont passer avec des injecteurs. Merci par avance pour votre coopération.

Priya espéra avoir affaire de nouveau à Kevin, mais ce fut l'autre agente, Diane, qui s'arrêta à sa hauteur avec le chariot d'injecteurs. Priya lui présenta son bras.

— Vous ne sentirez rien, lui dit Diane en souriant.

C'était un beau mensonge.

Ce ne fut pas l'injection en elle-même le problème – ni la morsure rapide de l'aiguille transperçant la peau, ni même la sensation de froid due à l'anesthésie qui s'ensuivit. Non. Le problème apparut environ cinq secondes plus tard. Sa peau se mit à chauffer brusquement, et tout son visage devint rouge. C'était comme si elle se consumait de l'intérieur, l'Innoc-64 faisant son chemin dans son organisme.

Elle était littéralement en surchauffe, tandis que le médicament se répandait dans son organisme et y tuait tous les germes dangereux.

Elle n'était pas la seule à accuser le coup. Mike aussi avait le visage rougeaud et s'éventait avec ses mains.

Elle voulut enlever son gilet, mais elle craignait de ne plus être capable de le remettre. Elle se contenta d'agiter le devant de son chemisier pour éventer sa peau en sueur.

Elle attendit que les bouffées de chaleur s'atténuent et disparaissent, en espérant avoir traversé ce qu'il pouvait y avoir de pire – tout en sachant très bien que ce ne serait pas le cas.

Terry était assis avec Carl Gustav dans la salle de réunion privée de la gouverneure Welch, qui le fixait d'un air grave. Cette salle, c'était le dernier endroit où Terry aurait voulu se trouver.

— Trois cent cinquante-trois mineurs ont été isolés dans le dortoir C pendant deux jours, rappela la gouverneure en jetant à Terry un regard féroce. Ils ont été maintenus au secret, coupés de leurs familles, sans aucune visite, et tout ça pour quoi ?

Carl Gustav se racla la gorge.

— Madame la Gouverneure… notre production minière n'a pas été affectée par cet arrêt du travail.

— Uniquement parce que vous avez opéré des changements de postes provisoires, et retardé les vacances méritées d'autres mineurs !

Elle s'interrompit, reprit son souffle, et adressa un geste dédaigneux à son chef des opérations minières.

— Mais bon… vous avez fait ce qu'il fallait, tempéra-t-elle. Vous avez pris la bonne décision.

Elle se tourna vers Terry.

— Mais *vous*…

Elle marqua un temps d'arrêt ; puis :

— Parlez-moi de ce mineur disparu.

Terry grimaça. Comment était-elle au courant de cela ?

— Bien sûr, Madame la Gouverneure. Deux minutes après la détection du signal extraterrestre, la vidéosurveillance a filmé un mineur non identifié quittant le dortoir. Par élimination, nous avons pu déterminer qu'il s'agissait d'un dénommé Gerry Riddle. Il y a trois heures de cela, nous avons fouillé sa chambre. Et nous avons trouvé ceci.

Terry lança un bout de papier sur la table de la salle de réunion.

La gouverneure Welch y jeta un coup d'œil.

— Radcliffe ? C'est bien ce que dit ce gribouillis ?

Terry acquiesça d'un hochement de tête.

— C'est ce que je lis aussi, oui. Mais j'ai vérifié. Nous n'avons pas de…

Une sonnerie retentit. La gouverneure tapota une lumière clignotante sur la table.

— Gouverneure Welch, j'écoute.

— *Madame la Gouverneure, c'est Denise. Nous venons de recevoir un appel prioritaire de la tour de la porte d'arrivée principale. Il y a eu un changement de manifeste sur un vol entrant. Ce changement n'a pas été pré-approuvé, de sorte que le vol en question est retenu en orbite pour le moment. Et comme seuls vous-même et M. Chapper êtes autorisés à approuver un tel changement de document de bord…*

Terry se pencha en avant.

— De quel genre de changement parle-t-on ?

— *Un ajout tardif. Un nouveau stagiaire.*

Terry sentit ses poils se dresser sur sa nuque.

— Que sait-on de ce stagiaire, au juste ? demanda la gouverneure. A-t-on reçu son dossier ?

— *Oui, madame, nous l'avons. Ça vient d'arriver. Et il s'avère que ce n'est pas un mais une stagiaire. Une jeune femme de vingt-quatre ans. Nous n'avons pas grand-chose côté profil. Juste son dossier scolaire. Pas d'éléments biographiques.*

Terry appuya sur l'icône « mute » pour couper le son de l'appel.

— Madame la Gouverneure, je suis prêt à parier qu'il s'agit de notre espionne. Vingt-quatre ans ? C'est trois ans de plus que tous les stagiaires qu'ils ont envoyés jusqu'à maintenant. Il y a quelque chose qui cloche.

La gouverneure rétablit le son.

— Comment s'appelle-t-elle ?

— *Priya Radcliffe.*

La gouverneure écarquilla les yeux. Terry lui jeta un regard qui semblait déplorer : « *Je l'avais bien dit.* »

— Envoyez-moi son dossier, demanda Jenna Welch. Est-ce qu'on a une photo d'elle ?

— *Oui, m'dame. Je vous envoie tout sur votre disque partagé.*

La gouverneure effleura plusieurs icônes ; une lumière verte passa sur son visage, et une image holographique du dossier de la stagiaire apparut au-dessus de la table. Terry n'eut qu'un bref instant pour prendre connaissance du dossier scolaire – la jeune femme avait d'excellentes notes – avant que la gouverneure ne sélectionne sa photo. Elle était mince, la peau très mate, jolie. Probablement d'origine indienne.

Terry secoua la tête.

— Bon, elle est indienne, et son nom de famille est Radcliffe. Ce serait donc une descendante ; du moins, c'est ce qu'on est censés croire. Pourtant, aux dernières nouvelles, la lignée des Radcliffe était éteinte, non ?

Lorsqu'il leva les yeux pour regarder la gouverneure, il fut choqué de voir que non seulement elle ne partageait pas son incrédulité… mais qu'elle pleurait de surcroît. Ce n'était qu'une simple larme qui coulait sur sa joue, mais c'était seulement la deuxième fois qu'il voyait cette femme pleurer ; la première, c'était aux funérailles de son père – à lui – il y avait presque vingt ans de cela.

Carl détourna le regard, mal à l'aise.

Quelques secondes plus tard, la gouverneure s'essuya la joue et secoua la tête.

— Denise, le changement de manifeste est approuvé.

— *Bien, m'dame.*

Denise mit fin à la communication. Il y eut un grand silence dans la salle. Puis Jenna Welch se tourna vers Terry :

— Je veux que vous suiviez cette fille comme son ombre. C'est bien compris ?

— Oui, mais…

— Il n'y a pas de « mais ». C'est une Radcliffe, ça ne fait aucun doute – mais ça ne signifie pas qu'elle ne représente pas un danger pour nous. En aucun cas elle ne doit être autorisée à descendre dans les mines tant que nous n'avons pas tiré au clair son histoire. Ce type qui a disparu… je ne comprends pas, mais la dernière chose que je veux, c'est que Neeta soit blessée.

— Neeta ? releva Terry.

La gouverneure balaya la remarque d'un geste agacé.

— Ou quel que soit le nom de cette fille.

Elle revint à l'image du dossier scolaire de la jeune femme.

— Priya. Je veux que la sécurité la surveille en permanence. Compris ?

— Oui, m'dame.

La gouverneure désigna la porte d'un geste.

— Allez-y maintenant. Allez l'accueillir aux arrivées du spatioport. Nous discuterons de l'autre question plus tard. N'oubliez pas une chose…

— Je sais, je sais : ne pas quitter des yeux cette fille.

— Salut, Gene, dit Terry en tirant une chaise pour s'asseoir à côté du jeune contrôleur du trafic orbital. J'ai appris que nous avions un vaisseau terrien en approche.

— Oui, en effet… attendez une seconde.

Gene effleura une touche et dit dans son micro :

— Navette minière 135, ici la tour de Chrysalide. Vous allez devoir réduire votre bruit ; pour cela, virez à tribord de quarante-cinq degrés.

— *Tour de Chrysalide, nous sommes à 35 000 pieds. Quelle est l'intensité sonore que nous sommes autorisés à produire ?*

— Navette minière 135, avez-vous déjà entendu le bruit que fait une navette minière comme la vôtre lorsqu'elle heurte une navette de transport terrestre qui quitte son orbite ? Je répète : virez à tribord de quarante-cinq degrés.

— *Bien reçu, tour Chrysalide. Virage à tribord de quarante-cinq degrés.*

Terry laissa échapper un petit rire, et donna une tape dans le dos de Gene.

— Je vois que vous avez déjà acquis un certain sens de l'humour. C'est bien. Continuez.

Gene se renfonça dans son fauteuil et secoua la tête.

— Certains de ces pilotes me collent un stress stratosphérique. S'il y a une chose dont ma conscience n'a pas besoin, c'est qu'un abruti ignore mes consignes au prétexte qu'il me croit trop jeune, et se tue avec tout son équipage.

— Mouais, je comprends, dit Terry. Et comment ça se présente avec notre navette terrienne en approche ?

Gene lui montra l'image radar à sa gauche.

— Ella a l'air correctement alignée sur la piste pour son approche finale. Ils devraient rouler vers la porte d'embarquement dans cinq minutes environ.

Terry se leva d'un bond et donna une dernière tape sur l'épaule de Gene.

— Je me rends là-bas justement. Continuez à faire du bon travail.

Il sortit de la salle, Ranger trottant à côté de lui. Le chien émit un petit aboiement.

— Oui, mon grand, on y va. J'ai une navette pleine de voyageurs à te faire renifler.

Terry observait les nouveaux arrivants depuis la salle de sécurité. Il était assez rare que des terriens débarquent dans la colonie. Presque tout le trafic entre la Terre et la colonie minière concernait des marchandises ; alors, quand quelqu'un débarquait, la sécurité était en alerte maximale. C'était encore plus vrai aujourd'hui, où ils recevaient plus d'une vingtaine de visiteurs.

— On reconnaît un espion au fait qu'on ne le reconnaît pas

justement, alors je me fiche que ce soit des stagiaires qu'on accueille, avertit Ian Wexler, l'un des responsables de la sécurité de Terry. Si le passé nous a appris une chose, c'est à ne plus faire confiance à ce qui vient de la Terre. Bon. Apportez les scanners. Ils vont nous envoyer la première personne.

Il entra des commandes sur la console de sécurité, et un écran holographique affichant des données numériques se superposa à la fenêtre surveillant la porte des arrivées. Quand le premier visiteur pénétra dans la salle d'attente des arrivées, un tas d'informations s'affichèrent sur l'écran.

— John Lockhart, dit Ian. Il a pris l'Innoc-64. L'âge, la taille et le poids correspondent à ce qui est enregistré dans son dossier.

L'écran afficha également une image tournante dudit John Lockhart, les colorants présent dans le cocktail Innoc-64 permettant de mettre en évidence tout ce qui n'était pas organique. Terry pointa du doigt un point lumineux sur la hanche du stagiaire.

— Que dit le dossier médical à ce sujet ?

Ian fit défiler le dossier du stagiaire.

— Accident à la ferme de son oncle. Remplacement total de la hanche ; il porte une prothèse en céramique.

Terry scruta de nouveau le scanner. Puis :

— Très bien, ce gars-là m'a l'air okay. Envoyez le suivant.

Durant les quarante-cinq minutes qui suivirent, Terry et Ian passèrent au scanner vingt-deux autres stagiaires. Terry avait donné comme instructions de faire débarquer en dernier la jeune Radcliffe. Quand ce fut enfin au tour de cette dernière de débarquer, Terry fit jouer ses épaules de haut en bas pour relâcher la tension accumulée.

— C'est au tour de Priya Radcliffe, dit Ian. Elle est positive à l'Innoc-64. Âge, taille…

Il s'interrompit.

— Bordel de merde, Terry, mais qu'est-ce qu'elle a sur la tête ?

L'image visuelle de la fille paraissait normale, mais le balayage biométrique révélait quelque chose de tout à fait différent. Une substance non identifiée couvrait sa tête et paraissait se répandre sur ses épaules.

Terry ne connaissait qu'une substance capable de se déguiser de la sorte, et il s'agissait d'une technologie extraterrestre.

— Ce n'est pas tout, dit Ian.

Il fit un grossissement du bras de la jeune femme, et pointa un endroit du doigt :

— Tu vois, là ?

L'Innoc-64 avait fait ce qu'on attendait de lui : il avait mis en évidence un petit implant sous la peau de Priya Radcliffe. Il lut le tableau d'analyse à haute voix.

— Circuit gravé au silicium dans un transpondeur en champ proche enfermé sous un verre de silicate.

Ian se leva.

— Je m'en occupe, dit-il.

— Non.

Terry posa une main sur l'épaule de son ami.

— La gouverneure m'a demandé de garder personnellement un œil sur elle. J'ai un plan.

CHAPITRE SEPT

Priya descendit de la navette, respira l'air d'un monde nouveau, et sourit.

— Incroyable, murmura-t-elle.

Elle n'avait jamais vraiment voyagé auparavant, encore moins quitté la Terre ; pas même pour aller sur la Lune.

Elle traversa le tube ventilé qui reliait la navette à la porte des arrivées, et fut accueillie par des parfums floraux aux notes printanières, mêlés à des odeurs chaudes et musquées qui lui rappelèrent sa visite au Bizarre Bazar. C'était exaltant.

On pouvait lire, sur une grande bannière tendue au-dessus de la porte des arrivées : « Bienvenue à la colonie minière de Chrysalide, classe 2220 ! »

Priya sourit en voyant la date indiquée selon l'ancien calendrier.

Derrière la porte, les autres stagiaires s'étaient déjà mêlés à la foule et savouraient les rafraîchissements qui avaient été préparés à leur intention. Des chaises longues rembourrées disposées tout autour de la zone d'accueil dégageaient une odeur de cuir caractéristique – une odeur qui n'existait plus sur Terre. Et pourtant, elle la reconnaissait.

Parce qu'elle était déjà venue ici.

Tout, autour d'elle, lui paraissait familier.

Elle sentit son cœur battre plus fort lorsqu'elle leva les yeux, sachant exactement ce qu'elle allait voir, et en même temps surprise que ce soit là. Elle leva les yeux et vit une mosaïque de carreaux qui couvrait tout le plafond. Des milliers de carreaux de céramique colorés représentant une image de la Terre s'éloignant de leur ancien système solaire. Il y avait Saturne et ses anneaux, Jupiter et sa grande tache rouge, et toutes les autres planètes, qui n'étaient guère plus désormais que des codicilles au bas du testament d'une certaine Histoire.

Elle connaissait bien cette mosaïque. C'était à cause de cette satanée machine à laquelle ils l'avaient branchée. Elle avait à présent des souvenirs qui n'étaient même pas les siens. À qui appartenaient-ils alors ? Et quels autres souvenirs étaient encore dormants dans son esprit, attendant de surgir au moment où elle s'y attendrait le moins ?

Devant elle, une porte s'ouvrit, et un homme entra. Il pouvait avoir une trentaine d'années, les cheveux coupés ras, un corps athlétique, et des yeux d'un bleu profond qui la fixaient sans ciller.

— Mademoiselle Radcliffe ? dit-il en s'approchant.

— O-oui ?

Il lui montra ses papiers.

— Je suis l'officier Chapper de la sécurité de la colonie. Pouvez-vous m'accompagner ?

— Il y a un problème ?

Chapper sourit et secoua la tête.

— Non, simple routine. Comme il semble que vous ayez été ajoutée au dernier moment à la liste des stagiaires, il nous manque certains de vos papiers. J'ai juste quelques questions classiques à vous poser afin que je puisse compléter votre profil d'immigration.

— Bien sûr, dit Priya.

Elle balaya la pièce du regard.

— J'ai une valise, et…

— Ne vous inquiétez pas pour ça, mademoiselle Radcliffe. Je veillerai personnellement à ce que vos bagages arrivent à votre dortoir.

— Appelez-moi Priya, je vous en prie.

— D'accord, Priya. Vous pouvez m'appeler Terry.

Il fit un geste en direction de la porte, où un berger allemand attendait, assis.

— Après vous, dit-il.

Priya passa devant lui et prit une grande inspiration.

« Ouah, il sent bon. »

— Et vos parents, ils sont mineurs ?

Priya sentit son estomac se nouer. Elle s'était préparée à mentir sur elle-même, mais devait-elle le faire aussi concernant ses parents ? Qu'était-elle censée dire ? Et si ce type décidait de vérifier ses déclarations ? Elle savait que l'ONU avait brouillé les pistes concernant son passé – il leur avait suffi, principalement, de cacher le fait qu'elle avait fait presque toute sa scolarité dans une école de préparation au service militaire – mais concernant ses parents ? S'ils avaient décidé d'une histoire servant de couverture pour eux, ils ne lui en avaient rien dit.

Harold tapota son conseil sur son crâne.

« *Détends-toi. Dis la vérité.* »

Elle baissa les yeux.

— Non. C'étaient des scientifiques, tous les deux.

— Et qu'est-ce qui vous a poussée à vouloir devenir mineuse ?

Priya releva les yeux.

— Je ne suis jamais allée nulle part encore, alors ça m'a paru être une bonne échappatoire.

— Une échappatoire ? À quoi, au juste ?

Malgré elle, Priya se sentit remuée intérieurement. Elle prit une grande inspiration tremblante.

— Eh bien, mes parents sont morts dans un attentat terroriste, sans avoir jamais eu l'occasion de voir autre chose que les quatre murs de leur laboratoire. Ils étaient astrophysiciens. Je ne voulais pas connaître le même sort.

L'expression de Terry s'adoucit. Il marqua un temps de pause, avant de poser sa question suivante.

— Radcliffe, reprit-il. C'est un nom plutôt inhabituel pour quelqu'un qui est d'origine indienne. Peut-être n'ignorez-vous pas que…

— Non, je connais bien les Radcliffe. On enseigne toujours l'histoire sur Terre. Et avant que vous ne me posiez la question, oui, je suis bien de la famille des Radcliffe dont vous parlez.

Elle sortit son PC de poche, le déverrouilla avec son empreinte digitale, et lui montra une photo.

— Ce sont mes parents, dit-elle.

Terry acquiesça.

— Intéressant.

— Oui, je sais, ils ont tous les deux la peau claire, admit froidement Priya. La mienne est plus sombre. Mais j'aimerais bien ne pas être jugée sur la couleur de ma peau…

Terry se recala sur son siège et dit :

— Je n'étais pas dans le jugement. Je faisais juste remarquer…

— Vous supposiez juste que je venais d'Inde. Ce n'est pas le cas. Je suis née à Londres, dans les quartiers est. Ma famille vit en Grande-Bretagne et aux États-Unis depuis plus longtemps que je ne saurais le dire. J'ignore si les habitudes sont différentes ici, mais sur Terre, nous nous efforçons de ne pas juger les gens d'après leur apparence, encore moins d'après la couleur de leur peau.

Terry eut l'air amusé.

— Vous vous rendez compte, j'espère, qu'à aucun moment je n'ai parlé de la couleur de peau de qui que ce soit. Je suis désolé que vous vous soyez sentie offensée, parce que ce n'était pas mon intention.

Priya cligna des yeux, se repassa mentalement la conversation, et se rendit compte qu'il avait raison. Elle venait de se ridiculiser. Elle se sentit rougir violemment.

— Je suis désolée. Je ne sais pas pourquoi je m'en prends à

vous. Bref, oui, je suis d'origine indienne, et il m'arrive parfois de me conduire comme une demeurée.

Terry laissa échapper un petit rire.

— Ce n'est rien. Vous avez fait un long voyage. Je serais sûrement irritable, moi aussi.

Il se leva et l'invita à le suivre.

— Je n'ai pas d'autres questions pour le moment. Allons voir ces dortoirs pour que vous puissiez vous installer. Vos bagages devraient s'y trouver déjà.

Terry et Ranger trottant à ses côtés firent repasser Priya par la zone des arrivées, désertée maintenant ; puis ils traversèrent le terminal quasi désert lui aussi jusqu'à une double porte vitrée qui donnait sur l'extérieur. La porte s'ouvrit, et le chien, qui ouvrait la marche, s'arrêta, se retourna vers eux, et aboya.

— Qu'est-ce que tu attends, gros bêta ? dit Terry.

Il claque des doigts et lui montra l'extérieur.

— Attention aux voitures dans la rue.

Le chien recula vers la porte, et tous la franchirent ensemble. La lumière était différente ici, songea Priya. Epsilon se levait, faisant partiellement écran aux rayons de Tau Ceti, le nouveau soleil de l'humanité. Le paysage également était différent – plus spacieux, plus ouvert. De l'autre côté de la route, il n'y avait rien ; juste une vaste prairie. On apercevait bien quelques arbres au loin, quelques maisons aussi, mais l'impression dominante était celle d'une immense étendue verdoyante.

Une fois de plus, Priya ne put se défaire de l'étrange impression que tout cela lui était familier.

— Quelle est cette odeur que je sens ? demanda-t-elle.

Terry respira brièvement l'air ambiant.

— C'est sûrement une cheminée. Les vents charrient les odeurs sur de longues distances ici. Il fait plutôt frais ce soir ; beaucoup apprécient de s'asseoir devant un feu de cheminée. Personnellement, entre le bois à couper, le feu à allumer et le reste, je trouve que c'est beaucoup de contraintes pour un petit moment de plaisir.

Une cheminée ? C'était un concept tellement... exotique. Tellement loin de ce qu'elle connaissait. Sur Terre, brûler volontairement du bois était interdit.

— Vous êtes déjà montée dans une voiture ? demanda Terry.

Priya sentit un petit frisson d'excitation la gagner.

— J'ai pris un car, c'est tout. Est-ce qu'on va vraiment se déplacer en voiture ?

Terry sourit.

— Absolument.

Il la précéda jusqu'à un véhicule à quatre portes en acier brossé, et souleva une des portières papillon. Ranger sauta dans la voiture, mais Terry lui montra la banquette arrière.

— Allez, passe derrière, mon chien. Dépêche-toi.

Le chien aboya en signe de protestation, avant de se glisser docilement à l'arrière.

— Le car qui emmène les stagiaires aux dortoirs est parti depuis longtemps, dit Terry, alors à moins que vous n'ayez envie de faire vingt-cinq kilomètres à pied, la voiture est la seule option.

Il lui tint la portière côté passager et l'aida à monter à l'avant.

La voiture ressemblait beaucoup à la capsule du Tube, mais elle offrait des possibilités supérieures. Il y avait deux sièges à l'avant, une banquette pouvant accueillir trois personnes à l'arrière – ou un très gros compagnon à poils – et tout au fond un espace ouvert, probablement destiné à ranger des bagages. Terry prit place à l'avant, à côté d'elle. Il appuya sur un bouton, et une sorte de console de commandes s'alluma devant eux, affichant toutes sortes d'indicateurs et de jauges. De la musique retentit dans les haut-parleurs, mais Terry la mit immédiatement en sourdine, avant de changer de vitesse sur le volant.

— Vous allez *vraiment* la conduire ? Je veux dire, *vous* ?

Une ceinture de sécurité s'enroula automatiquement autour des épaules et au-dessus des genoux de Priya.

— Bien sûr, répondit Terry.

Priya s'arc-bouta tandis qu'il sortait la voiture de sa place de parking, puis s'engageait sur la route. Elle sentit son cœur s'emballer.

— Et si vous perdez le contrôle ?

— Ça n'arrivera pas.

— Mais imaginons que ça arrive ?

À cet instant, un autre véhicule arriva en face d'eux, roulant pleins phares.

— Là, une voiture arrive sur nous ! cria Priya.

Terry se tourna vers elle, et la regarda d'un air intrigué.

— Ne me regardez pas, faites attention à cette foutue route, bon sang !

Terry se mit à rire.

— Priya, vous n'étiez sans doute pas née que je conduisais déjà. Ça va bien se passer. Faites-moi confiance.

L'autre véhicule les croisa sans incident. Priya déglutit péniblement, et essaya de se détendre. Ce n'était pas facile – ils roulaient à plus de cent soixante kilomètres-heure. Et pourtant, l'homme qui était assis à côté d'elle paraissait contrôler parfaitement le véhicule.

Et puis il se mit à pleuvoir… fort.

Terry ne paraissait pas plus nerveux pour autant. Il prenait même le temps de lui indiquer des points de vue, tandis qu'ils filaient dans la nuit.

— Là-bas, c'est le puits de mine numéro un, dit-il alors qu'ils passaient devant une grande colline au pied de laquelle on apercevait un portail illuminé. C'est le premier à avoir été ouvert, il y a plus d'un siècle.

— C'est là que je vais faire mon stage ?

— Possible. Je n'en suis pas sûr. Il y a vingt-trois autre mines dans la colonie.

Comme le ciel s'obscurcissait encore davantage, des points lumineux apparurent au loin. La civilisation. Peut-être qu'une fois arrivée là-bas, Priya se sentirait plus à l'aise. Ici, sur cette immense plaine dégagée, le monde lui paraissait tout simplement trop vaste. Le long du réseau du Tube, tout était regroupé – on ne voyait pas l'horizon ; il y avait peu d'espaces ouverts. Ici, tout s'apparentait davantage aux zones non surveillées de la Terre.

— Quelle est la taille de la colonie ? demanda-t-elle.

La question pouvait paraître ridicule, mais il y avait si peu d'informations publiques disponibles sur Chrysalide. Elle n'avait même pas réussi à afficher une carte convenable.

— La circonférence de Chrysalide est d'environ six mille kilomètres au niveau de l'équateur. La colonie elle-même est plus difficile à mesurer, parce qu'elle est disséminée un peu partout. On peut presque dire qu'il s'agit d'un ensemble de colonies. Disons que nous avons à peu près autant de terre ici qu'il y en a aux États-Unis. Avec une gravité moindre. Plus que sur la lune de la Terre, parce que Chrysalide est beaucoup plus dense, même si elle est plus petite. Mais c'est tout de même deux fois moins que ce à quoi vous êtes habituée sur Terre.

Priya regarda son gilet lesté. Elle ne s'était pas posé la question de la gravité depuis son arrivée, mais le gilet pesait beaucoup moins lourd. Il était facile de se déplacer avec ici.

— Est-ce que vous avez un réseau de transport, ici ? Comme le Tube sur Terre ? demanda Priya. Ou bien est-ce que vous vous déplacez partout en voiture ?

— Ni l'un ni l'autre, en fait. Si je dois me rendre chez quelqu'un dans le coin, je conduis, mais si je dois aller beaucoup plus loin, comme par exemple à l'avant-poste Radcliffe…

— Non ! fit Priya en se tournant sur son siège, oubliant un instant qu'elle se trouvait à bord d'une voiture qui roulait sans assistance informatique. Ne me dites pas qu'il y a des endroits qui portent le nom de Radcliffe ?

Terry sourit.

— Pourquoi n'y en aurait-il pas ? Vos ancêtres ont contribué à sauver l'humanité. J'ignore ce qu'il en est sur Terre, mais ici, sur Chrysalide, nous n'avons pas oublié d'où nous venons. Tout cela s'est passé il n'y a pas si longtemps.

Priya s'adossa contre son siège. Terry paraissait sincère. Peut-être que les services de renseignement de l'ONU avaient raison concernant le nom de Radcliffe. Elle se remémora les paroles du général Duhrer : « *Vous êtes ici parce que vous êtes une Radcliffe. Vous n'en mesurez peut-être pas l'importance, et, important, ça ne l'est peut-être pas ici, sur Terre, mais pour les gens de Chrysalide, croyez-moi, c'est un nom qui compte.* »

— Quoi qu'il en soit, poursuivit Terry, s'il y a plus de deux heures de route, la plupart des gens prennent un vol. Les aéroports sont assez petits ; rien à voir avec le spatioport que nous venons de quitter, qui est le seul endroit équipé pour recevoir des vaisseaux interplanétaires.

Les lumières au loin s'étaient rapprochées. À travers le pare-brise, Terry pointa du doigt un ensemble de bâtiments bien éclairés.

— Nous y sommes presque. Là-bas, ce sont les dortoirs.

Un car était garé devant un gigantesque bâtiment en béton de plusieurs étages sur le côté duquel on pouvait lire « Dortoir Bât. E ». Il était encore plus grand que le complexe d'appartements dans lequel elle vivait, qui abritait plus de cinq cents familles. Terry arrêta la voiture derrière le bus ; un auvent se déploya automatiquement au-dessus d'eux. Il appuya sur un bouton, et la portière papillon se releva du côté de Priya.

Un homme s'approcha. Il portait le même uniforme de sécurité que Terry. Il tendit la main à Priya.

— Mademoiselle Radcliffe ?

— Oui. Priya Radcliffe.

— Enchanté de vous rencontrer. Je m'appelle Tom. Je vais vous aider à vous enregistrer.

Derrière Priya, Terry dit :

— Tom travaille également à la sécurité de la colonie. Il va s'occuper de vous.

— Merci, Terry.

Elle se pencha dans la voiture pour lui serrer la main. Lorsqu'elle se redressa, Ranger émit un petit jappement et prit sa place sur le siège avant. Terry laissa échapper un petit rire. La porte se referma, et la voiture démarra.

Tom désigna d'un geste l'entrée du bâtiment.

— Vous devez être épuisée. Nous allons vous installer. Vous pourrez vous reposer, dit-il.

Priya prit une grande inspiration, et souffla lentement. Elle savait qu'elle ne parviendrait jamais à se reposer ici. Elle avait une mission. Une mission qui consistait à trahir la confiance que ces gens allaient lui accorder.

C'était pour leur bien.

Après avoir signé un nombre impressionnant de documents, Priya fut invitée à enregistrer ses données biométriques. Elle posa sa main sur une plaque d'identification, et une lumière parcourut la longueur de sa paume. L'appareil émit un bip.

— Merci, mademoiselle Radcliffe, dit la femme de l'accueil. Vous êtes tous enregistrés à présent dans le système. Le « scan » de votre paume vous ouvrira toutes les portes extérieures de ce bâtiment, ainsi que celle de votre chambre. Avez-vous des questions ?

Priya sentit son estomac gargouiller.

— Y a-t-il un endroit où je pourrais manger quelque chose ?

La femme fronça les sourcils et eut une moue navrée.

— Désolée, je crains que la cafétéria ne soit fermée à cette heure-ci. Mais laissez-moi voir ce que nous pouvons faire pour résoudre ça, d'accord ?

Elle fit un signe à Tom, qui attendait patiemment sur une chaise à l'autre bout de la pièce que Priya ait terminé de s'enregistrer.

Il se leva et s'approcha.

— Tout est réglé ?

— Oui, dit la femme en lui tendant un bout de papier. Le numéro de sa chambre est noté là. Elle se trouve dans l'aile est, au troisième étage. Pendant que vous l'accompagnez, je vais passer quelques coups de fil pour lui trouver de quoi grignoter quelque chose, la pauvre.

Tom adressa un petit signe de tête à Priya.

— Venez, nous allons récupérer votre valise en chemin.

Il la guida à travers le hall et ajouta :

— Je suis désolé que vous n'ayez pu manger. Les mineurs ont tendance à avoir des horaires plutôt fixes, ce qui fait que la cafétéria n'est ouverte qu'à certaines heures. Mais si Mlle Bridget ne trouve pas de solution, je verrai ce que je peux faire. Je n'habite pas loin ; je pourrais toujours vous rapporter un sandwich ou quelque chose.

Priya secoua la tête en souriant.

— C'est très gentil, mais ne vous inquiétez pas. Je ne mourrai pas de faim si je saute un repas.

Ils traversèrent une grande salle dans laquelle se trouvaient un billard, plusieurs canapés et de grands écrans fixés aux murs.

— C'est une des salles de repos où les mineurs viennent se

détendre entre deux changements d'équipe, expliqua Tom. Ne restez pas enfermée dans votre chambre toute la journée ; c'est dans ces salles de repos que l'on s'amuse un peu.

— Si je comprends bien, il y en a plusieurs, c'est ça ? dit Priya.

Ils arrivèrent devant un ascenseur. Tom lui ouvrit la porte.

— Il y en a une à chaque étage. Au deuxième, vous trouverez des tables de ping-pong, et au troisième des consoles de jeux.

Ils montèrent au troisième étage, récupérèrent la valise de Priya dans un casier de rangement, puis Tom la conduisit jusqu'à sa chambre, quelques couloirs plus loin.

— Nous y voilà. Pour entrer, il vous suffit d'appuyer votre main ou n'importe quel doigt sur la plaque. Je vous conseille de vous coucher sans trop tarder. Les stagiaires prennent leur petit déjeuner de six heures à sept heures.

Priya appuya son index sur le lecteur biométrique. Un voyant vert clignota, et la serrure se débloqua. Elle abaissa doucement la poignée de porte, qui s'ouvrit facilement.

— Tout semble fonctionner, on dirait, approuva Tom. Avez-vous besoin d'autre chose ?

— Non, ça ira. Vous avez déjà fait beaucoup d'efforts. Je vous en remercie.

— N'oubliez pas de vous reposer. Bonne nuit.

Priya entra dans sa chambre, tandis que Tom s'éloignait dans le couloir. La chambre était immense. Trois fois plus grande que sa chambre à la maison. Il y avait un grand lit, une table de nuit, un bureau, et un placard bien trop grand pour le peu de vêtements qu'elle avait apportés.

Elle ne s'attendait pas à un tel luxe. Après tout, elle n'était qu'une simple stagiaire. Elle espérait ne pas bénéficier d'un traitement de faveur du fait de son nom de famille.

Sur le bureau, elle trouva un petit mot manuscrit :

« Je suis désolé de vous avoir pris autant de temps avec l'entretien et le reste. Le mess est fermé, mais j'ai réussi à vous dénicher quelque chose qui, je l'espère, vous permettra de patienter jusqu'à demain matin. On se voit à six heures. – Terry Chapper. »

À côté du mot se trouvait une corbeille de fruits et une carafe remplie d'un liquide orange encore froid, des perles de condensation constellant le verre de la carafe. Elle s'en versa un grand verre, but une gorgée, et sourit avec contentement. *Du jus d'orange fraîchement pressé.*

Qui aurait cru que l'on pouvait en trouver sur cette lointaine colonie ?

Après avoir bu un peu de jus et savouré ce qui était probablement la pêche la plus goûteuse et la plus juteuse qu'elle ait jamais mangée, elle décida qu'elle déballerait ses affaires le lendemain. Si le petit déjeuner démarrait à six heures, il fallait qu'elle dorme un peu. Elle mit sa valise de côté et se débarrassa de son gilet lesté. Ce n'est qu'à ce moment-là qu'elle se rendit compte à quel point la gravité était moindre sur Chrysalide. Elle avait l'impression de pouvoir traverser la pièce d'un seul bond. Au lieu de cela, elle se contenta d'éteindre la lumière et de s'affaler sur son lit.

— Des signaux ? demanda-t-elle à Harold. Une raison de s'inquiéter de quelque chose ?

— *Non. Tu veux le chaton ?*

— S'il te plaît.

Harold descendit de son perchoir et, sous la forme d'un chaton ronronnant, vint se lover en quelques instants dans les bras de Priya.

— Peux-tu me réveiller à cinq heures, que j'ai le temps de prendre une douche ? murmura-t-elle.

Elle sentit les pattes du chaton appuyer en rythme sur son bras, formant le mot « oui » en code morse.

Et elle s'endormit avec Harold ronronnant à son oreille.

Terry était assis en face de Priya dans la cafétéria du dortoir, petit déjeunant de son habituel bol de flocons d'avoine surmontée d'une cuillérée de compote de fruits. Priya, elle, ne mangeait pas, se contentant de fixer son assiette.

— Quelque chose ne va pas ? lui demanda-t-il.

Elle se pencha en avant, ses longs cheveux encore humides de la douche.

— Je ne veux pas être traitée différemment à cause de mon nom.

— De quoi parlez-vous ?

Priya hésita, avant de laisser les mots sortir :

— D'abord, vous m'avez apporté cette corbeille de fruits ; c'était vraiment gentil, je vous en remercie. Et puis, il y a eu ma chambre, qui était bien plus grande que ce à quoi je m'attendais, et maintenant… ce petit déjeuner.

Elle avait commandé une Chakchouka, une poêlée de poivrons, d'oignons et de tomates, avec trois œufs pochés par-dessus.

— Je veux dire, je ne croyais pas que le menu parlait au sens propre quand il mentionnait des œufs, par exemple. Mais il y en a réellement dans ce plat.

— Et ça vous pose un problème, c'est ça ? demanda Terry. Vous pouvez le retourner ; nous allons demander qu'on vous serve autre chose.

— Non, le menu était très clair ; c'est ce qui était prévu. C'est juste que...

Elle tendit le cou pour regarder un des autres stagiaires manger son petit déjeuner, et soudain elle écarquilla les yeux.

— Est-ce qu'il mange... une omelette ? murmura-t-elle.

Terry comprit enfin ce qui n'allait pas ; il s'efforça de ne pas laisser transparaître son amusement dans sa voix.

— Vous ne vous attendiez pas à de vrais œufs, c'est bien ça ?

— Eh bien...

— Je comprends. J'ai entendu dire que vous étiez tous végans sur Terre. Dites-le au chef, il vous préparera ce que vous voulez.

Priya secoua la tête.

— Non, nous ne sommes pas tous végans. Du moins... pas par choix.

Elle plongea sa cuillère dans l'un des œufs, brisa le jaune et observa l'épais liquide doré se mélanger aux tomates épicées et former une sauce succulente ; puis elle en prit une belle cuillérée, mâcha, marqua un temps de pause, et sourit.

— Oh, mon Dieu, c'est si bon !

Terry s'esclaffa ; de toute évidence, ce qui était pour lui un petit déjeuner ordinaire était un plaisir coupable pour elle.

— Je suis ravi que ça vous plaise. Comme je suis ravi que la corbeille de fruits vous ait plu. Mais je vous promets que vous n'êtes pas traitée différemment des autres stagiaires. Vous commencez tout juste à découvrir la vie à la colonie. Nous élevons des poulets, des vaches, des cochons, et d'autres animaux pour nous nourrir. Ça peut vous sembler barbare…

— Non, pas du tout.

Priya s'essuya la bouche avec une serviette de table. Puis elle se pencha en avant et ajouta dans un murmure :

— En fait, juste avant de venir ici, j'ai mangé du bœuf dans un endroit qui est une sorte de marché gris, comme on dit, pour les produits exotiques.

— Le Bizarre Bazar ?

— Oui !

Priya sourit – d'un sourire sincère qui plissa joliment le coin de ses yeux.

— Comment connaissez-vous ça ?

— J'ai été en poste sur Terre pendant plusieurs années. J'en avais tellement marre de la nourriture que j'ai dépensé presque tous les crédits que j'avais juste pour goûter quelque chose qui n'était *pas* ce que le gouvernement avait décidé que je devais manger, et qui était soi-disant sain pour moi.

Priya laissa échapper un petit rire.

— J'ai dépensé en une journée dans cet endroit plus que je n'ai jamais dépensé en un mois.

— Eh bien, vous serez ravie d'apprendre qu'ils servent des hamburgers, et parfois même des steaks, pour le dîner. Et tout cela est compris dans vos frais de scolarité payés par l'ONU.

— Oh, mon Dieu, se réjouit-elle. Je vais grossir, c'est certain.

— Essayez de vous contrôler quand même, rigola Terry.

Elle le fixa du regard, le jaugea ; puis :

— Ne le prenez pas mal, reprit-elle. Je suis contente d'avoir quelqu'un à qui parler au petit déjeuner, mais… êtes-vous là pour une raison particulière ? Je veux dire, qu'est-ce qui me vaut d'être assise à la cafétéria des mineurs avec un officier chargé de la sécurité de la colonie ?

Terry termina son verre de jus d'orange.

— J'obéis aux ordres, tout simplement. Je suis censé veiller sur vous, vous escorter jusqu'à la mine, et sur le chemin du retour.

— Pourquoi ? Il y a un problème ?

Il ne pouvait pas lui dire ce qu'il savait, aussi frustrant cela puisse-t-il être.

Il haussa simplement les épaules et dit :

— Je n'en suis pas sûr. C'est peut-être parce que vous êtes une Radcliffe. Ils veulent probablement s'assurer de votre bien-être en haut lieu. Si vous deviez vivre une mauvaise expérience, eh bien… je suppose que cela pourrait donner une mauvaise image de la colonie.

Priya balaya la remarque d'un geste.

— Croyez-moi, je n'ai rien de spécial. Hormis le fait que j'ai des ancêtres qui ont marqué l'histoire, je suis quelqu'un de tout à fait ordinaire.

Elle sourit et repoussa son assiette.

— Bon, est-ce que ça signifie que vous allez me conduire à la mine dans votre voiture

Terry lui sourit.

— J'en ai bien peur, mademoiselle Radcliffe. Il n'y aura pas de car dans votre avenir immédiat.

CHAPITRE HUIT

— Ça vient du bureau du général ? Duhrer ? demanda Terry.

Il regardait par-dessus l'épaule de Nwaynna, qui repassait la transmission vidéo.

— Oui, c'est arrivé il y a une trentaine de minutes.

Toujours discrètement logée dans le plafond, la caméra faisait face au bureau cette fois, et fournissait une vue frontale du général Heinrich Duhrer au travail. Terry avait fait des recherches concernant le général. Il s'agissait d'un ancien officier de renseignement de l'ONU, un militaire de carrière au dossier exemplaire – ce qui signifiait en gros qu'il ne laissait rien au hasard.

On frappa à la porte.

— *Entrez*, dit le général.

Mark Dixon, l'ancien des Forces spéciales, entra, referma la porte derrière lui, et se mit au garde-à-vous.

Le général lui désigna une chaise.

— Asseyez-vous, sergent. Avez-vous des nouvelles de notre jeune élément envoyé sur Chrysalide ?

— Oui, monsieur.

— Je vous écoute.

— Elle est inscrite au cours d'exploitation minière, comme prévu...

— Allez droit au but, sergent. A-t-elle réussi à descendre au niveau 12 ?

— Pas encore, monsieur. Il faut dire qu'elle est surveillée H 24 depuis qu'elle a atterri. Elle a même été exclue des transports habituels vers la mine, à l'aller comme au retour, où nous aurions pu normalement la joindre. Ils lui ont adjoint, semble-t-il, une escorte personnelle.

Terry fronça les sourcils et griffonna une note sur son PC de poche : « *Vérifier les antécédents de tous les chauffeurs de car des liaisons mine-dortoirs.* »

— Alors, quel est votre plan, sergent ?

— Notre homme va se charger d'établir le contact.

— Nous avons absolument besoin des informations de cette fille avant de passer à l'action. Ce n'est pas un jeu auquel nous jouons, sergent. Vous comprenez ce que j'essaie de vous dire ?

— Parfaitement, monsieur.

Le général lui désigna la porte d'un geste vague.

— Ce sera tout, soldat. Vous pouvez disposer.

Nwaynna arrêta la transmission et se tourna vers Terry.

— J'ai passé leurs voix à l'analyseur de stress. Il ne s'agit pas d'un échange joué à notre intention. Le degré d'intégrité de la vidéo est très élevé.

— Merci, Nwaynna. Tenez-moi au courant de tout ce que vous pourrez trouver d'autre.

— Je n'y manquerai pas.

Ranger se leva aussitôt et suivit Terry qui quittait le laboratoire. Ce dernier tapota son émetteur-récepteur cravate. Tom répondit :

— *Salut, Terry. Quoi de neuf ?*

— Tom, où est la fille ?

— *Au dortoir. Pourquoi ?*

— Et toi, où es-tu ?

— *À la maison, en train de dîner. Il se passe quelque chose ?*

— Qui avons-nous au dortoir ?

— *Eh bien, il est plus de 19 heures, donc ça doit être Walsh. Terry, tu as l'air à cran. Qu'est-ce qui se passe ? Tu veux que j'aille là-bas ?*

Terry s'interrompit un instant ; il prit une grande inspiration, puis :

— Non, termine de dîner tranquillement. Je vais contacter Walsh.

— *Tu en es sûr ? Ce n'est qu'à cinq minutes d'ici.*

— Oui, ça va aller. Je dois passer par là, de toute façon, pour autre chose.

— *D'accord, mon vieux, mais ne joue pas les héros. Si tu as besoin de quoi que ce soit, demande.*

— Merci, Tom, mais ça va aller.

Il raccrocha et se dirigea vers la sortie.

Il fallait qu'il parle à Priya.

～

Priya était assise dans la salle de repos, sirotant une eau pétillante en regardant un groupe de stagiaires jouer à un jeu vidéo. Elle aurait préféré rester dans sa chambre à lire, comme elle le faisait habituellement chez elle, mais elle s'efforçait d'être sociable.

Et c'était épuisant.

Elle n'avait que vingt-quatre ans, à peine trois ans de plus que ces gars-là, mais pour elle c'étaient des enfants. Elle essaya de suivre leur jeu, mais c'était ennuyeux – ce n'étaient que des tirs, des combats et des explosions.

Elle vit un bras holographique sortir de l'écran et frapper sur la tête un des stagiaires, qui se leva d'un bond.

— Un seul coup ? C'est quoi, ces conneries ? C'est de l'arnaque !

Les autres s'esclaffèrent.

— Derrick, fais gaffe à ton bouclier ! T'es pas protégé, c'est pour ça. Tu vas te faire siphonner tous tes points de vie.

Priya roula de grand yeux. Les garçons !

À cet instant, les lumières de la pièce se mirent à clignoter, et une alarme retentit.

— Tout le monde dehors ! cria quelqu'un dans le couloir.

Priya se leva prestement, sortit de la salle et descendit les escaliers avec les autres. D'autres stagiaires vinrent gonfler le flux des personnes qui évacuaient, certains à peine réveillés et en peignoir.

Dehors, dans la fraîcheur de la nuit, l'alarme retentit encore plus fort. Priya jeta un regard autour d'elle, repéra une femme qui travaillait à l'accueil, et s'approcha d'elle.

— Qu'est-ce qui se passe ?

— C'est l'alarme incendie, répondit la femme. Aucun exercice d'évacuation n'était prévu ; alors, il y a peut-être réellement le feu.

Et effectivement, au même instant, quelqu'un cria :

— Je sens de la fumée ! Éloignez-vous de ce bâtiment !

Tout le monde recula et traversa le parking en direction de la rue. Alors que Priya se faufilait entre deux véhicules, un homme la frôla et lui glissa un paquet dans la main en chuchotant : « Un cadeau de l'agent Ted ».

Priya se retourna, chercha l'homme du regard, mais il avait déjà disparu dans la foule.

Elle s'éloigna en tournant le dos à tout le monde, fouilla dans l'enveloppe, et en sortit un petit disque en métal. Elle était certaine de n'avoir jamais vu cet objet, et pourtant un souvenir implanté lui disait que cette chose était la clé qui lui permettrait de franchir une porte quelque part dans la mine. Elle fourra le disque dans sa poche et jeta l'enveloppe.

Elle avait la gorge nouée. L'ONU la surveillait toujours. Même ici, ils parvenaient à la joindre…

Soudain, quelqu'un posa une main sur son épaule. Elle sursauta en poussant un petit cri.

— Désolé, je ne voulais pas vous faire peur.

C'était Terry. Il était arrivé par derrière.

— Est-ce que ça va ?

Priya le regarda fixement. Non, elle n'allait pas bien. Pas bien du tout.

— Ça va, dit-elle. Qu'est-ce que vous faites ici ?

Terry haussa les épaules.

— J'étais dans le coin, et j'ai remarqué l'agitation.

L'alarme cessa brusquement, laissant place à un grand silence qui tomba comme un voile sur la foule.

Quelqu'un cria :

— Tout va bien ! Fausse alerte.

— Vous êtes certaine que ça va ? insista Terry. Vous avez l'air effrayée.

— Non, ça va, j'ai juste cru que… qu'il y avait vraiment le feu. J'ai entendu quelqu'un dire qu'il sentait la fumée.

Elle suivit la foule qui regagnait le bâtiment. Terry l'accompagna.

— Eh bien, je suis ravi que cela n'ait été qu'une fausse alerte, dit-il. On se voit demain matin.

— Oui. À demain, dit-elle en s'efforçant d'avoir l'air détendue maintenant.

Mais en entrant dans le bâtiment, une seule chose la préoccupait, ou plutôt une interrogation : où cacher l'appareil qui se trouvait dans sa poche ?

Priya passa son doigt sur le lecteur biométrique et franchit les tourniquets.

— Bonjour, mademoiselle Radcliffe, dit le garde qui veillait sur l'entrée de la mine. Je vous souhaite une belle journée.

— Merci, dit-elle en hochant la tête.

Cela faisait deux semaines qu'elle venait ici chaque matin, et elle trouvait toujours aussi bizarre que des inconnus sachent qui elle était. Elle avait droit aux mêmes salutations matinales depuis le premier jour.

Manifestement, le fait qu'elle soit une vraie Radcliffe s'était répandu comme une traînée de poudre parmi les mineurs et tous ceux qui travaillaient là. Et étant donné qu'il y avait peu de femmes dans les mines, il était encore plus facile de l'identifier.

Tandis qu'elle traversait les premières cavités pour rejoindre la salle de cours au premier niveau, elle se demanda à quel moment ils allaient enfin apprendre quelque chose sur l'exploitation minière proprement dite. Tout ce qu'ils avaient fait jusqu'à présent, c'était passer en revue les différents aspects de la sécurité en milieu minier, et les différentes méthodes de raffinage utilisées.

— Salut, Priya, comment ça va ?

Mike venait d'apparaître à côté d'elle – le même Mike avec qui elle avait fait connaissance à bord de la navette, durant le vol aller. Mike ne brillait pas d'intelligence, c'était le moins que l'on puisse dire. Priya l'avait vite compris, et s'efforçait de ne pas s'asseoir à côté de lui, parce qu'elle n'avait pas la patience de répondre à ses questions ineptes.

— Pas trop mal, répondit-elle. Ça va, tu arrives à suivre les cours ?

— À peu près, oui, même si pour l'essentiel, on revoit de vieilles choses, dit-il d'un ton dédaigneux.

Alors pourquoi toutes ces questions, Mike ?

Ils arrivèrent en salle de cours. Priya apposa sa main sur la platine biométrique. *Clic.* La porte s'ouvrit ; elle entra. Mike lui emboîta le pas, mais fut aussitôt stoppé par un gardien. Il y en avait un peu partout dans la mine.

— On respecte les distances de sécurité, rappela le gardien.

Mike écarquilla les yeux.

— Oh, désolé.

Tandis qu'il se soumettait au contrôle d'identité, Priya en profita pour trouver un siège libre entre deux stagiaires, et ainsi éviter que Mike puisse s'asseoir à côté d'elle. Malheureusement, à peine fut-elle assise qu'un des deux stagiaires aperçut un ami et changea de place pour aller s'asseoir avec lui, laissant un siège libre à côté d'elle pour Mike.

Et, bien entendu, il le prit.

— Bon sang, ces types de la sécurité ne laissent rien passer, grommela-t-il.

Priya secoua la tête.

— Il y a des panneaux « Respectez les distances de sécurité » partout, fit-elle remarquer. Tout le monde doit passer au scanner.

— Je me demande bien ce qu'ils entendent par « distances de sécurité » d'ailleurs.

Priya ferma les yeux. Elle aurait bien voulu qu'il ne verbalise pas toutes les pensées qui traversaient le vide sidéral de son crâne.

— Bien. Bonjour tout le monde, commençons le cours.

Un petit homme aux cheveux grisonnants faisait les cent pas devant la classe. Priya trouva qu'il avait l'accent de Boston.

— Vous allez, aujourd'hui, vous voir attribuer votre première mission.

Un murmure parcourut la salle, et le professeur dut lever la main pour obtenir le silence.

— Oui, nous allons enfin passer de la théorie à la pratique. Je sais, c'est très excitant, mais s'il vous plaît, tâchez de contenir vos réactions. Au cours de votre carrière de mineur, vous passerez certainement la majeure partie de votre temps sur des astéroïdes et des planétoïdes, où vous serez amenés à travailler avec des tamiseurs de minerai à séparation par gravité ; c'est donc par-là que nous commencerons.

« Néanmoins, dans un premier temps, nous allons travailler à petite échelle. Nous parlons d'une pratique exigeante et laborieuse ; si vous ne vous en sortez pas à petite échelle, vous ne vous en sortirez pas davantage à plus grande. Un jour, il vous faudra extraire des tonnes de minerai. Vous n'aurez pas le choix, car pour de nombreux métaux précieux, vous aurez de la chance si vous trouvez cinq grammes de ce que vous cherchez par tonne de roche. Cela signifie par exemple qu'il faut passer au crible plus de deux cents tonnes de minerai pour extraire un kilogramme d'or.

« Bref. Nous allons descendre au niveau 2 pour commencer l'exercice. Je vais vous demander de former des équipes de deux. Choisissez un partenaire, et dirigez-vous vers les monte-charges.

Un partenaire ? Priya s'était montrée aussi sociable que possible, mais elle n'avait noué de relation étroite avec personne en particulier. Toutefois, en regardant autour d'elle, elle se rendit compte que cela n'avait pas vraiment d'importance, car les binômes s'étaient plus ou moins formés d'eux-mêmes… il ne restait plus qu'elle et Mike.

— Salut, coéquipière, dit ce dernier avec un grand sourire. Je sens que tout ça va être très cool.

Sans un mot, Priya se dirigea vers la porte, inspirant et expirant profondément, tout en priant le ciel de lui accorder la patience nécessaire.

Il faisait étonnamment chaud et humide au premier niveau du sous-sol – on enregistrait facilement dix degrés de plus qu'au niveau où se déroulaient les cours. Le couloir qu'ils traversèrent était éclairé par des lampes encastrées directement dans la roche. Priya remarqua des fissures dans les parois. Elle se demanda si la mine était stable, ou si au contraire elle était active sur le plan géologique. Sur chaque fissure était fixé une sorte d'entonnoir métallique, dont elle ne comprenait pas l'utilité. Cela l'agaçait d'en savoir si peu sur cet endroit.

Alors que la classe suivait un tracé sinueux le long d'une galerie qui s'étendait sur plus de quatre cents mètres, la voix du professeur se faisait entendre dans les haut-parleurs disséminés sur le parcours.

— *Ces niveaux supérieurs sont principalement dédiés à l'extraction de métaux de grande valeur utilisés dans l'industrie. Dans les niveaux inférieurs, nous extrayons des éléments spéciaux qui nécessitent des techniques minières différentes de celles qui auront cours dans vos futures missions. Nous nous en tiendrons donc aux niveaux supérieurs.*

Un jet de vapeur jaillit de l'une des fissures des parois rocheuses, mais l'entonnoir métallique le dévia vers le plafond. *Voilà sans doute à quoi servent ces entonnoirs*, songea Priya.

— *Mais même ces niveaux supérieurs vont être très différents de ceux dans lesquels vous serez amenés à travailler, parce que Chrysalide est bâtie sur un satellite actif sur le plan thermique. Vous avez certainement remarqué les fissures dans les parois rocheuses ; elles ont été créées de manière stratégique, pour soulager la pression des niveaux inférieurs en permettant un dégazage. En revanche, les sites miniers sur lesquels vous serez amenés à travailler seront probablement inertes d'un point de vue géologique, avec des températures très basses et une atmosphère inexistante.*

Un des stagiaires devant Priya leva la main et cria quelque chose que Priya eut du mal à comprendre.

— Excellente question. Je vais la répéter pour ceux qui ne l'auraient pas entendue : pourquoi *cette lune est-elle géologiquement active, alors que d'autres – comme la lune de la Terre, qui est plus grande – ne le sont pas ?*

— Comme vous le savez déjà, il y a des milliards d'années, la Terre a été frappée de plein fouet par une planète de la taille de Mars. La lune terrestre s'est formée à partir des matériaux expulsés ; après quoi, il lui a fallu plus d'un milliard d'années pour refroidir. Cette lune a été formée de la même manière – par un impact sur Epsilon – mais un impact plus récent. Par conséquent, et contrairement à la lune terrestre, la lune d'Epsilon est toujours en phase de refroidissement. D'où l'activité constatée.

« Cela soulève un autre point intéressant : cette lune a une composition très différente, beaucoup plus dense, comparée à celle d'Epsilon. Nous pensons donc que ce sur quoi nous nous trouvons n'est pas la matière rejetée par Epsilon, mais celle rejetée par le planétoïde qui a heurté Epsilon. Plus précisément, nous pensons que cette lune s'est formée principalement à partir du noyau métallique de ce planétoïde.

Le groupe sortit de la galerie et pénétra dans une vaste caverne au fond de laquelle se trouvait un lac souterrain. Le professeur conduisit les stagiaires jusqu'au bord du lac, où plusieurs tables avaient été installées, surmontées, chacune, d'une balance mécanique à l'ancienne.

— *C'est ici que se déroulera la leçon d'aujourd'hui. Je vais vous faire travailler sur une technique vieille de plusieurs siècles pour récupérer des métaux précieux au milieu d'agrégats inutiles. Plus précisément... nous allons chercher de l'or.*

Il leva les mains.

— *Je sais, j'entends déjà vos remarques. Vous êtes venus ici pour apprendre de nouvelles techniques, et non pas une ancienne approche pré-Exode. Mais croyez-moi, ce que vous apprendrez ici – y compris la patience – s'appliquera aux grandes plate-formes que je vous présenterai plus tard.*

Le professeur désigna d'un geste le lac derrière lui.

— *Des postes ont été installés pour chaque équipe. Vous y trouverez une pelle, un tamis, une batée – un chapeau chinois – et une pompe à main pour puiser l'eau du lac. Vos instructions sont simples. Déposez une pelletée de matériau composite provenant de la rive dans votre tamis. Veillez à ce que le matériau soit bien mouillé ; puis secouez grossièrement le tamis pour permettre à l'or de se déposer au fond ; n'oubliez pas que l'or est plus lourd que tout ce que vous pourrez trouver dans cet agrégat. Inclinez ensuite la batée très légèrement, et demandez à votre équipier ou votre équipière de verser lentement de l'eau dessus, de manière à ce que le courant emporte la couche supérieure de limon et de sable. Versez de nouveau de l'eau ensuite, en déplaçant toujours la batée d'avant en arrière pour aider à détacher la couche suivante, et vous assurer que vous ne laissez pas la matière recherchée s'échapper. À la fin, vous ne verrez plus qu'un sable noir très fin. Remuez doucement alors et cherchez de minuscules paillettes d'or. Parfois, il n'y en aura pas du tout ; peu importe. Votre patience finira par être récompensée.*

« *Travaillez à deux, voyez qui est le meilleur dans quel rôle. N'oubliez pas que vous formez une équipe.*

« *Vous aurez terminé votre journée quand vous aurez recueilli deux grammes de poussière d'or. Ça peut sembler peu, mais à moins de tomber sur une pépite – ce qui a peu de chance d'arriver – vous devrez parvenir à ces deux grammes à partir de minuscules paillettes. Ce sera long. Et maintenant, au travail ! Bonne chance à tous.*

Tandis que Mike et Priya se dirigeaient vers le poste le plus proche, Mike grommela :

— C'est n'importe quoi. On va ramasser de l'or à la main ? En quoi est-ce que ça va nous apprendre quelque chose d'utile ?

Priya, au contraire, se surprit à se réjouir de cette opportunité qui s'offrait à eux. Elle avait déjà fait cela, enfant, avant que ses parents ne déménagent aux États-Unis. Elle partait en week-end avec son père ; ils campaient et cherchaient de l'or dans la rivière Swale, puis dans les Pennines du Nord, en Angleterre, près du village de Nenthead. Un jour, elle avait trouvé une pépite de sept grammes, qu'elle avait toujours chez elle, bien cachée dans son tiroir à chaussettes.

— Il essaie seulement de nous enseigner les principes qui sont à la base des opérations à plus grande échelle, dit-elle. C'est un point de départ, c'est tout.

Elle désigna d'un geste les outils qui se trouvaient à leur poste.

— Alors, tu préfères t'occuper de l'eau ou de la batée ?

Mike laissa échapper un soupir théâtral.

— Je te laisse t'occuper de l'eau pour commencer.

Il attrapa la pelle, ramassa du gravier et de la terre en surface, et les déversa dans la batée.

— Il faut ramasser un peu plus profond ; on aura plus de chance de trouver quelque chose qu'en surface, suggéra Priya.

— Si tu le dis, souffla Mike. Okay, on fait comme ça.

Priya s'agenouilla à côté de la pompe à eau. Elle avait une forme de tire-bouchon ; c'était une conception qui remontait à l'Égypte ancienne. Il fallait la faire tourner pour que l'eau remonte lentement le long du tuyau, puis jaillisse. Mike agita la bâtée de gauche à droite dans le courant.

Malheureusement, il remua la terre avec beaucoup trop de force et de précipitation. Il était aussi impatient que maladroit. S'il y avait des paillettes d'or dans ces premières pelletées, elles avaient été emportées.

— Tu dois faire tourner l'eau moins fort…

— D'accord, j'ai compris, dit-il, agacé.

Quelques minutes plus tard, des applaudissements et des cris de joie provenant d'une autre équipe retentirent. De toute évidence, ils avaient trouvé quelque chose. Cela ne fit qu'énerver un peu plus Mike, qui en devint encore plus maladroit dans sa manière de tamiser.

Ils n'avaient toujours rien trouvé, et deux autres batées n'y changèrent rien. Quand Priya ouvrit la bouche pour faire une autre suggestion, Mika lui coupa la parole.

— Tu crois que tu peux faire mieux, c'est ça ? dit-il d'un ton cassant. Très bien, échangeons.

Sans un mot, Priya attrapa la pelle et creusa à environ trente centimètres sous la surface. Lorsqu'elle atteignit la boue plus épaisse qui se trouvait en dessous, elle en mit une pelletée dans la batée.

— Tu vois, la terre qui se trouve en-dessous contient moins de cailloux et beaucoup plus de terre, avec un peu d'argile.

Mika affichait un air sombre. Il se mit à tourner la manivelle de la pompe à toute vitesse, projetant de l'eau partout.

Priya s'écarta rapidement des éclaboussures.

— Nom de Dieu ! Tu vas nous noyer. Ralentis.

Mike fut sur le point de répliquer méchamment, mais au lieu de cela, il ralentit et revint à un rythme plus raisonnable.

Priya agita l'eau lentement dans la batée ; les saletés s'en allèrent graduellement.

— Ralentis encore un peu, s'il te plaît ; juste un filet d'eau.

Mike s'exécuta, et Priya continua à remuer lentement la batée d'avant en arrière, et à se débarrasser des saletés, avant de faire tourner le mélange.

— Tu vois, parfois les paillettes d'or se déposent là où le sol se transforme en argile. C'est pour ça que j'ai suggéré d'aller plus en profondeur.

Et après quelques minutes à peine :

— Là ! Je vois une paillette ! s'écria-t-elle.

Mike se pencha en avant, envoyant par inadvertance une vague d'eau dans la batée, qui projeta par terre la paillette et presque tout ce que contenait la batée.

— Espèce d'imbécile ! hurla Priya.

La voix du professeur retentit dans le système de haut-parleurs :

— *Il y a un problème ?*

Priya regarda le professeur et secoua la tête. Puis elle prit une grande inspiration et expira lentement.

Mike eut au moins le bon sens d'avoir l'air penaud.

— Je suis désolé, vraiment. Je crois que je me suis un peu trop excité.

— C'est pas grave.

Non, ce n'était pas grave ; c'était surtout qu'elle était coincée avec cet idiot jusqu'à ce qu'ils aient terminé. Elle n'avait pas le choix : elle devait faire avec.

Elle attrapa de nouveau la pelle et recommença à creuser. La journée promettait d'être longue.

La gouverneure Welch rit en regardant Priya hurler sur l'infortuné stagiaire avec lequel elle faisait équipe. Puis, se détournant de la vidéo, elle regarda Terry et l'équipe de sécurité rassemblée.

— Alors, c'est elle ?

Terry acquiesça d'un hochement de tête.

— Les images de surveillance datent d'il y a trente minutes. Il semble qu'elle ne soit pas faite pour le travail en équipe.

— Je ne dirais pas cela. Du moins, pas encore.

Elle rit brièvement de nouveau en secouant la tête. À la place de Priya, elle s'en serait probablement prise physiquement à son crétin d'équipier.

— Avez-vous trouvé autre chose en fouillant dans le dossier de notre apprentie mineure ?

— Oui, dit Terry. Les gars de l'UNIB n'ont rien laissé au

hasard. Le rapport officiel la présente comme une étudiante en extraction minière assidue, mais il y a six mois encore, elle ne figurait sur la liste d'aucune école spécialisée dans le domaine. Son histoire est totalement fabriquée.

Welch hocha la tête, et tambourina avec ses ongles sur la table laquée de la salle de réunion.

— Ses parents étaient bien astrophysiciens ?

— Oui, dit Terry en poussant un dossier vers elle, sur la table. Tout est là. Elle a vécu au Royaume-Uni, avant de déménager aux États-Unis.

— Bon, il va falloir découvrir ce que cette fille a réellement dans le ventre. Retirez-la de la rotation des stagiaires demain. Je lui réserve un petit test. Je vais appeler la directrice Timpf et organiser un cours qui conviendra à notre jeune recrue.

Terry fronça les sourcils.

— Elle va poser des questions…

— Et alors ? Qu'elle les pose. Dites-lui que le professeur s'inquiète de son tempérament, et qu'elle va devoir travailler avec notre directeur de l'éducation pour corriger un peu tout ça. Qu'elle commence par prouver qu'elle est capable de s'entendre avec les autres.

Terry hocha la tête. La gouverneure vit bien qu'il n'approuvait pas sa décision, mais elle savait qu'il ferait de son mieux pour l'appliquer. C'était un bon soldat, un excellent chef de la sécurité, et elle était fière de pouvoir compter sur des hommes comme lui.

~

— Comment ça, je ne vais pas à la mine ? réagit Priya.

— On ne m'a fourni aucun détail, mentit Terry en haussant les épaules.

Au volant de la voiture, il dépassa l'embranchement qui conduisait à la mine, et continua tout droit.

— Apparemment, il y a eu un petit problème hier dans votre classe ? La directrice Timpf veut vous rencontrer. Elle dirige le département de l'éducation, ici, à la colonie.

Priya se repassa mentalement la journée de la veille. Mike et elle avaient été les avant-derniers à quitter cette mine puante, mais ils avaient fait ce qu'on leur avait demandé : ils avaient trouvé 2,1 grammes d'or. Mais surtout, elle méritait une médaille pour avoir réussi à ne pas tuer Mike au cours de la journée.

Se pouvait-il que ce fût là le « problème » auquel Terry faisait allusion ? Ses relations avec Mike ? Jusqu'à quel point avait-elle des ennuis, au juste ? Allaient-ils la virer du programme ? Elle était là pour sauver des vies. Elle ne pouvait pas se permettre de mettre cela en péril simplement parce qu'un crétin lui tapait sur les nerfs.

Ranger passa sa tête entre les sièges, gémit et lui lécha le coude gauche.

— Ne t'impatientes pas, mon grand, lui dit Terry en le grattant sous le menton. On y est presque.

Priya fit grise mine. Elle était inquiète. Elle se concentra pour contrôler sa respiration. Elle ferait tout ce qu'on lui demanderait pour rester dans le programme. Il le fallait.

— Je dois quoi ? demanda Priya en écarquillant les yeux. Je ne suis pas qualifiée !

La directrice Timpf la fixait de ses yeux perçants.

— C'est exactement pour cela que nous vous demandons de le faire. Il est évident que vous avez besoin de travailler vos compétences en matière de relations interpersonnelles. Faire office de professeur remplaçant pour cette classe va vous en donner l'occasion. Cela vous permettra de travailler votre patience.

Priya se sentit rétrécir sous le regard féroce de la directrice.

— Bon, d'accord… s'il le faut, je le ferai.

— Bien. Suivez-moi.

La petite blonde la précéda. Elles sortirent du bureau et suivirent plusieurs couloirs. Le bâtiment paraissait désert. Il sentait le produit désinfectant et le papier moisi, et il régnait un étrange silence. On n'entendait que le claquement des talons de la directrice Timpf sur le sol carrelé, et le bruissement des portes automatiques.

Et puis, elles pénétrèrent dans une zone plus vivante, qui rappelait cette fois le campus universitaire. Elles empruntèrent un long couloir flanqué de portes ; les murs étaient couverts de tableaux d'astronomie, de démonstrations mathématiques et de toutes sortes de graphiques.

La directrice ouvrit une des portes, fit signe à Priya d'entrer, et lui emboîta aussitôt le pas.

Priya se retrouva devant une vingtaine d'enfants d'une dizaine d'années.

Je ne suis pas prête pour ça.

— Les enfants, dit la directrice, je vous présente Mlle Radcliffe. Elle remplacera Mlle Henderson pour la journée.

Elle donna une tape sur l'épaule de Priya et, sans lui laisser plus d'instructions, quitta la salle en refermant la porte derrière elle.

Priya fixa la classe, pétrifiée. Elle eut un instant la tentation de déguerpir purement et simplement, et d'envoyer toute la colonie se faire voir.

— Bonjour, mademoiselle Radcliffe ! lancèrent les enfants à l'unisson.

Priya prit une grande inspiration et s'efforça de sourire.

— Bonjour, les enfants, dit-elle en balayant la salle du regard pour essayer de comprendre ce qu'on enseignait ici.

Mais il n'y avait rien sur les murs, et le tableau blanc derrière elle était vierge de toute inscription.

— Bon, vous allez devoir m'aider, les enfants. Quel sujet Mlle Henderson a-t-elle abordé en dernier lieu ?

À sa grande surprise, tous les enfants levèrent la main. Elle désigna un garçon au premier rang.

Ce dernier se leva.

— Mlle Henderson nous parlait de l'histoire de l'aviation, dit-il.

Priya poussa un soupir de soulagement. Au moins, le sujet ne lui était-il pas complètement étranger.

— Et où s'est-elle arrêtée ? Est-ce que vous utilisez un manuel ?

De nouveau, tous les gamins levèrent la main avec enthousiasme. *Ai-je jamais été aussi enthousiaste pour répondre à la question d'un professeur ?*

Elle désigna une fille aux cheveux roux dans un coin. Comme le garçon, celle-ci se leva avant de répondre.

— Mlle Henderson allait nous parler des voyages supersoniques. Et non, elle n'utilise pas de manuel. Elle dit qu'ils sont bourrés de mensonges terriens.

Priya pinça les lèvres pour s'empêcher de rire.

— D'accord. C'est très bien.

Elle se tourna vers le tableau blanc, s'empara d'un marqueur, et écrivit l'équation permettant de déterminer la vitesse du son.

— Quelqu'un peut-il me dire ce qu'est cette équation ?

Elle désigna cette fois un garçon au fond de la classe, qui se leva.

— C'est la racine carrée de la constante des gaz, multipliée par la température absolue et la chaleur spécifique des gaz. C'est ainsi que l'on calcule la vitesse du son.

— Très bien.

Ces gosses sont doués. Très doués, songea-t-elle.

— Y a-t-il autre chose que tu puisses me dire à propos des facteurs impliqués dans l'équation ? demanda-t-elle au même garçon.

— Eh bien, je pense que l'équation signifie que l'on peut estimer la vitesse du son en fonction du type de gaz et de sa température. Mon père m'a aussi dit que, étant donné que notre atmosphère est composée d'azote et d'oxygène diatomiques, et que la température dépend de l'altitude, pour faire une estimation correcte, il est nécessaire d'utiliser un modèle mathématique complexe.

Priya hocha la tête.

— Ton père a raison. Cette modélisation est un peu trop

complexe, même pour des ados plus âgés – mais nous y reviendrons peut-être plus tard.

L'élève sourit jusqu'aux oreilles.

— Bon, très bien. Il semble que vous ayez bien assimilé les principes de base. Essayons de reprendre où Mlle Henderson s'est arrêtée. Vous a-t-elle parlé du général Chuck Yeager ?

Toute la classe leva la main. Priya laissa échapper un petit rire, et leur fit signe de la baisser.

— Bon, je n'en parlerai pas alors. Après que son avion-fusée a franchi le mur du son en 1947, d'autres moteurs ont été développés afin de pousser les avions à voler encore plus vite. Mais il s'avère que les moteurs à réaction aérobie ont une vitesse maximale d'environ Mach 3,5, soit environ trois fois et demie la vitesse du son. Cela équivaut à parcourir environ un kilomètre par seconde. Et il y a une raison à cela.

Elle se mit à dessiner schématiquement un moteur à réaction sur le tableau blanc.

— Quatre parties composent un moteur à réaction, expliqua-t-elle. Il y a l'admission, le compresseur, la chambre de combustion et la turbine. La turbine est reliée au compresseur par un rotor central. Par l'admission, l'air pénètre dans le moteur par l'intermédiaire d'un ventilateur géant qui tourne à grande vitesse. C'est dans ce ventilateur, ou cet ensemble de ventilateurs, que l'air est comprimé et finalement ralenti à des vitesses subsoniques, ce qui augmente la pression, et donc la température de l'air. Celui-ci arrive dans la chambre de combustion, où l'air et le carburant sont mélangés. Ce mélange air-carburant s'enflamme alors, ce qui provoque une expansion rapide qui augmente encore la pression, et donc entraîne les turbines, et permet finalement la propulsion des gaz d'échappement par l'arrière du moteur. Plus la vitesse est élevée, plus les pressions et les températures le sont aussi. Mais…

Elle se mit à faire les cent pas devant la classe.

— Je vous demande de réfléchir maintenant aux problèmes qui pourraient survenir lorsqu'on augmente la pression et la température. Inutile de lever la main ou de se lever ; dites simplement quels sont les problèmes qui, d'après vous, peuvent survenir si on essaie d'aller trop vite.

— Le moteur explose ? suggéra un des élèves.

— Il surchauffe ? dit un autre.

D'autres encore se risquèrent à proposer des réponses, parfois très créatives. Ces gamins faisaient preuve d'un niveau de réflexion impressionnant.

— Vous avez presque tous raison. C'est une question de chaleur due au frottement de l'air et aux contraintes exercées sur les pales du moteur.

Une fille au premier rang bredouilla :

— Mademoiselle Radcliffe, si on va déjà à grande vitesse, est-ce qu'on a vraiment besoin d'un compresseur ou d'une turbine ? Je veux dire, vous avez expliqué qu'ils étaient reliés, n'est-ce pas ? Si on n'en a pas besoin, est-ce qu'on ne pourrait pas aller plus vite juste avec les autres parties du moteur ?

— Bien vu ! sourit Priya. Comment t'appelles-tu ?

— Ayanna. Ayanna Stewart.

— Eh bien, mademoiselle Stewart, vous avez en quelque sorte deviné où je voulais en venir. Aux statoréacteurs. Ils ont été conçus tel que vous venez de le suggérer.

Priya dessina une version modifiée du moteur.

— Dans ce moteur, il n'y a ni turbine ni compresseur. Il y a une admission, une chambre de combustion et une tuyère pour évacuer le carburant. Cela permet d'atteindre Mach 6… mais là encore, nous nous heurtons à des problèmes de pression et de température. Ce qui nous amène à un autre concept : le superstatoréacteur. Avec ce moteur, il n'est pas nécessaire de ralentir le flux d'air à une vitesse subsonique. Finalement, le problème, c'est la friction. Ces moteurs se déplacent dans l'atmosphère ; les frottements sont donc inévitables, et chaque moteur est limité par les propriétés des matériaux dont il est constitué. Alors, si vous êtes d'accord, nous pourrions parler des modèles mathématiques pour les gaz caloriquement imparfaits.

Un autre élève leva la main. Priya eut à peine le temps de lui adresser un petit signe du menton, qu'il se leva comme un ressort.

— Mademoiselle Henderson nous a dit que vous étiez peut-être apparentée à Burt Radcliffe, qui a été l'un de ceux qui ont sauvé la colonie. Est-ce que c'est le cas ? Et si oui, pourriez-vous nous parler du moteur de distorsion d'Alcubierre ? Est-ce que c'est réellement le moteur le plus rapide jamais construit ?

Priya hésita. Leur professeure avait manifestement été prévenue de sa venue. Tout cela n'était-il qu'une sorte de coup monté dû à son nom de famille ?

Mais en regardant les enfants, elle se souvint qu'elle avait été comme eux à leur âge, assoiffés de connaissance, prêts à tout pour apprendre de quelqu'un de « célèbre ». Pour ces gosses, le nom de Radcliffe faisait d'elle quelqu'un d'à part. Il signifiait sans aucun doute beaucoup plus pour eux que pour elle, qui avait toujours eu du mal à le porter.

— Oui, dit-elle. Burt Radcliffe était bien mon arrière-grand-père.

— Et il était marié à Neeta Patel ! ajouta Ayanna. Elle aussi a sauvé la colonie.

Priya sourit.

— Oui. Neeta était l'une de mes arrière-grands-mères.

Elle tira une chaise et s'assit face à la classe.

— Bon, approchez vos tables. Essayez de former un demi-cercle. Je vais vous raconter tout cela.

Aucun de ses ancêtres n'avait réellement participé à la création du moteur le plus rapide jamais fabriqué – c'était David Holmes – mais elle pouvait tout de même leur raconter l'histoire telle qu'elle la connaissait. L'enthousiasme de ces gosses était communicatif.

Dès qu'ils furent installés, elle commença :

— Je vais vous raconter l'histoire d'une menace qui s'approchait de la Terre, et comment cette menace est devenue non seulement ce qui nous a tous sauvés, mais également l'instrument qui a permis indirectement de créer le moteur le plus rapide jamais construit. Tout a commencé lorsque des scientifiques ont détecté un trou noir s'approchant inéluctablement de la Terre…

CHAPITRE NEUF

Adossée à son fauteuil en cuir, la gouverneure Welch ne put s'empêcher de sourire en visionnant le flux vidéo montrant Priya Radcliffe riant avec des élèves de sixième, auxquels elle racontait des histoires probablement transmises dans sa famille depuis des générations.

Elle regarda également Nwaynna, à l'autre bout de la table de conférence, qui souriait elle aussi.

— Nwaynna, que pensez-vous de notre stagiaire en exploitation minière ?

— Puis-je parler franchement ?

— Bien entendu.

— Elle n'a rien d'une stagiaire minière, répondit la jeune responsable du renseignement terrestre. C'est de la foutaise. Elle a peut-être une formation dans le domaine, ce n'est pas impossible ; ce qui est sûr, c'est qu'elle est très intelligente. Elle a suivi des études supérieures en sciences, j'en suis convaincue. Elle vient d'aborder avec des enfants de dix ans un sujet qui donnerait du fil à retordre à des étudiants de troisième cycle. Son explication du fonctionnement du moteur d'Alcubierre-Holmes est l'une des meilleures que j'aie jamais entendue.

Elle secoua la tête et ajouta :

— J'ignore qui elle essaie de tromper, mais elle a une solide formation en physique, c'est certain.

La gouverneure se tourna vers un homme aux cheveux gris qu'elle connaissait depuis des années.

— Evan, vous êtes psychiatre judiciaire. Quel est votre avis ?

Evan fronça les sourcils.

— Cette fille est très intéressante. La vidéo d'aujourd'hui diffère totalement de celle d'hier, à la mine. Aujourd'hui, elle est tout ce qu'il y a de plus sympathique. Il est évident qu'elle apprécie ce temps passé avec les enfants, qui l'apprécient également, même si certains des sujets qu'elle aborde les dépassent largement. Elle a réussi à nouer une relation avec son public, même s'il n'entre pas dans cette relation la part de conscience que nous autres y mettrions, par exemple.

— Que voulez-vous dire ?

— Eh bien, ce n'est qu'une hypothèse, mais je crois qu'elle est arrivée dans cette classe en s'attendant à un désastre, et, parce que les choses se passent relativement bien, les gamins cochent toutes les cases en termes de satisfaction pour elle. Elle n'attendait pas grand-chose d'eux, et ils se révèlent brillants. Elle est donc évidemment satisfaite. En revanche, s'ils avaient été plus âgés, ou s'ils avaient ressemblé à son équipier de la mine, les choses se seraient passées très différemment aujourd'hui. Nous aurions vu se répéter plus ou moins ce qui est arrivé hier ; nous aurions sans doute assisté à une nouvelle démonstration d'impatience.

La gouverneure se mit à rire, provoquant des regards surpris sur les visages de ses conseillers scientifiques. Elle se retourna vers l'image de Priya, qui continuait de captiver sa classe, puis appuya sur l'icône téléphone enchâssée dans la table laquée.

— *Opérateur 63, en quoi puis-je vous aider, Madame la Gouverneure ?*

— Passez-moi Kat Timpf.

— *Je vous mets en relation avec la directrice Timpf...*

Après quelques secondes de silence, une voix de femme se fit entendre dans les haut-parleurs du plafond.

— *Madame la Gouverneure ? Qui puis-je faire pour vous ?*

— Bonjour, Kat. Je suppose que vous avez suivi le cours ?

— *Oui, en effet.*

— Qu'en pensez-vous ? Voyez-vous un endroit où nous pourrions l'utiliser ?

— *Vous voulez dire en tant que qu'enseignante ? En tant que chercheuse ?*

— Par exemple.

— *Eh bien, oui, sans doute. Mais... le voudrait-elle ?*

Jenna Welch se tourna vers Evan, qui haussa les épaules.

— Ça m'étonnerait qu'elle veuille devenir mineure. En soi, pourquoi pas, le problème n'est pas là, mais elle est capable de tellement plus. Pourquoi ne pas lui laisser le choix, et voir ce qu'elle dit ?

— *D'accord. Je vous ferai connaître sa réaction. Mais si elle choisit de rester avec les autres stagiaires à l'extraction minière, faut-il que je...*

— Oui, laissez-la décider. C'est juste que je vois tellement d'autres possibilités pour elle. Elle pourrait même rester ; nous pourrions lui trouver un endroit ici, à la colonie.

— *Je comprends. Bon, je vais déjà voir ce qu'elle a à dire.*

Kat mit fin à la communication. Aussitôt, une lumière clignotante indiqua un appel entrant. La gouverneure le prit sur une autre ligne.

— Terry, quoi de neuf ?

— *Nous avons retrouvé le mineur qui avait disparu du dortoir C après que nous ayons intercepté le signal en provenance de la Terre. Il a été surpris en train de rôder autour du troisième niveau du puits de mine numéro un – juste à côté de la zone où les stagiaires se sont vu présenter l'équipement minier. Je me rends en ce moment même à la cellule où il est détenu, pour lui parler.*

La gouverneure fronça les sourcils.

— Je veux que tu utilises tous les moyens nécessaires pour connaître la vérité. Je les approuve à l'avance.

— *Compris. Je vais découvrir ce qui se passe.*

— Merci. Je te demande une petite seconde, ne raccroche pas.

Elle mit l'appel en attente et se tourna vers le psychiatre.

— Evan, vous vous souvenez de ce que je vous ai demandé de faire quand nous avons mis la main sur cet espion il y a quelques années de cela ?

Le vieil homme plissa les yeux, puis acquiesça d'un hochement de tête.

— Toujours partant pour une extraction ? demanda la gouverneure en désignant d'un geste du pouce l'image de Priya. Sa sécurité est peut-être en jeu.

Evan se leva.

— Je m'en occupe, dit-il.

La gouverneure reprit l'appel.

— Terry, j'envoie Evan t'aider.

Il y eut un silence à l'autre bout de la ligne. Il fallut cinq bonnes secondes à Terry pour répondre :

— *Compris.*

Terry dut attendre près de trente minutes avant que le Dr. Evan Pritchard termine d'installer son matériel. Le psychiatre était une des rares personnes capables de lui faire peur. C'était comme si le bonhomme avait le don de lire dans les pensées ; de plus, avec sa formation médicale, ce qu'il était capable de faire aux gens au cours d'un interrogatoire pouvait être assez cauchemardesque.

Le mineur était un homme de grande taille, environ un mètre quatre-vingts pour cent dix kilos, tout en muscles. Il était sanglé sur un brancard et relié à une perfusion, un moniteur cardiaque, un oxymètre, et bien d'autres choses encore. Ce qu'on remarquait surtout, c'était l'espèce de bandeau en métal qui entourait sa tête – une sorte d'appareil à résonance magnétique qu'Evan avait adapté pour son propre usage.

— On est prêts ? demanda Terry.

Evan avait les yeux rivés sur un moniteur qui affichait une série de lignes ondulées.

— Il est sous sédation légère. Je dois encore établir une base de référence.

Les sangles ne paraissaient pas particulièrement robustes.

— Si ce type s'énerve, il est capable d'arracher tous vos câbles.

— Ne vous inquiétez pas, j'en ai tenu compte.

Le psychiatre nettoya l'orifice d'injection de la perfusion avec un tampon imbibé d'alcool, et y plongea une seringue.

— Parfois, les solutions les plus simples sont les meilleures. C'est du Quelicin, un produit puissant, à action très rapide. Ça va l'immobiliser complètement sans l'assommer. Je vais relier une pompe à perfusion à l'intraveineuse pour qu'il reçoive quatre milligrammes par minute tout au long de la discussion. Vous me direz quand vous voulez arrêter.

— Je suis prêt dès qu'il le sera, dit Terry.

Le médecin fixa encore quelques fils sur la poitrine du mineur avec de l'adhésif médical ; puis il fit rouler son tabouret jusqu'au moniteur. Il appuya sur un bouton, et une série de lignes ondulées projetées apparurent au-dessus du mineur.

— J'ai lancé l'ECG pour avoir la base de référence. C'est bon, vous pouvez le réveiller.

Ils savaient tous les deux qu'un espion terrien serait entraîné à résister à toute méthode d'extraction « manuelle » – et qu'il mourrait avant de leur dire quoi que ce soit. Mais en surveillant directement ses ondes cérébrales, ils pourraient contourner la difficulté.

Terry saisit une capsule et la brisa sous le nez du mineur. L'odeur de l'ammoniaque imprégna aussitôt l'air de la pièce.

— Il est conscient, annonça le médecin.

Le mineur n'avait pas bougé un cil.

Terry se pencha vers lui.

— Monsieur Gutfeld, je m'appelle Terry Chapper. Je suis le responsable de la sécurité intérieure de Chrysalide. Vous n'avez rien à craindre. Vous êtes maintenu dans un état d'immobilité, mais ne vous inquiétez pas, c'est temporaire. Nous avons quelques questions à vous poser ; si vous coopérez, ce sera plus facile pour tout le monde.

Terry leva un doigt – signe qu'il s'apprêtait à dire quelque chose de vrai. Comme pour un détecteur de mensonges classique, ils avaient besoin de poser quelques questions de contrôle pour calibrer l'appareil.

— Monsieur George Gutfeld, vous êtes né sur la colonie de Chrysalide il y a près de cinquante ans.

Evan tapota l'écran et hocha la tête.

Terry leva deux doigts. Il allait énoncer un mensonge.

— Greg, votre mère s'appelle Georgina, dit-il en se trompant doublement sur les prénoms.

Il continua de poser des questions de contrôles durant deux minutes environ, jusqu'à ce qu'Evan lève le pouce pour indiquer à Terry qu'il pouvait commencer l'interrogatoire proprement dit.

— George, je vais vous poser une série de questions. Je veux que vous réfléchissiez bien aux réponses que vous donnerez. Nos appareils vont capter vos pensées conscientes, et nous les transcrire. Vous êtes prêt ?

— *J'ai peur*, fit une voix de synthèse dans l'oreillette de Terry, qui traduisait vocalement les pensées de l'homme.

— Il n'y a aucune raison d'avoir peur. Très bien, première

question : avez-vous communiqué avec des personnes sur Terre via des canaux non autorisés ?

— *Non.*

Le médecin baissa le pouce. L'homme mentait.

— Monsieur Gutfeld, c'est un mensonge. Si vous me mentez, nous allons y passer beaucoup plus de temps, et ce sera pénible pour vous. Bon, très bien, commençons avec quelque chose de plus simple. Vous n'êtes pas affecté au puits de mine numéro un ; alors, que faisiez-vous devant la station de traitement du minerai, au niveau trois ?

Il y eut un instant de silence. Terry regarda les lignes ondulées qui défilaient.

— *J'ai entendu parler d'une Radcliffe qui venait faire un stage. Je voulais voir à quoi elle ressemblait.*

— Pourquoi ?

— *Parce que c'est une Radcliffe. Une descendante d'un de nos sauveurs.*

Terry fronça les sourcils. Le type savait qu'il s'agissait d'une femme, en tout cas.

— C'est la seule raison ?

— *Je voulais aussi m'assurer qu'elle était en sécurité.*

— Rien d'autre ?

— *Non.*

Evan Pritchard leva le pouce. Le mineur disait la vérité.

— Il y a environ trois semaines, vous avez quitté votre dortoir au milieu de la nuit, et vous n'êtes pas revenu. Pourquoi ?

— *On m'avait contacté.*

— À propos de quoi ?

— *Nous sommes loyaux envers la colonie. Nous détestons ce qui est arrivé à la Terre.*

Pouce levé du médecin.

— Pourquoi avoir quitté le dortoir au milieu de la nuit ?

— *C'est le protocole. Nous savons ce que le Dr. Holmes a découvert sur la planète Epsilon. Si un allié nous tend la main, nous devons agir. Nous nous sacrifions pour le bien des Rebelles, et pour la colonie.*

Pouce levé.

— Vous vouliez faire du mal à Priya Radcliffe ?

— *Non. Elle est en danger. Je suis censé la protéger.*

Pouce levé.

Terry sentit son sang se glacer.

— La protéger de quoi ?

— *Je ne sais pas.*

Pouce levé.

— Vous ne savez pas.

Terry grinça des dents.

— Quel était le message que vous avez reçu de la Terre ?

Il n'y eut aucun changement dans le tracé cérébral durant plusieurs secondes.

— *Je ne m'en souviens pas.*

Le médecin leva le pouce et se mit à taper quelque chose. Les mots apparurent sous les ondulations des lignes projetées : *« Demandez-lui de penser à la nuit où il a reçu l'appel. »*

Terry s'approcha tout près du visage de l'homme et murmura :

— Je vous crois. Maintenant, réfléchissez bien. Pensez à la nuit où vous avez reçu l'appel. Essayez de vous en souvenir.

Les lumières du bandeau métallique qui cerclait la tête de Gutfeld clignotèrent, et une image apparut à côté du moniteur d'ondes cérébrales. Elle était granuleuse et sombre. Un souvenir extrait de la mémoire du mineur, et matérialisé grâce au projecteur holographique.

Il y eut un bourdonnement, et d'autres souvenirs s'activèrent. Il était dans un dortoir, et fouillait dans le tiroir d'un bureau. Il en sortit un objet métallique vibrant. Au contact de ses mains, l'objet se transforma en communicateur.

Terry écarquilla les yeux. Comment ce type avait-il pu mettre la main sur une technologie extraterrestre ?

Grâce à la mémoire holographique, Terry entendit le message du communicateur :

« *J'envoie une image de la nouvelle stagiaire. C'est une Radcliffe. Elle partira d'ici dans quelques jours. Vous savez quoi faire.* »

Terry fronça de nouveau les sourcils.

Le communicateur afficha une image scannée de la carte d'étudiante de Priya, mais elle ne correspondait pas à une école minière. La carte indiquait qu'elle était étudiante au Campus David Holmes de Cap Canaveral.

Même Terry avait entendu parler de ce prestigieux campus, qui n'acceptait que les meilleurs étudiants, et où, à sa connaissance, aucun cours n'était consacré aux techniques d'extraction minière.

Les stagiaires n'avaient qu'un jour de libre par semaine, et c'était précisément une de ces journées. Le ciel était bleu, le soleil radieux, et chacun profitait à sa manière de ce temps libre. D'aucuns faisaient la grasse matinée ; d'autres jouaient aux cartes ou aux jeux vidéo dans les salles de détente ; d'autres encore jouaient au basket sur les terrains situés en contrebas des dortoirs.

Priya était assise dans la salle de détente du troisième étage du dortoir. Les yeux tournés vers la fenêtre, le regard perdu dans le vide, elle repensait à tout ce qui s'était passé depuis qu'elle était arrivée dans la colonie. Quelques jours plus tôt seulement, elle avait bien cru être renvoyée du programme de stage, et obligée de quitter la colonie pour de bon. Et voilà que la responsable du système éducatif, la directrice Timpf, lui demandait si un séjour *permanent* sur Chrysalide était susceptible de l'intéresser. Ils étaient prêts à lui trouver un poste censé lui plaire davantage qu'un stage minier.

C'était une offre de rêve – dont elle imaginait bien qu'ils la lui faisaient uniquement en raison de son nom de famille – mais elle ne pouvait pas l'accepter.

Après tout, elle avait déjà accepté une offre de rêve dans l'armée sur Terre. Elle voulait faire partie du programme spatial, et sur ce point, la colonie ne pouvait pas l'aider. Et puis, il y avait la menace terroriste qui planait toujours sur la colonie. Elle s'était engagée à fournir des renseignements concernant les mines, ce qu'un poste en dehors du programme de stage l'empêcherait de faire.

En fin de compte, elle n'avait pas le choix : elle devait s'en tenir au stage, ce qui n'était pas sans générer chez elle une grande frustration.

Comme il n'y avait pas un nuage dans le ciel, la vue portait loin. L'horizon était plus proche ici que sur Terre. Elle aperçut à bonne distance une étendue d'eau. Un lac ?

Elle sortit de la salle de détente, descendit les escaliers et se dirigea vers la sortie principale.

— Attendez, mademoiselle Radcliffe.

C'était l'un des agents de sécurité de la colonie.

— Où allez-vous ?

Priya pointa un doigt en direction du nord.

— J'ai vu un lac pas très loin. Je pensais aller y faire un tour. Je n'en ai pas le droit ?

— Oh, si, vous pouvez aller où bon vous semble ; mais j'ai reçu l'ordre de vous faire escorter.

— Pourquoi ?

L'officier haussa les épaules.

— Pour être franc, je n'en sais rien. Je fais ce qu'on me dit.

Il sortit un communicateur, couvrit le récepteur avec sa main, hocha plusieurs fois la tête, puis se tourna de nouveau vers Priya.

— Quelqu'un sera là dans deux minutes pour vous accompagner où vous voulez.

— Merci.

Priya se sentit un peu coupable que la colonie déploie autant d'efforts pour elle. Les autres stagiaires n'avaient pas droit à ce traitement de faveur. Mais était-ce réellement sa sécurité qui les préoccupait, comme l'avait dit Terry, ou bien l'escortaient-ils dans un autre but ?

Une voiture s'arrêta juste devant l'entrée des dortoirs, et elle fut surprise de voir Tom en descendre prestement et s'approcher d'elle d'un pas plein d'entrain.

— Tom ! Je suis désolée si on vous a appelé alors que vous étiez occupé à autre chose.

— Non, aucun souci, lui assura Tom en souriant.

Il lui désigna la voiture d'un geste.

— On y va ?

Quelques instants plus tard, alors qu'ils sortaient du parking, il demanda :

— Alors, où voulez-vous aller, mademoiselle Radcliffe ?

— J'ai vu un lac au nord. Est-ce qu'on peut s'y rendre ?

— Bien sûr. C'est le lac Hager. Y a-t-il quelque chose en particulier que vous voudriez faire là-bas ?

Priya eut un haussement d'épaules.

— À vrai dire, je voulais surtout voir autre chose que le dortoir et les autres stagiaires. Disons que je suis sociable jusqu'à un certain point seulement.

Tom prit de la vitesse sur la route.

— Je vous connais peu, mais vous me paraissez plutôt avenante.

— Il m'arrive de l'être, heureusement. Mais je peux aussi être une vraie peste.

Tom ouvrit la bouche pour dire quelque chose, mais Priya ne lui en laissa pas le temps.

— Si, si, je vous assure. C'est tout moi. Certaines personnes ont le don de me taper sur les nerfs.

L'agent de sécurité s'esclaffa.

— À vous entendre, ça ne semble pas vous déplaire. Pourtant, ce n'est pas ce que je vois chez vous.

Priya sourit et secoua la tête.

— Oh, croyez-moi, quand je fais ma mauvaise tête, c'est quelque chose.

Quelques minutes plus tard, ils s'arrêtèrent sur un petit parking, à une cinquantaine de mètres du lac.

— Voilà, nous y sommes, dit Tom.

— C'est joli, dit Priya en regardant autour d'elle. Que font les gens ici en général ?

— Certains courageux tentent la baignade, mais je vous déconseille de vous y risquer. L'eau est plutôt froide.

Il désigna un endroit près de la rive.

— Vous voyez cette rampe ? C'est une rampe pour les bateaux. Certains vont à la pêche.

— À la pêche ? Vous voulez dire qu'ils... attrapent du poisson dans l'eau pour le manger ?

Tom se mit à rire.

— Oui, bien sûr.

— Combien de temps faut-il pour obtenir une autorisation pour ça ? Je veux dire, pour avoir le droit de pêcher ?

— Une autorisation ? Vous voulez dire comme un permis ?

Tom la regarda comme s'il venait de lui pousser une deuxième tête.

— Oui. Pour pêcher, pour nager, ou autre chose.

— Il n'y a pas besoin de permis, ni d'aucune autorisation ici, répondit-il en souriant. Vous pouvez venir ici quand vous voulez, et y faire à peu près tout ce que vous voulez. Aucun permis n'est nécessaire. Personne ne contrôle qui va d'un quartier à l'autre de la colonie. Nous vivons assez librement ici.

Cette idée parut assez bizarre à Priya. Les gens d'ici

pouvaient donc littéralement aller et venir à leur guise ? Conduire où bon leur semble ? C'était si… insolite.

— Parlez pour vous, répliqua-t-elle. *Vous* vivez librement. Parce que moi, sans escorte…

— Ils veulent être sûrs, en haut lieu, qu'il ne vous arrive rien. Je pense que vous ne vous rendez pas compte du pouvoir de votre nom de famille. En tout cas, croyez-moi, pour nous tous ici, il signifie beaucoup.

Priya se tourna vers le lac.

— Est-ce que je peux aller m'asseoir seule au bord de l'eau ?

Tom regarda autour de lui. L'endroit était désert.

— Bien sûr. Je reste ici, assis dans la voiture, au cas où.

Priya fut surprise de ne pas rencontrer plus de résistance.

— Vraiment ? Vous êtes sûr que ça ne pose pas de problème ?

— Oui, oui. Je n'essaie pas de vous empêcher de faire quoi que ce soit, vous savez. Je veux au contraire que vous profitiez pleinement de ce moment.

Priya sentit sa gorge se serrer. Elle posa sa main sur celle de Tom, la serra, et descendit de voiture.

Un chemin de gravier menait jusqu'au lac. Les petits cailloux crissèrent sous ses semelles. L'air, ici, était différent de celui de l'océan. Il n'était pas salin, mais il charriait tout de même des effluves côtiers qui avaient quelque chose d'étrangement réconfortant. C'était bon d'être là, dans cet espace immense, seule… et en même temps, c'était un peu déconcertant. Surréaliste.

Elle se retourna vers la voiture. Tom lui fit un petit signe de la main.

Elle posa un genou à terre au bord de l'eau et y trempa ses doigts. Elle était plus que « plutôt froide ». Elle était glaciale.

Elle se dirigea ensuite vers un chêne, s'assit au pied, et appuya sa tête contre le tronc.

— Cet endroit est incroyable, dit-elle à voix haute.

Elle sentit Harold qui se détachait de sa tête et de ses épaules. En quelques secondes, il se transforma en boule de poils ronronnante.

— Harold, tu aurais pu imaginer un endroit pareil ?

L'IA ne répondit pas. Il était programmé de manière assez fine pour distinguer une question rhétorique d'une question qui appelait une réponse.

Priya sentit sa gorge se nouer de nouveau ; l'émotion menaçait de la submerger.

Il n'y avait pas de couvre-feu ici.

Il n'était pas nécessaire d'avoir une autorisation pour pouvoir se déplacer en dehors des heures de bureau.

Pas besoin non plus de visas pour pouvoir rendre visite à des parents dans d'autres régions.

— Une liberté pareille, c'est quelque chose d'inconnu chez nous, Harold. Sur Terre, la liberté est en voie de disparition, pour ne pas dire morte. Et les gens ne s'en rendent même pas compte.

Harold remua et s'étira. Mais il ne faisait pas que s'étirer, il se transformait. Sa fourrure se rétracta dans son corps, et il se transforma en un cadre rectangulaire. Un appareil vidéo.

Priya se redressa, toute excitée. Elle jeta un coup d'œil subreptice à la voiture. Tom était toujours assis à l'intérieur, trop loin pour voir ce qui se passait. Soulagée, elle revint à l'écran vidéo.

Elle se demanda ce qui avait pu déclencher cela. Ce genre de transformation non sollicitée de l'IA ne s'était produit qu'une dizaine de fois par le passé, et la plupart du temps, un message avait suivi. S'agissait-il d'une autre communication de Neeta et Burt ?

Non. Cette fois, un homme à la peau noire la fixa depuis l'écran et lui fit signe de la main.

— *Bonjour !*

— Bonjour, répondit-elle en s'efforçant de ne pas sourire.

— *Je m'appelle Dave Holmes. Je ne vous connais pas personnellement, mais je sais qui vous devez être. Vous descendez des Radcliffe. J'espérais n'avoir jamais à vous faire ce message, mais si vous voyez ceci... c'est que l'intelligence artificielle a jugé que c'était nécessaire. Et j'en suis désolé.*

« *J'ai vécu au vingt-et-unième siècle, que vous connaissez sans doute comme étant le pré-Exode. C'était une époque où les pays étaient parfois en désaccord les uns avec les autres, mais dans l'ensemble, la paix prévalait sur la guerre. Chaque pays était souverain, et la liberté régnait dans la plupart des régions du monde.*

« *Malheureusement, je vois les choses changer dans cette ère de l'après-Exode. Permettez-moi de partager avec vous une cita-tion d'un ancien président américain qui gouverna au vingtième siècle. Il s'appelait Ronald Reagan. Je pense qu'aujourd'hui encore – et même peut-être surtout aujourd'hui – cette citation est d'une grande sagesse.*

« *" La liberté n'est jamais à plus d'une génération de l'ex-tinction. Nous ne l'avons pas transmise à nos enfants par le sang. La seule façon pour eux d'hériter de la liberté que nous avons connue est de se battre pour elle, de la protéger, de la défendre ; à nous ensuite de la leur transmettre en leur expliquant comment ils doivent faire de même au cours de leur vie. Et si vous et moi ne faisons pas cela, alors vous et moi pourrions bien passer nos dernières années à dire à nos enfants comment c'était autrefois... quand les hommes étaient libres."*

Ces mots frappèrent Priya comme aucun discours ne l'avait jamais fait.

Holmes poursuivit d'un air triste :

— *La flamme de la liberté a brûlé de manière éclatante chez de nombreuses personnes de ma génération, mais j'ai vécu assez longtemps pour voir l'éclat de cette flamme commencer à faiblir. J'espère que ce que je vois maintenant ne se produira pas sur Terre. Car si c'est le cas, ce sera peut-être le dernier souffle de la liberté, surtout s'il n'y a plus personne pour entretenir cette flamme.*

L'image devint noire.

Priya se mit à sangloter de manière incontrôlée. Elle enroula ses bras autour d'elle. Harold retrouva sa forme de chaton ; elle le prit dans ses bras et enfouit son visage dans son poil ronronnant.

David Holmes était pratiquement considéré comme un dieu, même en ce siècle. Nul n'ignorait qui il était. Et c'était ce même dieu qui venait de lui lancer un avertissement dont elle savait, au fond d'elle-même, qu'il était à prendre au sérieux.

La liberté avait pratiquement disparu sur Terre.

Et elle ne s'en était même pas rendu compte.

Ce n'est qu'en découvrant qu'une autre vie était possible, ici, sur la colonie, qu'elle mesurait enfin à quel point elle était devenue esclave du gouvernement.

Et cette pensée la ramena à la raison pour laquelle on l'avait envoyée ici, sur Chrysalide. Pour espionner. Renseigner. Sauver des vies.

Mais elle était en plein doute, à présent.

Allait-elle réellement sauver des vies ? Ou contribuer à éteindre la dernière flamme vacillante de la liberté ?

CHAPITRE DIX

Les odeurs du marché central – une place en plein air qui regroupait vendeurs à la sauvette, étals de fermiers et de marchands – avaient quelque chose d'exotique. Priya décela de la cannelle, du fenugrec, des épices indiennes qui lui rappelèrent les plats de sa mère, des agrumes frais, et de la viande grillée, dont les arômes lui mirent l'eau à la bouche. Pourtant, en regardant autour d'elle, elle s'aperçut que certaines choses auxquelles elle était habituée manquaient.

Elle se tourna vers Tom, qui déambulait à ses côtés dans le marché :

— Où est-ce qu'ils vendent les kits de recharge protéinés ?

— Les kits de recharge protéinés ?

— Vous savez, ces packs alimentaires que l'on met dans les générateurs de nourriture.

— Oh, oui, j'ai déjà vu ça. Vous parlez de ces appareils qui créent des repas préfabriqués à partir de protéines végétales.

Vous en trouverez quelques-uns, çà et là, mais le principe ne s'est jamais vraiment imposé sur Chrysalide. On peut survivre avec ce genre de nourriture, je veux bien le croire, mais je ne me vois pas ingurgiter régulièrement cette bouillie. Un jour, j'ai essayé un steak Salisbury fait à partir d'un de ces trucs. (Il grimaça.) Plus jamais.

Priya fronça les sourcils.

— Dans ce cas, je ne comprends pas comment vous vous procurez vos repas. Pour ma part, j'achète des packs avec les bons ingrédients et les bases de données intégrées pour créer de la cuisine française, asiatique ou indienne. Attention, je ne dis pas que la nourriture que j'ai mangée ici n'est pas meilleure – elle l'est – mais comment faites-vous ? Est-ce que tout le monde se…

Tom s'arrêta devant une boutique dégageant de puissants parfums et présentant de grands contenants remplis de poudres colorées et de produits séchés. L'air amusé, il se pencha et murmura :

— Eh bien, oui, nous cuisinons, croyez-le ou non. Nous choisissons les ingrédients que nous voulons, et nous les préparons selon nos goûts personnels, nos recettes, ou les deux. Un de ces jours, il faudra que je vous montre que c'est parfaitement possible.

Priya se sentit un peu bête. Bien sûr que c'était possible, mais elle n'avait jamais imaginé que la pratique pût être aussi répandue sur la colonie.

— Je change complètement de sujet : vous connaissez Terry Chapper, non ?

Tom laissa échapper un petit rire.

— Il vaudrait mieux. C'est mon frère.

Il lui tendit la main.

— Tom Chapper. Enchanté.

— Sérieusement ?

Priya répondit à son geste et lui serra la main.

— J'aurais dû le deviner. Vous ne vous ressemblez pas beaucoup – physiquement, je veux dire – mais il y a clairement des similitudes dans vos manières d'être et de faire à tous les deux.

— C'est bien connu : les grands frères prennent souvent modèle sur leurs cadets plus talentueux, plaisanta Tom. Quoi qu'il en soit, ce n'est pas un secret. C'est même en partie pour cela que Terry et moi avons été chargés de veiller sur votre sécurité.

Priya ressentit une pointe de culpabilité. Ces gens faisaient tout ce qui était en leur pouvoir pour qu'elle soit en sécurité et se sente comme chez elle à la colonie, et elle leur mentait sur la raison de sa présence sur Chrysalide. Tom était réellement quelqu'un de bien ; Terry aussi.

Elle se comportait d'une manière lamentable.

Tom pointa du doigt un stand.

— Vous aimez les mangues ?

— *J'adore* les mangues.

— Alors, venez. Je parie que vous n'avez jamais mangé de smoothie à la mangue avec de la vraie glace à la mangue. Et en plus, vous allez pouvoir assister à la préparation. Ils font ça sous vos yeux. Pas besoin de machines sophistiquées.

Tom la conduisit jusqu'au stand de glaces, commanda et paya. Il fallut moins d'une minute à l'homme derrière le comptoir pour leur préparer les deux boissons semi-congelées. Priya en prit une gorgée.

C'était délicieux. Pas trop sucré, et avec ce goût tropical de mangue qui lui donna le sourire.

— C'est bon, hein ? fit Tom.

Priya acquiesça d'un hochement de tête. Elle dut aspirer fort avec la paille, la boisson ayant une consistance très épaisse. En fait, ce n'était pas tout à fait une boisson, ni tout à fait l'épais granité qu'elle avait l'habitude de boire chez elle. Une chose était sûre : c'était bon. *Très* bon.

Ils continuèrent de se promener. Tom avait plaisir, semblait-il, à jouer les guides touristiques. Il lui parla de l'histoire du marché, de la provenance des produits, et des différentes choses que l'on pouvait trouver ici, ou même commander spécialement. Ils passèrent devant les étals de fruits, et se retrouvèrent dans une zone où des articles en cuir étaient suspendus un peu partout. Porte-monnaie, portefeuilles, ceintures, vêtements. Ils dégageaient une agréable odeur musquée, totalement étrangère à Priya. Ce genre d'articles n'étaient plus vendus sur Terre en raison de la législation sur la cruauté envers les animaux.

L'idée que l'on puisse tuer des animaux pour leur peau lui faisait horreur, mais elle ne put s'empêcher de jeter un coup d'œil à un sac à dos dont l'aspect lui plut.

Elle termina sa boisson et jeta le gobelet vide dans une poubelle.

— Merci pour ça. C'était délicieux, dit-elle.

— De rien, dit Tom en souriant. J'étais à peu près sûr que ça vous plairait.

Il avait terminé de boire son smoothie depuis un moment déjà.

Des cloches retentirent quelque part, non loin de l'endroit où ils se trouvaient.

— Qu'est-ce c'est ? demanda Priya.

— Ce sont les cloches de l'église Saint Thomas d'Aquin.

— Est-ce qu'on a le droit d'y aller ?

— Bien sûr. Suivez-moi.

Ils traversèrent le marché, et finirent par arriver quelques minutes plus tard devant un grand bâtiment en briques hérissé d'un clocher.

— Vous êtes catholique ?

— Non, je ne suis rien du tout, répondit Priya. J'étais juste curieuse. Est-ce que c'est important que je ne sois pas catholique ?

Tom secoua la tête.

— Non. Pour tout dire, je *suis* catholique, et pourtant il y a longtemps que je n'ai pas assisté aux offices. J'avoue que je me sens un peu coupable d'ailleurs.

Ils grimpèrent les marches du perron de l'église, et, devant eux, une voix retentit, s'élevant en prière.

— C'est la voix du pape retransmise depuis la Terre, expliqua Tom.

Il s'arrêta et baissa la tête.

Juste au-dessus du linteau, le texte de la prière défilait en latin et en anglais :

Oresmus.

Prions.

Gratiam tuam, quæsumus, Domine, mentibus nostris

infunde ; ut qui, Angelo nuntiante, Christi Filii tui incarnationem cognovimus, per passionem eius et Crucem ad resurrectionis gloriam perducamur. Per eundem Christum Dominum nostrum.

Que ta grâce, Seigneur, se répande en nos cœurs. Par le message de l'ange, tu nous as fait connaître l'Incarnation de ton Fils bien aimé, conduis-nous, par sa passion et par sa croix jusqu'à la gloire de la résurrection. Par le Christ, notre Seigneur.

Amen.

Amen.

Une nonne âgée, vêtue d'un habit noir fluide, sortit de l'église, mais s'arrêta en voyant Tom.

— Thomas Chapper ! Eh bien, regardez qui vient nous rendre visite après la prière de l'Angélus !

Elle s'approcha, serra une de ses mains dans les siennes et sourit.

— Ça fait longtemps. Trop longtemps. Est-ce qu'on va te voir dimanche ?

Priya sourit à son tour en regardant Tom se tortiller, mal à l'aise, sous le regard d'acier de la religieuse.

— Oui, Sœur Teresa. Je viendrai.

— Je compte sur toi. Et le père Patrick sera ravi de te voir.

Elle se tourna vers Priya.

— Bonsoir, mon enfant. Est-ce que Thomas et toi…

— Non ! s'empressa de préciser Priya.

La sœur sourit et inclina la tête d'un air interrogateur.

— Mon enfant, je voulais juste savoir si Thomas et toi étiez amis…

Les joues en feu, Priya s'efforça de ne pas paraître embarrassée.

— Oh, oui, nous sommes amis. J'arrive de la Terre, et en entendant les cloches, la curiosité m'a poussée à venir voir de plus près ce qui se passait. Nous n'avons pas beaucoup d'églises là où je vis.

— De la Terre, vraiment ?

La religieuse secoua la tête.

— C'est triste de voir que notre maison ancestrale est tombée si bas. N'était le message des Saintes Écritures, je perdrais espoir qu'elle puisse un jour être rachetée.

Elle tendit la main à Priya et la serra.

— Je prierai pour vous tous. Oui, je prierai. Comment t'ap-pelles-tu, pour que je puisse prier pour toi en particulier ?

— Priya.

La vieille femme prit délicatement en coupe dans ses mains le visage de Priya.

— Un très joli nom, pour une très jolie jeune fille.

Elle tourna la tête vers l'église.

— Veux-tu entrer ? Je peux te montrer à quoi ressemble l'in-térieur de notre église. Peut-être même pourriez-vous rencontrer le père Patrick, tous les deux ?

Priya se tourna vers Tom, qui haussa les épaules et dit :

— J'en serais ravi.

— Merveilleux.

La religieuse passa son bras sur les épaules de Priya, et ils entrèrent tous les trois dans l'édifice.

Mais, à peine le seuil franchi, un sifflement bruyant se fit entendre. La religieuse s'arrêta, écarquilla les yeux d'un air inquiet, puis les fit reculer et ressortir tous les trois.

— Je suis désolée, c'est notre système de sécurité. Il a détecté quelque chose.

Elle sortit de son habit une petite tige métallique munie d'une boucle à son extrémité, et l'agita lentement devant la poitrine, la tête, les bras et les jambes de Tom. Puis elle fit de même avec Priya, ou du moins commença à le faire. Au moment où la tige passa sur son avant-bras droit, elle se mit à vibrer.

— Ouh là.

La religieuse appuya sur un bouton de l'appareil et déplaça à nouveau la boucle le long du bras de Priya. Cette fois, l'appareil révéla des images de l'intérieur du bras – veines, artères, et…

— Qu'est-ce que c'est ? demanda Priya, paniquée.

La boucle venait de révéler un petit objet rouge, semblable à une petite araignée, qui pulsait dans son avant-bras.

La religieuse recula et fit le signe de croix.

— Mon enfant, je suis vraiment désolée. Il est dit dans l'Apocalypse 13 : 16 et 13 : 17 : « *Et elle fit que tous, petits et grands, riches et pauvres, libres et esclaves, reçussent une marque sur leur main droite ou sur leur front, et que personne ne pût acheter ni vendre, sans avoir la marque, le nom de la bête ou le nombre de son nom.… »*

— Qu'est-ce que ça signifie ? demanda Priya, son regard allant de la religieuse à Tom, tandis que son cœur battait la chamade.

— C'est la marque de la bête, dit la religieuse. Je suis désolée, mon enfant. Nul n'est autorisé à entrer dans la maison de Dieu s'il est porteur de cette marque.

Elle tourna abruptement les talons, entra dans l'église, et ferma la porte derrière elle dans un grand bruit sourd.

Priya fixa la porte, bouche bée, l'air hagard.

— Je suis désolé, dit Tom. C'était brutal.

Il posa son bras sur son épaule, mais elle se dégagea. Une rage soudaine l'envahit.

— Bon Dieu, qu'est-ce que j'ai dans le bras ? s'écria-t-elle ?

Ces salopards de l'ONU ! Ils ont mis quelque chose dans mon bras !

Elle sentit son sang battre à ses tempes. Le souffle court, elle respirait difficilement. Elle avait l'impression que sa poitrine était prise en étau. Elle entendit Tom dire quelque chose, mais sa voix était faible, lointaine.

Soudain, le monde bascula, et elle sentit les bras de Tom qui l'attrapaient en même temps que tout devenait noir.

— *Je ne sais pas ce qui s'est passé. Elle était bouleversée, et l'instant d'après, elle s'est écroulée sur moi.*

C'était la voix de Tom.

— *Heureusement que vous étiez là pour la rattraper*, répliqua une femme, dont Priya ne reconnut pas la voix.

— *Comment va-t-elle ?* demanda Tom d'un ton inquiet.

— *Elle va bien. Ses analyses de sang sont normales. Elle est juste un peu déshydratée, et sa tension artérielle est un peu basse. Je lui administre des fluides intraveineux ; ça semble efficace.*

Priya ouvrit les yeux.

Tom était à son chevet. Ses traits se détendirent ; il parut soulagé de la voir revenir à elle.

— Hé, la belle au bois dormant sort de son sommeil. Nous sommes à la clinique du marché. Vous m'avez fait peur.

— Désolée.

Elle se redressa. Elle remarqua la perfusion reliée à son bras. La pièce était minuscule ; ce n'était pas vraiment une chambre d'hôpital. Il y avait un simple lit et un peu d'équipement portatif. En plus de Tom, une infirmière était là, les yeux rivés sur un appareil qui surveillait ses constantes.

— Je crois que je me suis évanouie.

Tom laissa échapper un petit rire.

— Oui, je crois bien aussi.

À cet instant, Terry entra. Il paraissait plus amusé qu'inquiet. Il donna une tape sur l'épaule de Tom et dit :

— Je prends la suite.

Tom décocha un sourire à Priya.

— Remettez-vous bien, Priya.

Avant même qu'elle songe à le remercier, il était parti.

— Infirmière, dit Terry, quand pourra-t-elle se lever ?

La femme sourit.

— Son état ne nécessite pas que nous la gardions. Elle a été perfusée, et ses constantes sont toutes revenues à la normale.

Elle se tourna vers Priya.

— Comment vous sentez-vous ?

— Bien. Enfin, je suppose. Je suis juste un peu gênée d'avoir causé autant de problèmes.

L'infirmière balaya la remarque d'un revers de main.

— Il fait chaud aujourd'hui ; ce sont des choses qui peuvent arriver à chacun d'entre nous. Laissez-moi vous enlever tout ça, et vous pourrez partir. N'oubliez pas de bien vous hydrater, et d'y aller doucement. Et si jamais vous sentez que vous avez des vertiges, revenez ici, ou allez dans un autre centre médical, d'accord ?

— D'accord. Je n'y manquerai pas.

Comme l'infirmière lui ôtait du bras l'aiguille de la perfusion, Terry dit :

— J'ai appris ce qui est arrivé.

Il croisa le regard de Priya.

— Et si on allait parler de tout ça chez moi ? Je vous préparerai un repas maison.

Il désigna l'infirmière d'un petit mouvement du menton, et secoua la tête.

Priya comprit le message : *ne parlons pas de tout cela ici.*

— D'accord, acquiesça-t-elle.

Quelques minutes plus tard, après que Terry eut signé le bon de sortie, ils se dirigèrent vers sa voiture. Priya ouvrit la bouche pour dire quelque chose, mais Terry secoua la tête, mit un doigt sur ses lèvres et secoua de nouveau la tête. Il sortit un ordinateur de poche, écrivit quelque chose dessus, puis le montra à Priya :

« Je vous emmène quelque part où nous pourrons parler en étant sûrs qu'ils n'écoutent pas. Jusque-là, parlez de tout sauf de ce qui est arrivé aujourd'hui. »

Le regard de Priya alla du message à Terry, qui affichait un air indéchiffrable. Elle n'avait qu'une envie : parler de ce qui était arrivé. *Est-ce qu'ils écoutent ? Qui sont-ils ? Terry était-il déjà au courant pour l'implant ? Certainement. Ce qui signifiait qu'il savait que j'étais une espionne ? Non ?*

Priya se contenta de hocher silencieusement la tête.

Ils arrivèrent à la voiture. Terry lui ouvrit la portière côté passager. Ranger, assis, occupait déjà la place. Il la salua d'un petit jappement.

Terry claqua aussitôt des doigts.

— Allez, file à l'arrière, espèce de gros balourds, le rabroua Terry.

Le grand chien s'exécuta. Il se faufila à l'arrière, en agitant frénétiquement la queue. Priya s'installa à l'avant.

Puis Terry engagea la voiture dans la circulation.

— J'espère que vous aimez la cuisine au barbecue, parce que c'est ce que ma femme – Steph – va nous préparer ce soir. Je me suis dit que ce serait bien pour vous d'expérimenter un peu comment nous vivons au quotidien, dans le monde réel. En dehors des dortoirs.

Priya prit une grande inspiration, et expira lentement. Elle était extrêmement tendue, et sentait les muscles de ses épaules et de sa nuque se contracter. Elle s'appuya contre la portière, et se surprit à observer le profil de Terry tandis qu'il conduisait. Il paraissait calme ; mais pourquoi ne le serait-il pas ? Ce n'était pas lui qui venait de comprendre brutalement qu'un étrange dispositif en forme d'araignée avait été implanté sous sa peau. Apparemment, cette découverte avait complètement chamboulé Priya.

Ils arrivèrent bientôt à un nouveau quartier. Les maisons

ici ne ressemblaient à rien de ce que connaissait Priya. Enfin, ce n'était pas tout à fait vrai : elle avait déjà vu ce genre de maisons, mais dans de vieux films des vingtième et vingt-et-unième siècles. Elles n'étaient même pas mitoyennes ; chacune était indépendante et entourée d'un jardin luxuriant – pelouses, buissons taillés en topiaire, parterres de fleurs.

— Combien de personnes vivent dans chacune de ces maisons ?

Terry haussa les épaules.

— Ça dépend de la famille. Ça peut être une ou deux, mais ça peut facilement aller jusqu'à quatre ou cinq, j'imagine – du moins dans ce quartier.

— De une à cinq familles ?

Il rit.

— Non, de une à cinq personnes.

Seulement cinq personnes ? Pour tout cet espace ?

Terry s'engagea dans une allée, la remonta, s'arrêta et coupa le contact. Puis il se tourna vers Priya.

— Notre petit nid douillet ! s'exclama-t-il. Mais il y a bien assez de place pour ma femme et moi – et notre ami à quatre pattes.

Ranger aboya.

Terry ouvrit les deux portières latérales droites, et Priya et Ranger descendirent de voiture.

— Cette maison est gigantesque, dit Priya. Sur terre, on y ferait tenir cinq ou six appartements. Et le terrain est encore plus grand ; on pourrait y bâtir tout en ensemble résidentiel.

Terry sourit.

— J'oublie chaque fois que vous arrivez de la Terre. Dites-moi, quelle est la surface de votre appartement ?

Priya se dirigea avec lui vers la porte d'entrée.

— Une quarantaine de mètres carrés. Nous avons deux chambres, qui ont chacune leur salle d'eau. C'est largement assez grand pour nous deux… du moins, c'est ce que je croyais.

Terry posa la main sur la poignée de porte, qui émit un bip. La porte s'ouvrit. Il invita Priya à entrer la première.

— Cette maison a une superficie de deux cents mètres carrés. Nous avons trois chambres et deux salles de bains. C'est une bonne surface pour une maison ici, sur la colonie ; la nôtre n'est pas la plus grande, mais ce n'est pas la plus petite non plus. Nous avons une manière différente ici de concevoir l'espace de vie. Nous aimons avoir de la place.

Priya regarda autour d'elle, émerveillée. L'entrée à elle seule était presque aussi grande que son appartement, et il y avait un plafond cathédrale – une perte d'espace habitable inenvisageable sur Terre.

Une blonde arriva d'une pièce adjacente.

— Bonjour, chéri.

Elle donna un baiser à Terry, puis se tourna vers Priya et lui tendit la main.

— Vous devez être Priya. Moi, c'est Stéphanie. Je suis la femme de Terry. Je suis ravie de vous rencontrer.

Priya lui serra la main.

— Merci de me recevoir.

Terry s'éclaircit la gorge.

— Si ça ne vous dérange pas, je vais prendre une douche avant le dîner.

Il sourit comme un gamin, et fit mine de s'inquiéter :

— C'est bon, je peux vous laisser toutes seules ?

Stéphanie balaya la question d'un geste.

— On va très bien se débrouiller, espèce d'idiot. Allez, va.

Elle se retourna vers Priya.

— Vous voulez m'aider à préparer le dîner ?

— Je peux ?

— Bien sûr. J'imagine que vous n'avez jamais eu l'occasion de cuisiner à partir d'ingrédients bruts ; je suis certaine que ça va vous plaire.

— Qu'allons-nous cuisiner ?

— Avez-vous déjà mangé un hamburger ?

Priya se remémora le morceau de bœuf du Bizarre Bazar, et laissa échapper un petit gémissement.

Stéphanie se mit à rire.

— Terry fait le même genre de bruit quand il mange.

Elle précéda Priya jusque dans la cuisine, une pièce immense équipée de plans de travail en pierre et de petits appareils électro-ménagers en acier. Tout avait l'air neuf.

— Vous avez une très belle maison, dit Priya.

— Merci.

Tout en sortant une barquette de viande du réfrigérateur, Stéphanie pointa du doigt l'extrémité du plan de travail.

— Vous voulez bien m'apporter les oignons, ils doivent être là-bas ? Je vais vous montrer comment préparer un délicieux hamburger.

Priya trouva les oignons, nichés dans un panier entre divers bocaux et récipients. À sa grande surprise, elle trouva un petit mot manuscrit posé dessus, qui disait :

« *Priya,*

Trois étapes. Première étape : détendez-vous et profitons du dîner. Deuxième étape : allons quelque part où nous pourrons parler de nos secrets. Et enfin, troisième étape : occupons-nous de votre petit problème. »

CHAPITRE ONZE

Priya s'adossa à sa chaise, l'estomac plein, et sourit.

— Merci. Le dîner était délicieux.

Stéphanie lui retourna son sourire.

— Merci pour votre aide. Ça m'a bien plu d'avoir de la compagnie dans la cuisine.

Pendant que Stéphanie ramassait les assiettes, Terry sortit son PC de poche, tapa quelque chose, puis montra l'écran à Priya. Elle lut le message.

« Il y a une pièce à l'arrière de la maison où l'on peut parler en toute sécurité. En attendant, faites ce que je vous dis. Je vous expliquerai tout quand nous y serons. »

Priya leva les yeux et acquiesça d'un hochement de tête.

Quand Stéphanie eut débarrassé la table et fut de retour, Terry se leva. Ranger, couché sous la chaise de Terry, bâilla bruyamment et se leva à son tour. Comprenant qu'il n'y aurait plus de gâteries pour lui, il alla s'installer sur son coussin dans un coin.

— Priya, dit Terry, avez-vous déjà mangé un gâteau au chocolat préparé au micro-ondes ?

Priya quitta la table à son tour et répondit :

— Non, je ne crois pas. En quoi est-ce différent d'un gâteau normal ?

— Oh, ça n'a rien à voir. C'est bien meilleur.

Il fit signe à Priya et à Stéphanie de le suivre, puis continua à parler tandis qu'ils sortaient de la salle à manger et traversaient un couloir.

— Steph, il faut que tu lui montres ta recette ; elle verra qu'elle est très facile. Elle pourra la reprendre, si elle en a envie, quand elle rentrera sur Terre.

Il s'arrêta devant une porte fermée et saisit la poignée. Une diode verte clignota ; il poussa la porte et entra.

— Par ici, dit Stéphanie en faisant signe à Priya d'entrer. J'ai déjà préparé quelques ramequins. Allez-y, mettez le premier au micro-ondes, réglez sur quatre-vingt-dix secondes, et appuyez sur « Start ».

La pièce ressemblait à un réduit. Il n'y avait pas de fenêtre ; juste un bureau et deux chaises.

Dès qu'ils furent tous les trois à l'intérieur et eurent refermé la porte derrière eux, Terry sourit et s'excusa auprès de Priya.

— Désolé d'avoir dû faire tout ce petit cinéma. Nous pouvons parler sans risque maintenant.

Il l'invita à s'asseoir sur une des chaises. Priya s'exécuta.

— Qu'est-ce que c'est que cette histoire de gâteau au chocolat ? demanda-t-elle.

— C'était mon idée, dit Stéphanie.

Elle fouilla dans un fourre-tout qui se trouvait dans un coin.

Il était rempli de bandes de gaze, de lingettes alcoolisées et d'autres fournitures médicales.

— Faire cuire un gâteau au micro-ondes est encore trop compliqué pour mon benêt de mari…

— Hé ! fit mine de s'indigner Terry.

Elle lui envoya un baiser.

— Laissez-moi deviner, dit Priya. Ce bureau est blindé afin qu'aucun signal électrique ou électromagnétique ne puisse y entrer ou en sortir ?

Stéphanie hocha la tête.

— C'est exactement ça. Les parois intègrent un treillis métallique spécial, qui encapsule en quelque sorte l'espace. Aucun signal ne peut s'en échapper. C'est ce qu'on appelle une cage de Faraday.

— Comment se fait-il que vous ayez chez vous une pièce de ce genre ?

— C'est bien pratique, là, maintenant, pas vrai ? dit Terry en souriant. Ce n'est pas la première fois que nous nous en servons.

Priya sentit son cœur s'accélérer en songeant aux autres espions qui avaient été envoyés à la colonie, et dont on n'avait plus de nouvelles.

Stéphanie pointa du doigt le bras de Priya.

— Ce n'est pas la première fois que quelqu'un arrive ici avec un dispositif de repérage. Enfin, c'est plus que ça ; c'est un dispositif d'espionnage. Il doit comporter un géolocalisateur, j'en suis sûre, mais s'il est comme les autres, il enregistre aussi ce qu'il observe et le transmet à un récepteur local, qui relaie luimême le signal vers la Terre.

— Ce qu'il observe ? Vous voulez dire le son qu'il capte sous la peau ?

— Non, je sais que c'est étonnant, mais il capte bien plus que du son. Nous avons pu intercepter des paquets de données qui contiennent quelques bits de vidéo cryptée et compressée. Comment un implant sous-cutané peut capter de la vidéo, ça, ça reste un mystère.

Priya repensa à sa rencontre avec l'agent Ted cet après-midi-là. Se pouvait-il que l'injection de souvenirs eût permis au dispositif de traçage d'interagir avec les signaux de son cerveau ? Peut-être…

— Avant que nous ne commencions, dit Terry, avez-vous la moindre idée de la manière dont cette chose s'est retrouvée dans votre corps ?

Priya inventa rapidement un mensonge.

— Ça a dû se produire lorsque j'ai été vaccinée. J'étais absente le jour où les autres stagiaires ont reçu leur injection ; alors, l'école m'a envoyée dans une clinique à l'extérieur, où ils m'ont fait une série de piqûres dans le bras droit. Je ne vois aucun autre endroit, ni aucun autre moment, où ils auraient pu insérer cette chose.

Elle se félicita en silence de sa vivacité d'esprit.

Terry hocha la tête, satisfait de sa réponse.

— Bon, vous vous êtes certainement fait piéger par l'UNIB.

— L'UNIB ? demanda Priya, feignant l'ignorance.

— Le bureau du renseignement de l'ONU. Ils espionnent la colonie depuis des décennies. Nous nous méfions d'eux, autant qu'ils se méfient de nous.

Stéphanie sortit un petit appareil qui ressemblait à la tige métallique munie d'une boucle utilisée par la religieuse.

— Bon, peu importe comment cette puce est arrivée là. Voyons voir ce que nous pouvons faire.

Elle passa la boucle le long de l'avant-bras de Priya et, tout comme l'appareil de la religieuse, celui-ci afficha une représentation en 3D et en couleurs de ce qui se trouvait sous la peau.

Terry se leva de son siège pour y voir mieux.

— Voilà l'horrible petite bestiole, dit-il.

L'implant ressemblait effectivement à une petite araignée. Ses espèces de longues pattes vrillées étaient reliées à diverses stries sous la peau de Priya, et il pulsait au rythme des battements de son cœur, ce qui donnait l'impression qu'il était vivant.

Stéphanie fronça les sourcils.

— L'implant s'est connecté à vos nerfs médian et ulnaire. Il a l'air plus sophistiqué que ce qu'on a pu voir jusqu'à présent.

— Est-ce que ça signifie que vous ne pouvez pas l'enlever ? fit mine de s'inquiéter Priya.

— Oh, je ne comptais pas l'enlever. Je vais le détruire. Chéri, tu peux… ?

— Oh, oui, bien sûr, dit Terry.

Il fit rouler sa chaise pour s'approcher de Priya et prit la tige de métal en main.

Stéphanie fouilla dans son fourre-tout et en sortit un outil qui ressemblait vaguement à un marteau.

— C'est une baguette à ultrasons. Nous l'utilisons dans ce que nous appelons la lithotritie extracorporelle par ondes de choc. Elle émet des sons à haute fréquence qui détruisent les objets solides – les calculs rénaux, par exemple. Mais ça fonctionne aussi avec ces saloperies d'implants, si on l'utilise correctement.

— Ça va faire mal ?

Stéphanie secoua la tête.

— Non. Vous ressentirez tout au plus une sensation de chaleur, mais dites-le-moi justement si ça survient. Je vais régler l'appareil sur une fréquence qui résonne avec l'implant. En gros, cela revient à envoyer des ondes de choc qui vont le fragiliser, et finalement le désagréger. Mais s'il se produit une réaction thermique – si vous commencez à avoir chaud – nous ferons une pause, et nous recommencerons dès que l'implant aura refroidi.

— Combien de temps est-ce que cela va prendre ?

— Ça ne devrait pas prendre plus d'une demi-heure.

— Et une fois que l'implant est décomposé ? Est-ce qu'il est simplement réabsorbé par mon corps ?

Stéphanie secoua la tête.

— Non, malheureusement, même décomposé, il sera toujours là, et il possédera toujours les données qu'il a enregistrées. Les implants que nous avons pu étudier jusque-là avaient un bloc de stockage de données cryptées toujours opérationnel. Nous pensons qu'il s'agit d'un système de secours. Quand vous retournerez sur Terre, les agents des services de renseignement trouveront un prétexte pour vous interroger et télécharger le contenu de l'implant. C'est là que le gâteau au chocolat entre en jeu.

Priya fronça les sourcils. Elle avait suivi les explications jusque-là, mais elle ne voyait pas ce que cette histoire de gâteau au chocolat venait faire là.

Stéphanie se mit à rire en voyant son air désarçonné.

— Quand j'aurai terminé la procédure, on aura l'impression

que l'implant a grillé. Et comme la dernière chose que vous aurez enregistré, et peut-être déjà transmise, concernait l'utilisation du four à micro-ondes, cela crée une explication plausible pour les dommages occasionnés – ce sont les ondes du four les responsables.

Elle sourit à Priya d'un air ironique.

— Ces types de l'ONU pensent que nous sommes tous des crétins, ici, à la colonie. Ils se disent sûrement que nous ne sommes même pas foutus de modifier en toute sécurité les tuners thermiques ou les micro-ondes en empêchant qu'ils n'émettent toutes sortes de signaux électromagnétiques.

— Mais la question la plus importante, dit Terry en souriant comme un gamin, c'est : y a-t-il du gâteau au chocolat, oui ou non ?

Priya laissa échapper un petit rire, tandis que Stéphanie roulait de grands yeux.

— Je verrai ce qu'on peut faire pour ça quand j'en aurai terminé ici, dit cette dernière.

Elle se tourna vers Priya et demanda :

— Prête à commencer ?

— Oui. Mais en douceur, hein ? Allons-y…

Priya appuya légèrement sur son avant-bras. Bien qu'extérieurement rien n'y parût après la procédure, elle ressentait une vive douleur, comme si elle avait reçu un coup de masse sur l'avant-bras.

Alors que Stéphanie quittait la pièce pour préparer un gâteau au chocolat – elle ne plaisantait pas à ce sujet – Ranger apparut dans l'embrasure de la porte, remuant la queue.

— Est-ce qu'il a le droit d'entrer ici ? demanda Priya.

— Bien sûr. Viens, mon chien, dit Terry en claquant des doigts.

La queue frétillante de Ranger s'affola de plus belle. Il pivota sur lui-même et entra à reculons dans la pièce.

— Mais qu'est-ce que… ?

Priya se mit à rire.

— Pourquoi est-ce que tu entres à reculons ?

Elle se pencha vers l'animal, qui se retourna et se précipita vers elle pour lui donner sa tête à caresser.

— Vous n'aviez jamais remarqué qu'il faisait ça ? demanda Terry.

— Non, je m'en souviendrais autrement.

Terry rit à son tour.

— Quand j'ai eu ce grand garçon, c'était un chien errant, et il avait le nez cassé. Apparemment, il s'était jeté contre une porte vitrée qu'il n'avait pas dû voir. Un ami vétérinaire m'a parlé de lui, et je n'ai pas eu le cœur de le laisser le piquer ; alors, j'ai payé ses soins et je l'ai adopté. Mais il ne fait plus beaucoup confiance aux portes.

— Oh, le pauvre chou !

Priya le caressa de plus belle.

— C'est la chose la plus mignonne que j'aie jamais entendue.

Elle leva les yeux vers Terry, qui affichait un sourire jusqu'aux oreilles.

— Quoi ? fit-elle.

— Vous êtes loin d'être aussi froide et distante que vous voulez bien le laisser croire.

— Oh, ne vous fiez pas à ça, répliqua-t-elle en rougissant.

D'une certaine manière, elle était contente que Terry soit marié et heureux en couple ; cela lui permettait de moins penser au fait qu'il était extrêmement séduisant. Elle pouvait plus facilement laisser ses sentiments enfouis.

— Bon, à présent que nous ne sommes plus espionnés, il est temps de parler, reprit Terry en renversant le buste contre le dossier de sa chaise. Je vais être parfaitement honnête avec vous. Pour tout dire, je vais sortir de mon rôle de membre de la sécurité de la colonie. Il n'y a plus que vous et moi, en toute amitié. En toute confidence. D'accord ?

Priya acquiesça d'un hochement de tête.

— Je vous dois une fière chandelle à tous les deux, dit-elle en frottant doucement son avant-bras encore douloureux. Vous n'imaginez pas à quel point j'ai été choquée et furieuse quand j'ai appris l'existence de cet implant.

Terry hocha la tête.

— Je sais. Tom m'a tout raconté.

Il prit une grande inspiration et expira lentement.

— Je ne suis pas censé aborder ce sujet, mais… Vous savez peut-être que nous n'acceptons pas d'immigrants sur Chrysalide, à moins qu'ils n'aient déjà un parent citoyen de la colonie.

Priya secoua la tête.

— J'ignorais même que vous acceptiez des immigrants tout court.

— Eh bien, c'est rare. Quoi qu'il en soit, il y a des gens au sein du gouvernement, des personnes dont je n'ai pas le droit de dévoiler le nom, qui seraient prêtes à passer outre ces restrictions si vous souhaitiez rester ici, à la colonie.

— Parce que je suis une Radcliffe, c'est ça ?

Terry haussa les épaules.

— Sincèrement, je n'en sais rien. Tout ce que je sais, c'est que cette offre est sur la table. Et aussi que c'est la première fois que j'entends parler d'une telle exception ; je vous suggère donc de prendre le temps d'y réfléchir sérieusement. Vous n'avez pas à vous décider tout de suite – rien ne presse. De toute façon, il vous reste quatre mois de stage. Mais je tenais à ce que vous soyez au courant. Et si vous souhaitez en reparler dans les jours ou les semaines qui viennent, je suis là.

Priya fronça les sourcils. C'était une offre généreuse. Peut-être même un peu plus ; car après tout, que savaient-ils d'elle ? Pas grand-chose. Qui plus est, le peu qu'ils savaient était un mensonge. Mais elle ne pouvait pas accepter. Elle se souvint de l'avertissement du général, et de ce qui se passerait si elle devait échouer dans sa mission : « *Si nous ne parvenons pas à déterminer qui sont les responsables, nous n'aurons d'autre choix que d'anéantir toute la colonie.* » Des millions de vies étaient en jeu. Les colons de Chrysalide étaient de braves gens ; ils ne méritaient pas de mourir parce qu'une poignée d'entre eux avaient des visées terroristes.

— Je vais y réfléchir, dit-elle en souriant à Terry.

Mais la vérité était que sa décision était déjà prise. Elle devait aller au bout de cette mission ; sauf qu'elle n'avait aucune idée de ce qu'était réellement sa mission. Tout ce qu'elle savait, c'est qu'elle devait se rendre quelque part à l'intérieur de la mine – et que le petit disque en métal qui se trouvait dans sa chambre était la clé pour y parvenir.

— Nous recevons des informations du général commandant l'UNIB, et de plusieurs hauts responsables de la Division antiterroriste de l'UNSOC. Il n'est pas question d'une attaque imminente. Mais l'opération Liberté est prête à être déployée au premier signe de problème.

Le conseil de sécurité de la colonie était réuni comme chaque semaine – la gouverneure Welch ayant commencé par faire un point de la situation. En écoutant les nouvelles rassurantes données par Terry, elle ressentit un profond soulagement.

— Puisque vous évoquez l'opération Liberté, dit Carl, il serait bon que quelqu'un nous en donne les grandes lignes. Je dispose des instructions de travail concernant les opérations minières, mais j'aimerais bien savoir de quoi il s'agit plus globalement.

Terry ouvrit la bouche pour répondre, mais la gouverneure leva la main et dit :

— Je vais répondre.

Elle croisa le regard de toutes les personnes présentes autour de la table de conférence. À l'instar de Carl, ils avaient tous été informés de leurs propres responsabilités dans leur domaine particulier concernant l'opération Liberté, mais aucun d'entre eux n'en avait une vue d'ensemble. Et c'était mieux ainsi. Malgré les récriminations de Carl, elle n'entendait pas lever le voile là-dessus maintenant. Pas encore.

— Nous avons toujours parmi nous des espions non identifiés, et l'ONU ne cesse d'en envoyer d'autres. Il y a une semaine à peine, Terry et son équipe ont réussi à démasquer l'un d'entre eux, qui communiquait avec des Rebelles terriens.

Le chef de cabinet leva la main.

— Je croyais que les Rebelles étaient de notre côté. N'aurions-nous pas là une sorte d'alliance d'opposants à l'ONU ?

— Une alliance ? releva la gouverneure. Une « Alliance rebelle », c'est ça ?

Elle sourit, tout en sachant que personne dans la salle ne saisirait la référence à l'organisation armée fictive de la série *Star Wars*.

— Oui, Andy, reprit-elle, vous avez raison. Mais je ne fais confiance à personne.

Elle se tourna vers Terry.

— Terry, quel est au juste le message de ces Rebelles que nous avons intercepté, et qui a été envoyé à l'homme que nous avons mis aux arrêts.

Terry fit défiler du contenu sur son ordinateur de poche et lut à voix haute :

— « *Ci-joint l'image d'une nouvelle stagiaire. C'est une Radcliffe. Elle partira d'ici dans quelques jours. Vous savez quoi faire.* »

Le chef de cabinet grimaça.

— C'est de mauvais augure, dit-il.

— C'est certain, dit Welch. D'autant plus que l'homme que nous avons appréhendé l'a été tout près de l'endroit où Mlle Radcliffe était censée se trouver. Le plus terrible, c'est que c'est un citoyen de la colonie depuis sa fondation. Comme je l'ai dit, on ne peut plus se fier à grand monde.

Elle jeta de nouveau un regard circulaire dans la salle.

— De ce fait, j'espère que vous comprendrez tous pourquoi je suis contrainte de garder certaines informations secrètes – et notamment certains détails de l'opération Liberté. Mais je peux vous promettre une chose : quand nous l'activerons, ce sera quelque chose qui n'a encore jamais été vu.

Priya, vêtue d'une combinaison de travail épaisse, suivait comme les autres stagiaires leur nouvel instructeur, qui les conduisait plus profondément dans la mine. L'homme était d'un gabarit hors normes. Pas particulièrement grand, mais son torse était quasiment deux fois plus large que celui de n'importe qui d'autre ; ses bras étaient massifs, et ses jambes semblables à des troncs d'arbre. Un véritable bloc de béton.

— Bon, très bien, tout le monde… nous sommes au niveau huit de la mine, dit-il d'une voix étonnamment douce et bien timbrée. Ce qui signifie que nous en sommes au dernier chapitre de votre introduction à l'équipement minier.

Il donna une tape sur un engin, une grue de deux mètres qui avait quelque chose d'arachnéen dans la forme.

— Je vous présente Bessie. C'est une boulonneuse de plafond. Vous allez apprendre à bien la connaître. Que la gravité soit forte ou faible importe peu à Bessie. Elle est destinée aux mines souterraines ; je suis sûr que vous connaissez les difficultés des forages souterrains. La dernière chose à laquelle un mineur veut être confronté, c'est l'instabilité dans les tunnels.

Il regarda l'ensemble des stagiaires, puis :

— Bon, est-ce que quelqu'un voudrait essayer de m'impressionner en me disant ce qu'il sait du travail d'une boulonneuse de plafond ?

Plusieurs stagiaires levèrent la main. L'instructeur désigna celui qui était le plus près.

— Débarrasser les plafonds des roches instables ?

L'instructeur acquiesça d'un hochement de tête.

— Absolument. La raison d'être d'une boulonneuse est d'assurer la stabilité de notre environnement de travail. Si vous remarquez un rocher fissuré ou instable qui ne peut pas être sécurisé, il faut l'enlever, ou bien il finira par blesser l'un d'entre vous.

Il désigna un autre stagiaire qui avait levé la main, mais l'étudiant grimaça – sa réponse passant probablement à côté de la question.

L'instructeur roula de grands yeux, puis désigna un troisième stagiaire.

— Il faut s'assurer que le matériel est sûr et en parfait état de marche ?

L'instructeur haussa les épaules sans répondre, l'air de dire : ça me paraît évident, non ? Puis, il promena une nouvelle fois son regard sur les étudiants, et s'arrêta sur Priya :

— Vous, jeune fille, expliquez donc à ces mineurs en herbe à quoi ils doivent penser lorsqu'ils sont dans la mine.

Priya sentit tous les regards se tourner vers elle.

— Eh bien, ne faut-il pas toujours surveiller la teneur en gaz de l'air... vous savez, pour le méthane ? Pour éviter une explosion ?

Le bloc de béton se fendit d'un sourire, ses dents brillant comme de minuscule morceaux de marbre impeccablement taillés.

— Absolument, approuva-t-il. Dites-moi ce que vous savez de ce contrôle des gaz ?

Priya était nerveuse. Elle n'en savait pas grand-chose. Elle se souvenait juste d'avoir lu un papier à ce sujet bien avant qu'on lui propose cette mission.

— Je sais qu'on parle souvent d'une histoire de « canari dans la mine de charbon ». L'idée, c'est que la présence de gaz ferait mourir le canari, de sorte que les mineurs comprendraient aussitôt qu'il faut fuir. Enfin, c'est ce que j'ai lu.

— Excellent. Comment vous appelez-vous, jeune fille ?

— Priya.

— Eh bien, Priya, cette histoire de canari est vraie. Avant ça, les mineurs envoyaient un pauvre type dans un tunnel avec une couverture mouillée sur lui, et une torche allumée. En cas de brusque mais faible flambée, le mineur était protégé par le tissu humide. Il savait alors qu'il suffisait de créer un courant d'air pour s'en sortir. Mais s'il rencontrait une poche de méthane importante, c'était toute la mine qui s'embrasait, et le pauvre type avec. Aujourd'hui, bien sûr, nous avons des détecteurs de gaz électroniques qui font le boulot du canari ou du pauvre gars avec sa torche.

L'instructeur s'approcha du stagiaire qui, quelques instants plus tôt, n'avait pu trouver une réponse adaptée. Il lui tapota l'épaule en désignant Priya et dit :

— Ce sera quelqu'un comme cette jeune fille qui vous sauvera la vie en cas de pépin. Pourquoi ? Parce qu'elle a la tête sur les épaules.

Le stagiaire baissa les yeux d'un air gêné.

L'instructeur se tourna de nouveau vers l'ensemble de la classe.

— Vous vous dites peut-être que le travail minier n'est rien de plus qu'un de ces boulots abrutissants où il suffit de savoir creuser des fossés ou réparer une fuite sur une canalisation. Si c'est le cas, vous vous trompez lourdement. C'est un travail qui demande de la *réflexion*. Il faut savoir réfléchir. C'est un métier dangereux ; un métier dans lequel des gens se font tuer. Il faut toujours être en éveil.

Priya aimait bien cet instructeur. Il était intelligent, direct ; il n'hésitait à dire les choses telles qu'elles étaient. Bien sûr, elle n'était pas insensible aux compliments, et ceux qu'il venait de lui faire n'étaient pas étrangers à la sympathie qu'il avait suscité chez elle.

Il fit signe à tout le monde de s'approcher de Bessie.

— Bon, très bien, jeunes mineurs. Passons en revue chaque centimètre carré de cette boulonneuse.

En s'approchant, Priya remarqua un monte-charge sur le mur du fond, et aussitôt un nouveau souvenir se fit jour dans son esprit. Elle avait déjà pris ce monte-charge ; ou du moins, elle avait le souvenir de l'avoir fait. Elle était descendue jusqu'au niveau 10, le plus profond, avant de se diriger vers une porte qui nécessitait une clé d'accès spéciale. Elle avait tendu le bras – ou du moins, un homme l'avait fait – un disque à la main, et la porte s'était ouverte.

— Priya ?

Elle revint brusquement à l'instant présent.

— Oui ?

— Voulez-vous être la première à prendre les commandes de cette bonne vieille Bessie ? demanda l'instructeur en tapotant le flanc de l'engin.

— Euh… oui, bien sûr.

Priya essuya la sueur de son front, retira la mèche du mandrin, inséra un boulon, et tira sur le levier permettant au système hydraulique de la boulonneuse d'enfoncer le boulon dans le plafond.

— Je crois que vous avez compris, jeune fille, dit l'instructeur en hochant la tête d'un air approbateur.

Il lui lança un chiffon sec et ajouta :

— C'est un travail intense, épuisant, mais qui est un jalon essentiel de toute l'opération.

Il désigna d'un geste un autre stagiaire.

— À vous. Voyons si vous parvenez à opérer avec Bessie sans l'énerver.

Priya s'essuyait le visage avec le chiffon quand l'instructeur s'approcha et lui dit à voix basse :

— Vous n'êtes pas obligée de rester pour la suite si vous n'en avez pas envie. Vous avez compris ce qu'il faut faire, c'est l'essentiel. Vous devriez peut-être vous reposer un peu, parce que demain ce ne sera plus de l'entraînement.

Priya acquiesça d'un hochement de tête.

— Merci. Je vais rester encore un peu.

Tandis que les autres stagiaires se relayaient sur la machine et le reste de l'équipement, beaucoup se montrant peu à l'aise, elle apprit encore un ou deux trucs en les regardant commettre des erreurs, mais elle finit par s'ennuyer. C'est alors qu'elle aperçut Terry qui passait, flanqué de son fidèle Ranger.

Qu'est-ce que Terry faisait au niveau 8 ? Y avait-il un problème de sécurité ici ?

Intriguée, elle faussa discrètement compagnie au groupe et suivit la direction qu'il avait prise. Elle n'avait pas l'impression de se déplacer sans autorisation, ni même de risquer de se perdre ; elle *connaissait* cet endroit. Elle savait qu'à sa droite se trouvait le monte-charge qui menait au niveau 5, et qu'en continuant plus loin, là où Terry s'était dirigé, elle tomberait sur les bureaux. Elle parvenait même à se représenter la salle de repos à l'arrière des bureaux, avec son réfrigérateur et son distributeur de sodas.

Mais lorsqu'elle arriva à la porte fermée par laquelle on accédait à la zone des bureaux, elle vit que Terry n'était pas là, mais que Ranger attendait son maître. Le chien l'aperçut, remua la queue et aboya plusieurs fois.

La porte s'ouvrit.

— Ranger ! le rabroua Terry en sortant. Qu'est-ce qui te prend ?

Puis, remarquant la présence de Priya :

— Oh. Salut, l'étrangère ? Z'avez fini les cours ?

— On m'a autorisée à partir plus tôt. Alors, quand je vous ai vu passer…

— Vous vous êtes demandée ce que je faisais ici, au niveau 8, termina-t-il d'un air amusé.

Priya se sentit rougir.

— C'est plus fort que moi… la curiosité.

— Eh bien, venez, entrez satisfaire votre « curiosité ». Vous aimez les jeux ?

— Les jeux ? Quel genre de jeux ?

— Vous verrez.

Il la précéda à travers les bureaux jusqu'à la salle de repos, qui était telle que Priya en avait le souvenir. Cinq mineurs étaient assis à la table, sur laquelle étaient éparpillés des dés et des feuilles de papier.

— Ça vous dit de vous joindre à nous ? demanda Terry. Il nous manque un prêtre.

Un mineur ventripotent au visage dévoré par une énorme barbe rousse, grogna :

— Hé ! j'ai dit que le prêtre guérisseur, c'était moi aujourd'hui.

Terry roula de grands yeux.

— D'accord… on va trouver un autre rôle pour Priya.

Priya s'assit.

— Je veux bien faire une partie, mais seulement si tout le monde est d'accord pour jouer avec une débutante. À quoi est-ce qu'on joue, d'ailleurs ?

— À *Donjons et dragons*, répondirent en chœur deux des mineurs.

Elle secoua la tête.

— Je ne suis pas plus avancée. Comment est-ce qu'on joue ?

— C'est un jeu du vingtième siècle, dit Terry.

Il prit place à table et disposa devant lui une série de dépliants cartonnés.

— C'est un jeu d'aventure qui fait appel à notre imagination. Je suis le maître du donjon, donc je serai une sorte d'arbitre, et vous autres allez former une équipe faite de différents types de joueurs.

Puis, désignant les autres un par un, il enchaîna :

— Fred est un combattant ; ça veut dire ce que ça veut dire. Walter tient à être un prêtre, le guérisseur du groupe. Tony est un barde ; il chante des chansons…

— En bref, il ne sert pas à grand-chose, crut bon de préciser Walter.

— Ne parle pas trop vite ! répliqua Tony.

— Il y a des éléments de magie dans ce jeu ? s'enquit Priya. Terry hocha la tête.

— Absolument ! Ça vous dirait, d'être magicienne ? Priya regarda les autres.

— Si ça peut aider l'équipe, oui.

— Oh, ça oui ! On a toujours besoin des talents d'un magicien ou d'une magicienne, dit Walter.

Tous approuvèrent d'un hochement de tête.

Priya ne put s'empêcher de sourire. Voir ce groupe d'adultes, ces types plutôt virils, se comporter comme des gamins de dix ans agités, lancés en pleine partie d'un jeu basé sur des personnages de « fantasy ». C'était quelque chose.

Elle attrapa une feuille de papier vierge.

— Comment est-ce que je commence ?

Terry poussa vers elle trois dés à six faces.

— D'abord, il faut créer le personnage en lançant les dés.

— L'intelligence, c'est un élément clé pour un sorcier, dit Tony.

— Ouais, mais elle aura aussi besoin d'avoir de bonnes tactiques défensives…

— Sans oublier la race. Ce serait bien si on avait quelqu'un doté d'une infravision, peut-être une elfe…

La partie s'engageant, et aidée de mille conseils, Priya se détendit et commença à s'amuser, oubliant un moment pour quelle raison elle était là réellement.

— Ça vous a plu ? demanda Walter à Priya, comme la partie se terminait sur la mort de « Brianna l'elfe magicienne ».

— Désolé, Priya, dit Terry avec une moue amusée.

Priya secoua la tête, bonne perdante.

— Non, je crois qu'il est temps que je m'arrête. Je n'avais jamais entendu parler de ce jeu. C'est très chouette. Et puis, je dois me lever tôt demain.

Elle jeta un coup d'œil à l'horloge murale.

— Bon sang, ça fait quatre heures ! Allez, je file. Oh, ne dites à personne que j'ai joué à… *Donjon et dragons*, d'accord ? Ma réputation serait faite… je ne ferai plus peur à personne !

Tous rirent joyeusement.

Terry se leva et décrocha un récepteur mural.

— Tom, elle va monter. Cinq minutes ? D'accord.

Il se tourna vers Priya.

— Il vous retrouve à l'entrée, là-haut.

— Très bien. Merci, Terry.

— Oh, et si ça vous dit de refaire une partie, sachez que c'est notre rendez-vous régulier du vendredi soir.

Priya sourit. Elle quitta la salle de repos et les bureaux, mais alors qu'elle rejoignait l'ascenseur, elle sentit l'aiguillon de la culpabilité causer une sourde agitation dans son esprit. Elle aimait bien ces gens. Peut-être même encore plus que ceux qu'elle connaissait sur Terre. Et pourtant, elle leur mentait à tous.

Elle sentit Harold remuer, et même s'agiter soudain. Elle allait lui murmurer que ce n'était pas l'endroit, quand quelque chose la percuta dans le dos, la projetant en avant.

Elle atterrit face contre terre. Elle ne ressentait aucune douleur, mais elle avait le goût du sang dans la bouche.

Elle essaya de se relever, mais elle se rendit compte qu'elle en était incapable.

Son cœur s'accéléra. *Que s'est-il passé ? Quelque chose m'est tombé dessus ?*

Elle entendit des bruits de pas tout proches.

Quelqu'un hurla.

D'autres bruits de pas, précipités. Quelqu'un qui court ?

Nouveau bruit sourd.

Une sensation d'humidité.

Et puis, tout devint noir.

CHAPITRE DOUZE

Peu après que Priya soit partie, Terry jeta un coup d'œil à l'horloge et se rendit compte qu'il était bientôt l'heure du changement d'équipe dans la mine. Des dizaines de personnes allaient se déplacer, et Priya se retrouverait seule dans les tunnels.

Terry grimaça et se leva d'un bond.

— Une minute, les gars. Je reviens tout de suite. Et n'allez pas regarder mes cartes, hein, bande de tricheurs !

En le voyant quitter la salle de repos, Ranger se leva lui aussi, aboya, et le suivit en marchant à ses côtés. Ils traversaient le tunnel d'un pas rapide quand, soudain, le chien se mit à grogner, et fila comme une balle, droit devant.

— Ranger ?

Terry entendit un bruit sourd au moment où il franchissait un angle du tunnel. Il vit Ranger qui fonçait vers quelqu'un qui s'effondrait. Était-ce… Priya ? Un homme s'avança vers elle, bras tendus. Terry allait lui crier de ne pas la toucher, mais il s'arrêta net en voyant ce qu'il se passait ; ou plutôt ce qu'il *crut* qu'il se passait.

J'ai la berlue ou quoi ?

L'homme bascula vers l'avant, et sa tête roula quelques mètres plus loin.

Terry se mit à courir, activant en même temps l'émetteur-récepteur de son col.

— Alerte d'urgence ! Ici Chapper, deux trois huit. On a deux hommes à terre. Je répète : deux hommes à terre. Envoyez d'urgence un soutien médical, niveau 8, tunnel Alpha trois. À vous.

— *Chapper deux trois huit, bien reçu. J'envoie la cavalerie. Restez sur place. Terminé.*

Terry arriva près des deux corps, l'homme décapité reposant maintenant sur l'autre personne. Horrifié, il vit ses craintes confirmées en constatant que la personne en-dessous n'était autre que…

Priya.

Elle ne bougeait plus.

Il poussa le corps de l'homme pour la dégager. Ranger grogna.

— Je sais, mon chien. Il a eu ce qu'il méritait.

Il appela :

— Priya ?

Pas de réponse.

Il prit son pouls. Il était faible, irrégulier, mais son cœur battait encore.

Il remarqua une tache humide sur sa combinaison, au milieu de son dos. Du sang ? Ou pire ?

Il serra les dents et fouilla dans le kit de secours d'urgence qu'il portait à la ceinture.

— Bon sang de merde, grouillez-vous, les gars, pesta-t-il.

— *Nous sommes dans le monte-charge. Encore vingt secondes.*

Il ouvrit la combinaison de Priya, et nota une perforation le long de sa colonne vertébrale, d'où suintait un liquide clair.

Elle avait une fracture de la colonne vertébrale.

Avec ses dents, il déchira un sachet d'urgence et versa son contenu dans la plaie.

Tom arriva enfin en courant dans le tunnel, accompagné de deux infirmiers.

— Terry, qu'est-ce qui s'est passé ?

— Elle est blessée à la colonne vertébrale, avec une perte du liquide céphalo-rachidien. J'ai versé un sachet de nanites sur la blessure.

Un des infirmiers fixa un instrument autour du poignet de Priya, lut les données qui s'affichaient, et échangea un regard avec son collègue.

— John, préparez une civière. Tom, pouvez-vous m'aider à l'immobiliser ? Il faut la préparer pour le transport.

— Bien sûr, dit Tom.

Il jeta un coup d'œil au corps décapité, et interrogea Terry du regard.

— Je m'occupe du type, dit Terry. Concentre-toi sur Priya. Il faut que j'aille visionner la vidéosurveillance. Mais…

Il se pencha et murmura ;

— Le truc qui a décapité ce salopard… ce n'était pas Priya. Alors, sois sur tes gardes, d'accord ?

Tom afficha un air préoccupé, mais ne posa pas de questions.

— Ne t'inquiète pas, dit-il. Nous allons la conduire à Saint Anthony dans quelques minutes. Tu veux que j'appelle Stéphanie pour qu'elle nous retrouve là-bas ?

— Oui, je te remercie ; occupe-t'en dès que tu auras un moment. Je vous rejoins dès que possible.

— Ne t'inquiète pas, Terry. Ça va aller.

— Je sais.

Mais tandis qu'il courait vers l'ascenseur de secours avec Ranger sur ses talons, il était bien moins confiant. Si la vidéosurveillance montrait ce qu'il redoutait de voir, tous ceux qui disposaient d'une accréditation Deadman allaient devoir être informés d'urgence.

La sécurité de la colonie était en alerte maximale, en particulier autour de Priya Radcliffe. Tom était auprès d'elle dans sa chambre d'hôpital, tandis que Terry se tenait juste à l'extérieur. L'hôpital tout entier était verrouillé.

Terry entendit le « ding » de l'ascenseur, et tourna la tête vers le couloir. Il vit sortir de la cabine la garde rapprochée de la gouverneure, tous munis d'armes de poing. La gouverneure Welch suivit, et marcha d'un pas vif vers Terry.

— Est-ce que ça va ? demanda-t-elle.

— Je vais bien. Mais nous avons une situation du type Deadman.

Jenna Welch fit signe à son équipe de sécurité.

— Les gars, donnez-nous un moment, s'il vous plaît.

Les agents reculèrent.

— Je t'écoute, chuchota-t-elle.

— Attends, je vais te montrer, dit Terry.

Il sortit son PC de poche, pendant que sa mère glissait un bras autour de son épaule et se rapprochait pour qu'ils puissent voir tous les deux le minuscule écran. D'un glissement du doigt, il trouva la vidéo de surveillance, qui commença à l'instant où l'homme se jetait sur Priya.

— Nous avons trouvé une arme à propulsion de CO2 qui a éjecté un projectile d'acier dans le dos de Radcliffe, et lui a brisé la colonne vertébrale.

La gouverneure fronça les sourcils.

— Chargée au gaz pour éviter une détonation trop sonore.

La vidéo continua, montrant l'agresseur se penchant sur sa victime, et la mettant en joue pour l'achever. Mais il n'en eut pas le temps ; quelque chose jaillit du corps de Priya, et l'homme s'effondra… décapité.

La gouverneure eut un mouvement de recul.

— Qu'est-ce que c'était ?

— On l'ignore encore. Quand Radcliffe est arrivée à la colonie, nous avons détecté une signature de technologie extraterrestre. Nous nous sommes dit qu'elle était peut-être en possession d'un objet hérité de sa famille, et datant probablement de l'Exode. Mais parmi toutes les technologies que nous avons découvertes ici, je n'ai pas connaissance d'une arme extraterrestre.

— Moi non plus. Pour autant qu'on le sache, il s'agissait d'une espèce pacifique.

Jenna Welch secoua la tête.

— As-tu un ralenti de cette séquence ?

— Malheureusement, les caméras de sécurité de la mine fonctionnent à soixante images par seconde, et ce qui s'est passé là s'est déroulé le temps d'une seule image. Tout ce qu'on sait, c'est que ce type a eu la tête tranchée entre les vertèbres C4 et C5.

— Est-ce qu'on a retrouvé des résidus particuliers sur lui ? Des traces d'un projectile issu de la technologie que nous connaissons ?

— Rien. Ça s'est passé en un éclair ; quelle que soit l'arme utilisée, ç'a été comme un coup de fouet ; un mouvement presque invisible.

— Qui d'autre est au courant de ce qui s'est passé ?

— J'ai prévenu Stéphanie, bien sûr. Tom et deux infirmiers ont vu le corps, mais je leur ai fait jurer de garder le secret. Tom se pose beaucoup de questions ; je lui ai juste dit que Radcliffe avait apparemment sur elle une sorte de dispositif de protection, mais il ne veut pas en rester là.

Soudain, il y eut de l'agitation au bout de couloir. Stéphanie venait d'arriver ; elle « discutait » avec les agents de sécurité pour savoir si elle était autorisée à passer. Ces derniers la laissèrent rejoindre Terry et la gouverneure.

— Stéphanie, c'est bon de te revoir, dit Jenna Welch. Tu crois que je peux entrer dans la chambre pour la voir quelques minutes ?

Stéphanie acquiesça d'un hochement de tête.

— Bien sûr. Mais j'allais lui faire passer un autre examen, alors…

— Je ne te gênerai pas.

— Je vais attendre ici, dit Terry. La pièce n'est déjà pas bien grande.

— Tom est à l'intérieur, dit Stéphanie en se penchant pour planter un petit baiser sur ses lèvres. Un frère sur les deux, c'est bien suffisant pour le moment, ajouta-t-elle en roulant des yeux d'un air amusé.

Tout était sombre et froid. Telle était l'impression de Priya, allongée sur le ventre. Quelqu'un avait placé des couvertures chauffantes sur son dos et ses épaules, mais cela n'avait que peu d'effet. Elle sentait également que quelqu'un lui tenait la main gauche, mais c'était tout. En dehors de cela, elle ne ressentait rien.

Elle entendit un bip, et eut l'impression que des gens bougeaient autour d'elle.

— Mon Dieu. Si je n'étais pas au courant, je jurerais que c'est Neeta Patel, en chair et en os.

Une voix de femme. Une voix que Priya ne reconnaissait pas.

— Eh bien, *c'est* la même famille.

Cette fois, c'était soit Terry, soit Tom. Elle y réfléchit. Tom, certainement. Au ton de sa voix, on sentait qu'il était inquiet.

— Dans quel état est-elle ? demanda la femme.

Une nouvelle voix. Stéphanie.

— Elle est stable, mais c'est un miracle qu'elle soit en vie. Si Terry n'avait pas appliqué les nanites sur sa blessure, et si Tom ne l'avait pas amenée ici en un temps record, je ne pense pas qu'elle s'en serait sortie. Pour autant, je ne m'explique pas comment elle peut guérir aussi vite.

— Tu veux dire qu'elle va déjà mieux ? demanda Tom. Comment le sais-tu ?

Stéphanie laissa échapper un petit soupir agacé.

— Parce que j'ai fait des tests de conduction nerveuse sur les extrémités de ses membres. Quand elle est arrivée ici, il n'y avait pas de propagation du signal de son cœur à ses mains ou à ses pieds. À présent, son cœur communique avec tout le haut de son corps, même si ses jambes ne répondent toujours pas. De plus, d'après son électroencéphalogramme, elle est semi-consciente apparemment. Je ne sais pas s'il faut la mettre sous sédatifs ou non, parce que je ne serais pas surprise qu'elle se réveille bientôt.

Priya sentit que quelqu'un ôtait les couvertures. Le tissu descendit le long de son dos, mais la sensation s'arrêta à sa taille. Puis des doigts effleurèrent le milieu de son dos – à l'endroit où elle avait été touchée.

— Qu'est-il arrivé à sa blessure ? demanda Tom. Ça n'a même pas l'air contusionné.

— Les nanites ? suggéra la gouverneure.

— Non. Les nanites opèrent sur les lésions nerveuses et réparent la membrane qui maintient le liquide céphalo-rachidien en place. Cette guérison rapide… comme je l'ai dit, je ne me l'explique pas.

— Hum, Steph ? reprit Tom. Peut-être que tu devrais éviter de toucher cette zone. Le type qui l'a attaquée s'est retrouvé décapité par quelque chose qu'elle a en elle, apparemment. On ne sait pas ce que tu pourrais déclencher par accident.

Priya sentit Harold tapoter son épaule droite.

— Ne t'inquiète pas. Ces gens n'ont pas d'intentions malveillantes, visiblement. On est en train de réparer les dégâts. Ça va aller.

Priya sentit son esprit s'emballer en comprenant brusquement ce qui s'était passé. Ce n'était pas un morceau de roche qui lui était tombé dessus. Elle avait été attaquée !

Et Harold l'avait défendue.

Il s'occupait maintenant de sa blessure. Il en accélérait la guérison.

Les sensations lui revenaient peu à peu ; les sons devenaient plus audibles. Elle sentit la trame d'un tissu sous sa main droite, et la chaleur de la main de Tom dans sa main gauche.

— Elle vient de serrer ma main ! s'exclama soudain ce dernier.

— Priya.

C'était la voix de Stéphanie, à quelques centimètres de son oreille.

— Vous êtes à l'hôpital. Tout va bien.

Priya essaya de répondre quelque chose, mais elle ne réussit à émettre qu'un croassement.

— Qu'est-ce que vous dites ? demanda Tom.

Priya ouvrit les yeux. Tom était devant elle, les traits tirés, le visage assombri par l'inquiétude.

— Tom…

Le mot sorti de sa gorge sèche était à peine audible.

— Je suis là, Priya. Je vous entends.

La pièce se mit à tourner, et Priya ferma les yeux. Elle sentit le souffle de Tom sur son visage ; son haleine mentholée. Elle se lécha les lèvres, et réussit à prononcer encore trois mots, avant que l'obscurité ne se referme à nouveau sur elle.

— Je suis désolée.

— À aucun moment on ne m'a dit pourquoi j'étais ici, *réellement*, en dehors de cette histoire inventée de toutes pièces m'expliquant que j'étais censée découvrir l'identité de certains terroristes, expliqua Priya.

Elle était assise dans sa chambre d'hôpital avec Terry, et lui racontait tout. Tout ce qu'elle savait.

Ces gens lui avaient sauvé la vie. Elle ne voulait plus leur mentir.

Elle tenait même Harold sur ses genoux, sous sa forme féline, qui la réconfortait.

— Il y a des années de cela, poursuivit-elle, des terroristes ont perpétré des attentats sur Terre. Mes parents sont morts dans une de ces attaques. D'après ce qu'on m'a dit, des indices prouvaient que les terroristes venaient de la colonie. Mais aujourd'hui…

Elle secoua la tête.

— Je ne crois plus rien de ce qu'on a pu me dire.

Terry fronça les sourcils.

— Pas étonnant qu'ils vous aient ciblée. En gros, c'est : tu fais ce truc pour nous, et on te laisse faire la carrière dont tu rêves, et pour laquelle tu t'entraînes depuis l'enfance. Ce que je ne vois pas, c'est quel est le rapport avec le niveau 12 ? Est-ce qu'ils croient qu'un groupe de terroristes y planifient des attentats, ou je ne sais quoi ?

— Je l'ignore, dit Priya, la gorge serrée. Tout ce que je sais, c'est que les souvenirs qu'ils m'ont implantés sont ceux de personnes qui ont déjà été envoyées ici. Comme si leurs implants avaient transmis des informations visuelles à la Terre, et qu'on m'avait introduit tout ça dans la tête. J'ai été stupide.

— Non, dit Terry en posant une main sur son épaule, et en la pressant légèrement en signe de réconfort. Vous ne devez pas vous en vouloir. La victime, c'est vous, ne l'oubliez pas. Je suis désolé que ce soit tombé sur vous. Nous le sommes tous.

Priya ne répondit pas. Oui, elle était une victime, mais pas seulement ; elle était plus que cela. Elle était venue ici de son plein gré, avec la ferme intention d'espionner ces gens.

Terry sortit un disque métallique de la poche de sa chemise.

— J'ai trouvé ça dans votre dortoir. Exactement à l'endroit que vous avez indiqué. Que savez-vous de cette chose ?

Elle lui avait déjà parlé de l'alarme incendie, et du type qui lui avait mis le disque dans la main avant de disparaître dans la foule.

— Je crois que c'est une sorte de clé, mais je n'en suis pas certaine ; c'est ce que les bribes de souvenirs qui me reviennent semblent indiquer, en tout cas.

Elle tapota le côté de sa tête.

— Dans un de ces souvenirs, je vois quelqu'un s'en servir pour ouvrir une porte verrouillée, quelque part dans la mine.

Stéphanie entra dans la chambre.

— Alors, comment va ma patiente aujourd'hui ?

Priya lui décocha un pâle sourire.

— Ça va mieux.

— Bon, essayons de voir ça.

Stéphanie se tint au pied du lit, et fit courir quelque chose sous la plante des pieds de Priya.

— Hé, stop ! Ça chatouille !

Stéphanie laissa échapper un petit rire.

— Tant mieux, c'est ce qu'il faut. Maintenant, voyons voir la synchronisation des influx nerveux.

Elle sortit un petit appareil qui ressemblait à un aiguillon à bétail miniature, et appuya une des extrémités contre un nerf de la jambe de Priya, qui fut aussitôt agitée d'un spasme.

— Bon sang, là, c'est pire !

— Désolée, dit Stéphanie en consultant un écran de contrôle. Okay, maintenant, essayez de remuer vos orteils.

Priya s'exécuta.

— Merci de faire tout ça pour moi, dit-elle. Je n'oublierai jamais ce que vous avez tous fait pour moi.

— Inutile de nous remercier, dit Stéphanie.

Elle désigna la boule de poils ronronnante sur les genoux de Priya, et ajouta :

— C'est plutôt Harold que vous devriez remercier. Il a pris part au moins autant que nous à votre guérison.

Elle se tourna alors vers Terry.

— Je vais devoir te demander de nous laisser un peu. Ma patiente et moi devons terminer quelques examens, et la dernière chose dont on a besoin ici, c'est d'un oiseau dans ton genre.

Terry sourit, et se leva d'un bond.

— D'accord, je vous laisse faire ce que vous avez à faire,

toutes les deux. Tom devrait être là d'ici une demi-heure. Des agents de sécurité vont rester postés dehors.

Il donna un petit baiser à Stéphanie et sortit.

Après qu'il eut refermé la porte derrière lui, Priya demanda :

— Depuis combien de temps êtes-vous mariés, tous les deux ?

— Cinq ans.

Stéphanie souleva une partie des couvertures de Priya, et se prépara à effectuer d'autres tests de conduction nerveuse.

— Mais il a fallu deux ans avant ça à cet empoté pour me demander en mariage. Les Chapper sont du genre têtu.

— Et Tom ? Il est marié ?

— Ah… non, sept ans plus tard, il est toujours célibataire. Il est même encore plus borné que Terry.

Elle brandit à nouveau son électrode à deux branches.

— Bon, détendez-vous, et essayez de penser à quelque chose d'agréable…

Malgré l'inconfort de l'examen, Priya laissa son esprit vagabonder, se demandant à quoi pourrait ressembler le mariage. Elle s'était toujours imaginée en couple avec quelqu'un qui serait versé dans les sciences ; mais peut-être était-ce parce qu'elle n'avait fréquenté que des scientifiques. Elle n'avait jamais eu le temps de rencontrer quelqu'un en dehors de l'école ou du travail.

— Comment vous êtes-vous rencontrés, Terry et vous ? Comment vos chemin, si différents, se sont-ils croisés ?

La question fit naître un petit sourire sur les lèvres de Stéphanie.

— Ça me gêne un peu de raconter ça. Je l'ai aperçu dans un

aéroport, je l'ai trouvé mignon, alors… je me suis approchée de lui, et je me suis présentée.

— Vraiment ? fit Priya en riant. Comment ça, tout simplement ?

— Eh bien, comme je l'ai dit, ça a été tout sauf simple. Il m'a fallu deux ans pour lui mettre le grapin dessus. Mais c'est le meilleur ; j'aurais attendu le temps qu'il fallait.

Priya appuya sa tête sur l'oreiller et ferma les yeux.

— J'aime bien cette histoire. Elle donne de l'espoir…

Puis, tandis que Stéphanie continuait son examen, elle ne put s'empêcher de penser : « *Qu'est-ce qui cloche chez moi ? Je suis étendue sur un lit d'hôpital, je ne peux même pas marcher, et pendant qu'on me fait des piqûres, je me demande ce que ce serait d'embrasser le beau-frère de mon médecin.* »

Terry regarda le disque qu'il tenait dans sa main.

— Cette petite chose contient un ordinateur quantique capable de craquer tous les algorithmes de sécurité de la colonie ? Comment est-ce possible ?

Nwaynna haussa les épaules.

— Honnêtement, je ne pensais pas que *c'était* possible. Je veux dire, bien sûr qu'avec n'importe quel ordinateur quantique utilisant l'algorithme de Shor pour la factorisation des nombres entiers, il est possible de craquer n'importe quel algorithme de sécurité standard – je parle de ceux qui ont cours depuis deux siècles ; mais justement, nous nous servons d'algorithme de chiffrement synchrones aujourd'hui, et je croyais que ceux-là seraient inviolables, même par un ordinateur quantique. Il semble que je me sois trompée ; que nous nous soyons *tous* trompés.

La gouverneure Welch secoua la tête.

— Nwaynna, faisons comme si je ne connaissais rien aux ordinateurs quantiques ou à l'algorithme de Shor. Je suis juste une politicienne, d'accord ? Expliquez-moi ce qui se passe.

— Oh, désolée, dit Nwaynna, l'air embarrassée. Ce que je veux dire, c'est que les méthodes de cryptage dont se sert notre colonie pour sa sécurité intérieure, peuvent être décryptées justement par ce disque. Ce qui nous protège pour le moment, Dieu merci, c'est que nos communications avec l'extérieur utilisent une technologie extraterrestre qui dépasse les capacités de cette clé.

Terry posa le disque sur la table devant lui.

— S'agit-il d'une technologie extraterrestre, ou simplement d'une avancée technologique terrienne que nous n'avons pas anticipée ?

— Nous l'ignorons encore, mais nous avons une théorie. Pour craquer un mot de passe à l'aide d'un ordinateur, il suffit d'essayer de le deviner un nombre « x » de fois pour finir par obtenir la bonne réponse. C'est la raison pour laquelle nous utilisons des algorithmes de chiffrement symétriques à grande clé ; parce qu'il faudrait des milliers d'années aux meilleurs calculateurs pour tomber sur la bonne réponse. Néanmoins, à la fin du XXe siècle, un certain Lov Grover a mis au point un algorithme qui améliorait suffisamment les choses pour que la réponse standard consiste à utiliser le double du nombre de bits, rendant ainsi le déchiffrement impossible d'un point de vue informatique. Nous pensons que ce disque pourrait utiliser un nouvel algorithme, couplé à un ordinateur quantique beaucoup plus puissant que ceux dont nous disposons.

— Mais il s'agit là d'une pure spéculation ? dit Terry.

— Eh bien, oui, admit Nwaynna en fronçant les sourcils. Vous ne m'avez donné cette chose qu'hier. J'aimerais avoir le temps de l'examiner avec nos scanners, essayer de découvrir son fonctionnement. Mais cela peut prendre une semaine ou deux ; peut-être plus.

— Nwaynna, reprit la gouverneure, êtes-vous sûre que nos communications sont sécurisées ?

— Comme je l'ai dit, toutes les communications officielles de la colonie se font à l'aide d'une technologie extraterrestre. Même si quelqu'un interceptait nos signaux, cette technologie s'appuie sur des codes à usage unique générés aléatoirement, et qui changent constamment. Quel que soit le type d'ordinateur ou d'algorithme utilisé en face, nous sommes à l'abri des piratages concernant nos communications. Je n'ai aucun doute là-dessus.

— Et que suggérez-vous pour améliorer notre sécurité intérieure ? Y a-t-il des mesures que nous devrions prendre pour empêcher ce disque de fonctionner, et tout risque futur ?

Nwaynna hocha la tête.

— Je peux renforcer notre algorithme actuel en augmentant considérablement la longueur de la chaîne de bits. Ça devrait suffire. Nous pourrions tester cela avec cette chose ; si ça fonctionne, mon équipe pourra commencer le processus de mise à jour dès demain matin. Nous pourrions même en profiter pour mettre à jour les clés biométriques. Mais, Madame la Gouverneure, cela ne fera probablement que décaler le problème. S'ils disposent d'une telle technologie, ils s'adapteront.

— Faites ce que vous venez de m'expliquer, quoi qu'il en soit.

Jenna Welch désigna d'un geste le cadre en métal que Nwaynna avait apporté, et ajouta :

— Bon, passons à la suite. Vous avez des informations sur la Terre ?

— Oui, madame. Quelque chose de très intéressant, qui nous vient du bureau du général Duhrer.

Nwaynna plaça le cadre face à la gouverneure, tandis que Terry déplaçait son siège pour avoir un meilleur angle de vue. Le centre du cadre devint noir ; puis le bureau de Duhrer apparut, emplissant tout l'espace du cadre.

Un homme en treillis militaire entra dans le bureau, et ferma la porte derrière lui. Le général lui fit signe de s'asseoir.

— *Sergent Dixon, par tous les saints, j'espère que vous avez de bonnes nouvelles pour moi, parce que je nage en plein marigot aujourd'hui. Où en est notre jeune infiltrée ?*

— *Je suis désolé, monsieur, mais je pense que…*

— *L'ONU ne vous paie pas pour penser, soldat. Allez-y, crachez le morceau…*

— *Monsieur, nous avons perdu le signal avec notre envoyée, et…*

— *Et merde !*

Le général fit le signe demandant un arrêt de jeu.

— *Elle est morte ? Ne tergiversez pas, soldat ; venez-en aux faits.*

— *Non, monsieur, elle est en vie. La colonie nous a signalé qu'elle avait été victime d'un attentat et blessée, mais qu'elle allait bien. Elle est soignée dans un de leurs principaux hôpi-*

taux. J'ignore quel est son état de santé exact. L'étage entier est verrouillé ; personne ne peut y accéder, même pas nos agents de sécurité.

Terry et la gouverneure échangèrent un regard. Quelqu'un de la sécurité de la colonie renseignait la partie adverse.

Le général se recala dans son fauteuil.

— *Bon, elle est en vie. C'est déjà ça. Est-ce qu'on sait qui l'a attaquée ?*

Dixon secoua négativement la tête.

— *Non, monsieur. Ils ne nous ont pas donné de détails. Mais je ne pense pas que cela vienne d'eux – cette fille est une Radcliffe, après tout.*

— *Ne soyez pas idiot, bien sûr que ça ne vient pas d'eux. S'ils voulaient la tuer, ils ne nous diraient pas qu'elle est vivante. Mais si ce n'est pas un des colons...*

Un pli soucieux barra son large front.

— *Est-ce que la fille est descendue au niveau 12 avant d'être blessée ?*

— *La dernière transmission reçue indiquait qu'elle était au niveau 8.*

— *Soldat, cette mission est en train de tourner au fiasco.*

— *Oui, monsieur*, concéda Dixon, le tremblement de ses jambes trahissant sa nervosité.

Le général soupira :

— *Faites-la revenir. S'ils vous racontent des conneries concernant le transport médical, dites-leur que nous envoyons une ambulance spatiale, si tant est que nous avons quelque chose qui corresponde à ça. Nous assumerons l'entière responsabilité de ce rapatriement sanitaire, dites-le-leur bien. Ils n'auront qu'à l'amener au point de rendez-vous. Je vais passer quelques coups de fil, et faire préparer une navette. Demandez bien à ces salopards de nous confirmer qu'ils seront bien à la navette le moment venu.*

— *Oui, monsieur.*

Le général désigna la porte d'un geste.

— *Vous pouvez disposer, soldat.*

L'écran devint noir.

— C'est tout ? demanda la gouverneure.

— Oui, m'dame.

— Merci, Nwaynna. J'ai besoin de parler à Terry en privé, mais si vous avez du nouveau, prévenez-nous immédiatement.

— Bien entendu.

Nwaynna rassembla ses affaires et quitta la pièce.

La gouverneure se tourna vers Terry.

— Bon, qu'est-ce qu'on sait du type qui a attaqué Priya Radcliffe?

Terry fit craquer ses phalanges.

— Un mineur. Il n'est pas né ici, mais il a de la famille à la colonie, si bien qu'il a été autorisé à émigrer. Ses parents sont des fermiers qui vendent leur production exclusivement à Agribusiness, le distributeur de l'ONU. D'après son entretien avec les services d'immigration, il semble que sa famille entretenait des liens avec les Rebelles ; ils n'appréciaient pas le traitement réservé aux agriculteurs, apparemment.

« Mais il y a plus intéressant : le CV de notre assaillant montre un écart de trois ans entre la fin de ses études secondaires, et son entrée à l'université minière. Je pense que c'est à ce moment-là qu'il est entré en contact avec l'opposition de l'ONU.

« Nous avons également interrogé plusieurs personnes qui nous ont dit qu'il avait posé des questions sur Priya. Ils ont cru qu'il était juste fasciné par elle et sa présence sur Chrysalide, mais apparemment c'était bien plus que ça.

La gouverneure Welch plissa le front.

— Je commence à en avoir assez de ces problèmes avec les Rebelles. As-tu parlé à ce prisonnier qui a dit qu'il voulait mettre Priya à l'abri ?

— Je l'ai fait, mais j'ai peut-être loupé un truc sur ce coup-là. Je n'ai peut-être pas su voir que le message qu'il a reçu de la Terre pouvait tout simplement confirmer ses dires.

— Qu'est-ce que tu suggères ? voulut savoir la gouverneure.

— Eh bien… j'allais te demander l'autorisation de mettre en place une infiltration. Je crois que nous devrions essayer de remonter plusieurs pistes sur Terre, pour comprendre ce que cherchent exactement les Rebelles.

La gouverneure pinça les lèvres, avant d'acquiescer d'un hochement de tête.

— Je crois que c'est une bonne idée.

Terry fut surpris. Elle détestait envoyer des gens en mission.

— Mais, ajouta-t-elle, ce n'est pas toi qui y vas. Trouve quelqu'un d'autre.

— Mais, j'ai la formation, et…

— Tu as aussi d'autres choses à faire, coupa Jenna Welch. Tu as des traîtres dans tes effectifs. Trouve de qui il s'agit ; ce doit être ta priorité.

Elle se pencha en avant et lui prit la main.

— Qui plus est, en tant que chef, tu dois apprendre à déléguer. Tu n'es pas le seul capable de mener une mission. Envoie Tommy. Il connaît la communauté des hackeurs ; il a des contacts sur Terre que tu n'as pas. Il a de meilleures chances de réussir.

Terry se laissa aller contre le dossier de sa chaise, l'air découragé. Mais il savait que sa mère avait raison.

— Et Priya ? demanda la gouverneure. Je suppose qu'elle n'a aucune envie de rester ?

Terry prit une grande inspiration, et souffla lentement :

— Elle est têtue. Elle croit qu'en retournant sur Terre et en les laissant lire la puce détruite, cela retardera d'éventuelles actions agressives contre nous. Elle croit bien faire, mais…

— Elle a peut-être raison, dit Jenna Welch, l'air pensif. N'écarte pas cette possibilité. En fait… peut-être qu'on pourrait fournir aux Nations Unies exactement les informations qu'elles réclament.

— Qu'est-ce que tu veux dire ?

La gouverneure sourit.

— J'ai une idée.

CHAPITRE TREIZE

Bien qu'elle ne fût pas remise à cent pour cent, Priya était debout et marchait ; être sur ses deux pieds lui procurait un bien fou. Six semaines – dont cinq à l'hôpital – s'étaient écoulées depuis son agression ; elle avait regagné son dortoir depuis huit jours. Et elle était en passe de repartir sur Terre.

Elle allait devoir donner à l'UNIB, les services de renseignement de l'ONU, ce qu'ils demandaient. D'après ce que Terry lui avait dit, ils ne cachaient rien au niveau 12 ; il tenait à ce qu'elle s'en rende compte par elle-même avant de repartir. C'était logique, parce que si c'était vrai, elle pourrait réellement fournir à l'agent Ted et à ses acolytes ce qu'ils avaient demandé. Ce ne serait peut-être pas ce qu'ils attendaient, mais ils auraient au moins une réponse à leurs interrogations.

Alors qu'ils traversaient le niveau 8, passant d'un ascenseur à un autre, Priya dit :

— Je me souviens à peine de ce qui s'est passé ici.

— Tant mieux, grimaça Terry. Moi, je m'en souviens très bien, et franchement je préférerais l'avoir oublié. J'ai cru que vous alliez mourir.

— Oh, Walter le prêtre guérisseur m'aurait sûrement ressuscitée en utilisant ses points d'expérience.

Cela ne fit pas rire Terry.

Elle lui donna un petit coup de coude.

— Hé, c'est moi qui suis censée faire la tête et râler.

Elle lui donna un autre coup dans les côtes.

Il finit par sourire.

— Là. C'est mieux.

— Ça m'ennuie de l'admettre, mais vous allez me manquer.

Ils atteignirent l'ascenseur. Terry passa son doigt sur le lecteur biométrique, et ils commencèrent à descendre. Lorsqu'ils parvinrent au niveau 10, le plus bas que cet ascenseur pouvait atteindre – et le plus profond auquel Priya soit jamais allée depuis son arrivée – les portes s'ouvrirent.

Ici, tout était bruyant, et l'air était saturé de poussières. Ils croisèrent des engins lourds, et, du fond des tunnels adjacents, leur parvenaient les bruits de raclement continus et la vibration des tunneliers. Un environnement totalement étranger à Priya, et pourtant elle était déjà venue ici ; ou du moins, un de ses souvenirs.

Elle indiqua une direction sur sa gauche.

— L'ascenseur se trouve par-là. C'est bien ça ? demanda-t-elle en criant pour se faire entendre.

Terry haussa un sourcil et acquiesça d'un hochement de tête.

Ils prirent la direction indiquée, s'éloignant du site d'excavation en pleine activité. Bientôt, la poussière se dissipa largement, et ils arrivèrent à l'ascenseur suivant, qui descendait jusqu'au niveau 12. Il était plus petit que les autres ; ce n'était plus un monte-charge, mais une cabine classique pouvant accueillir une dizaine de personnes.

— Placez votre main sur le scanner, dit Terry. Ça devrait marcher.

Priya apposa sa main sur l'appareil de reconnaissance palmaire, et appuya sur le bouton du niveau 12. La descente commença aussitôt.

Et quelle descente ! La cabine se déplaçait à grande vitesse. Lorsqu'ils franchirent le niveau 11, Priya sentit la température augmenter.

— À quelle profondeur est-on ? demanda-t-elle.

— Environ deux mille mètres, répondit Terry.

— Seigneur !

Priya entendit ses oreilles claquer sous l'effet des changements de pression.

— Et la chaleur… quelle température allons-nous devoir supporter, au juste ? demanda-t-elle encore.

Terry sourit en s'essuyant le front.

— Il va faire *très* chaud, répondit-il. Désolé. On a beau pomper de l'eau glacée pour essayer de refroidir l'atmosphère, les parois rocheuses sont tout de même à plus de cent degrés. Je vous conseille donc de ne pas les toucher. C'est pour cette raison que je vous ai fait porter votre combinaison de travail.

Priya tira sur le devant de sa combinaison pour essayer de faire circuler un peu d'air sur sa peau moite.

— Je suppose que le travail d'exploitation minier n'est pas possible à de telles températures ?

— Oh, forcément, ce niveau n'a pas été prévu pour ça.

— Pour quoi donc, alors ? s'enquit Priya, perplexe.

Au même instant, l'ascenseur s'arrêta enfin, et les portes s'ouvrirent. Des projecteurs fixés à la voûte rocheuse s'allumèrent aussitôt, projetant leur lumière forte et étirant les ombres dans toutes les directions de la chambre de mine.

Priya sortit de l'ascenseur et nota la présence de grosses caisses en bois empilées dans le fond. Des piliers régulièrement espacés couraient sur toute la largeur de la chambre. Juste devant elle, une grande structure de soutènement centrale s'élevait sur une hauteur d'une dizaine d'étages. Les autres piliers émergeaient du sol en biais, et rejoignaient à son sommet la structure centrale.

Fixant du regard une sorte de ventilateur inversé, Priya dit :

— Cet endroit est conçu d'une manière assez étrange.

— Il est surtout prévu en cas d'urgence, dit Terry en s'avançant dans la chambre. Ce niveau est relié à tous les autres puits de mine de la colonie. Si une catastrophe se produisait quelque part, nous pourrions demander à notre équipe de sécurité d'acheminer le matériel et surtout les hommes jusqu'ici, puis de les remonter.

— Par ailleurs, nous exploitons la chaleur produite ici pour faire fonctionner une grande partie de la colonie. Je parle d'énergie géothermique, bien sûr. Ce n'est pas vraiment mon domaine ; vous en savez sûrement plus long que moi là-dessus. Oh, d'ailleurs, puisqu'on parle de chaleur…

Il décrocha une bouteille d'eau de sa ceinture et la tendit à Priya.

— Buvez. La dernière chose dont j'ai besoin, c'est que vous vous déshydratiez et que vous perdiez connaissance.

Priya ouvrit la bouteille et se mit à boire. Elle passa devant les piliers de soutènement, et se dirigea vers une pile de caisses sur lesquelles étaient imprimés des numéros.

— Qu'est-ce qu'il y a, là-dedans ?

— Je n'en ai aucune idée, répondit Terry en haussant les épaules. Mais on peut vite le savoir.

Il enfila une paire de gants de mineur, attrapa un pied de biche posé sur les caisses, et entreprit de soulever le couvercle d'une d'entre elles.

Priya entendit aussitôt ses oreilles bourdonner ; le son était proche de celui d'un arc électrique. Mais peut-être qu'elle ne l'entendait pas vraiment ; c'était plus comme une vibration dans l'air, comme si quelqu'un faisait rouler quelque chose de lourd, tout près. Un frisson électrisa sa nuque ; ses poils se dressèrent, sans qu'elle comprenne ce qui causait cela exactement.

Terry réussit à soulever le couvercle de la caisse.

— Qu'est-ce qu'on a là ? On dirait… des outils ?

Priya ramassa une clé à molette, mais la laissa immédiatement tomber.

— Ouch !

C'était brûlant.

Terry sourit.

— Voilà pourquoi je mets des gants ici avant de faire quoi que ce soit, dit-il.

Priya regarda les outils.

— Alors, c'est ça ? Le niveau 12 sert uniquement de… d'espace de stockage ?

Terry parcourut la chambre du regard.

— Maintenant, vous comprenez pourquoi nous étions perplexes à l'idée que quelqu'un puisse vouloir à tout prix descendre jusqu'ici. Hormis ces caisses et une atmosphère étouffante, il n'y a rien ici.

Priya désigna du doigt un petit véhicule.

— C'est une voiturette de golf ? demanda-t-elle.

— C'est bien une voiturette, mais… puisque nous sommes dans une mine, disons qu'une voiturette de mine serait plus juste, corrigea Terry d'un air amusé.

Priya roula de grands yeux.

— Est-ce qu'elle peut nous conduire jusqu'à un autre puits ? Si je dois convaincre ces pantins de l'ONU qu'il n'y a rien ici, il serait bon que j'explorer un peu les environs, vous ne croyez pas ?

— Bien sûr.

Il s'approcha d'un réfrigérateur partiellement dissimulé derrière les caisses, en sortit quatre bouteilles d'eau en plastique, et les brandit.

— Les mineurs pensent à tout ! Allons-y. En voiture.

Priya regarda la porte d'embarquement à travers la baie vitrée, la gorge serrée par l'émotion, tandis que le vaisseau ravitailleur terminait son approche. Quelques semaines plus tôt encore, elle n'aurait jamais imaginé se sentir bouleversée à l'idée de partir. Elle n'aurait jamais imaginé non plus que les dirigeants de la colonie voudraient qu'elle reste, même après avoir appris la raison de sa venue, et ce qu'elle avait fait. Mais peu importait ce qu'elle ressentait, ou ce qu'ils souhaitaient ; l'heure était venue pour elle de rentrer.

— Alors, comme ça, on part sans dire au revoir ?

Elle se retourna, et vit Terry qui se tenait juste derrière elle. Elle le serra dans ses bras, manquant laisser échapper un petit cri de joie.

— Je ne pensais pas que vous seriez là.

Il recula, la tint à bout de bras, et sourit.

— Je n'aurais manqué ça pour rien au monde.

Il remarqua qu'elle regardait par-dessus son épaule, et ajouta :

— Tom n'a pas pu venir. Malheureusement, il a été appelé pour une mission importante ; autrement, je sais qu'il serait là, lui aussi.

— Je comprends, dit Priya, bien qu'au fond d'elle-même elle en souffrît.

Elle aurait voulu le voir une dernière fois.

Elle pencha la tête vers la navette.

— Je n'arrive pas à croire que je suis l'unique passagère de cet énorme engin.

— L'unique passagère, en plus de cinquante tonnes de minerai tout de même.

Les portes s'ouvrirent, et un homme en sortit, fixant un PC de poche.

— Priya Radcliffe ?

Priya agita la main.

— C'est moi.

L'homme s'approcha et lui prit son sac. Puis, il la regarda, et, d'un geste hésitant, lui offrit son bras.

— M'dame, on ne m'a pas informé que vous étiez blessée. Avez-vous besoin d'un fauteuil roulant ?

Priya secoua la tête.

— Non, merci. Je peux marcher.

Elle se tourna de nouveau vers Terry, et fut surprise de voir à quel point il avait l'air triste. Elle lui donna un petit coup de coude, et dit :

— Ne vous avisez pas de me faire pleurer à nouveau, d'accord ?

Il la prit dans ses bras à son tour.

— Prenez soin de vous, Priya Radcliffe. Et sachez que vous aurez toujours votre place ici.

Elle recula et s'essuya les yeux.

— Merci, Terry. Ne déchirez pas tout de suite la fiche de personnage de Brianna, l'elfe magicienne. Ce n'est peut-être pas la dernière fois que vous me voyez.

En sortant de la navette, Priya eut l'impression de ressentir encore plus fortement la gravité terrestre. Elle portait son gilet lesté, ce qui n'en rendait que plus pénibles encore ces instants. Heureusement, elle n'avait pas besoin de marcher ; tout ce qu'elle avait à faire, c'était s'accrocher à la balustrade pendant que l'escalator la descendait sur le tarmac.

L'agent Ted l'attendait au pied de l'escalier mécanique, le soleil illuminant ses yeux d'un gris d'acier au regard inquiétant.

Il lui tendit la main et l'aida à prendre place dans un fauteuil roulant. L'un des pilotes remit à l'agent le sac de voyage de Priya. Ted la fit rouler en direction d'un véhicule compact muni d'un gyrophare bleu allumé.

— J'ai pris des dispositions pour que vous puissiez faire un bilan complet à l'hôpital Walter Reed.

Priya le regarda et dit :

— Ce n'est vraiment pas nécessaire. Je vais déjà beaucoup mieux. J'ai juste besoin de rentrer me reposer chez moi, si ça ne pose pas de problème.

L'agent Ted fit cependant rouler le fauteuil jusqu'à l'engager sur une rampe à l'arrière du véhicule.

— Il est important que vous soyez examinée, dit-il. Je suis sûr que les médecin de la colonie sont compétents pour les maladies courantes, mais nous voulons que vous voyiez un vrai médecin. Au reste, je suis chargé d'y veiller ; j'en ai reçu l'ordre direct. Nous devons nous assurer que vous êtes en pleine forme pour pouvoir rentrer chez vous. C'est le moins que nous puissions faire.

Il s'installa sur un siège à côté d'elle, tandis que des pinces descendaient automatiquement pour maintenir le fauteuil en place, pendant qu'une ceinture s'enroulait autour de la taille de Priya. Quand ils furent attachés, le véhicule se mit en route.

C'était étrange de se retrouver à bord d'un véhicule sur Terre. Elle s'était habituée à se déplacer librement à la colonie ; ici, à l'exception de quelques trajets en car, tout se faisait à l'aide du Tube.

— Je suppose que vous n'êtes jamais montée dans une ambulance, dit l'agent Ted.

Priya secoua négativement la tête.

Il sourit.

— C'est plutôt une bonne chose. En général, on préfère ne pas en avoir besoin.

Devant eux apparut, telle une bouche béante, l'entrée d'un tunnel. L'ambulance s'y engouffra, et fila dans l'obscurité, de simples LED éclairant l'intérieur de l'habitacle.

— Système de tunnel par autoguidage, expliqua Ted. La plupart des gens l'ignorent, mais ces tunnels sont réservés aux véhicules d'urgence ainsi qu'aux véhicules officiels. C'est loin d'être aussi rapide que le Tube, alors détendez-vous ; nous serons à Walter Reed dans deux heures.

Alors qu'on la transportait en radiologie, Priya sentit Harold passer de son épaule à sa taille. Elle baissa les yeux, et vit qu'elle portait une ceinture qui n'était pas là l'instant d'avant.

— Qu'est-ce que tu fais ? marmonna-t-elle.

Harold tapota en réponse :

— *Les rayons X. Éviter d'être détecté en étant à la vue de tous.*

Mais oui, bien sûr. Ils allaient lui faire une radio ; elle n'aurait qu'à ôter sa « ceinture » pour l'examen, et ainsi éviter à Harold d'être repéré.

Une femme vêtue d'une blouse bleue au sourire agréable s'approcha d'elle.

— Priya Radcliffe ?

— Oui, c'est moi.

La femme lui tendit une écritoire à pince.

— Puis-je avoir une empreinte de pouce pour vérification ?

Priya appuya son pouce sur la tablette.

— Parfait, merci. Bon, on dirait que j'ai une demande d'IRM cervicale, thoracique et lombaire sans contraste.

Elle sortit une blouse d'hôpital à fleurs d'une armoire.

— Il faut que vous vous changiez pour le scanner. Pouvez-vous vous lever, ou avez-vous besoin d'aide ?

— Je peux me débrouiller, merci.

— Et vous n'êtes pas claustrophobe ?

— Je ne crois pas.

L'infirmière sourit.

— Eh bien, nous le saurons très bientôt.

La gouverneure regarda attentivement le général qui recevait les dernières nouvelles.

— *Général Duhrer, je viens de recevoir le rapport de Walter Reed*, dit le sergent Dixon.

— *Je vous écoute, sergent.*

— *Bien, monsieur. Je vous lis ça tel que c'est écrit. Une femme âgée de vingt-quatre ans, sans antécédent de lésions de la colonne vertébrale, s'est présentée avec une faiblesse et des picotements dans les extrémités inférieures. Nous lui avons fait passer une IRM de la colonne lombaire, thoracique et cervicale sans contraste. Des images axiales de cinq millimètres de la...*

— *Venez-en en fait, sergent. Y a-t-il des preuves d'une blessure, oui ou non ?*

— *Absolument, monsieur. Il y en a.*

— *La colonne vertébrale ?*

— *Oui.*

Le général ratissa du bout des doigts sa tignasse grise, et dit :

— *Cette garce n'a donc pas menti là-dessus.*

— *Non, monsieur.*

— *Qu'est-ce que l'implant a pu saisir, au juste ?*

— *Rien, monsieur. Il a subi une sorte de court-circuit catastrophique. D'après les données transmises en direct avant le court-circuit, nous pensons que les dommages ont été causés par une exposition à des radiations électromagnétiques, peut-être des micro-ondes, mais nous n'en sommes pas certains.*

Le visage du général s'empourpra violemment.

— *Rien ? Vous m'avez pourtant dit que, quoi qu'il arrive, nous aurions toujours une sauvegarde.*

Le visage de Dixon pâlit.

— *Perte irrémédiable de...*

— *Taisez-vous, imbécile !*

Le général se leva et se mit à faire les cent pas.

— *Mais, monsieur...*

Duhrer se retourna.

— *C'était un ordre !*

Dixon paraissait sur le point d'exploser. Il tapa deux mots sur son ordinateur de poche et le montra au général, qui jeta un coup d'œil au message.

— *Une bonne nouvelle ? Laquelle ?*

— *Monsieur, elle a été débriefée par l'agent Ted Oyama. Elle a réussi à descendre jusqu'au niveau 12.*

Le général se figea.

— *Est-ce qu'on sait, sans le moindre doute possible, si elle nous dit la vérité ?*

— *Oui, monsieur. L'agent Oyama a pris toutes les précautions lors de ce débriefing. Elle était sous monitoring cérébral. Oyama a travaillé avec l'agent Stone, un analyste des ondes cérébrales précisément, pour certifier la véracité des informations qu'elle nous a données.*

Le général parut se calmer. Il retourna s'asseoir à son bureau, face au sergent.

— *Bon, que savons-nous, au juste ?*

La gouverneure se pencha en avant pour ne rien manquer de l'échange. Elle n'avait pas eu l'occasion d'évoquer avec Terry la visite qu'avait fait Priya du niveau 12, mais elle savait qu'il n'y avait rien là-bas – du moins, pas encore. Cela allait certainement changer dans quelques jours.

— *Monsieur, elle a déclaré que le niveau 12 reliait les multiples mines de Chrysalide. Elle y a trouvé des caisses remplies d'outils, un réfrigérateur contenant des bouteilles d'eau, et il y régnait une chaleur difficilement supportable...*

— *Et ?* s'impatienta le général.

— *C'est tout, monsieur.*

— *C'est tout ?* manqua de s'étrangler Heinrich Duhrer.

Dixon hocha la tête.

— *Oui, monsieur. L'agent Oyama a posé toutes les questions prévues, et à chaque fois les réponses négatives se sont révélées sincères. Elle n'a remarqué sur le site ni étincelle, ni aucune fluctuation de puissance nulle part. Aucune bobine de quelque matériau que ce soit.*

Le général se leva d'un bond, balaya rageusement tout ce qui se trouvait sur son bureau, puis se rassit, ou plutôt s'affala dans son fauteuil.

— *Fichez-moi le camp, sergent ! J'en ai assez entendu.*

— *Bien, monsieur.*

Dixon sortit précipitamment du bureau.

Le général fixa le plafond sans bouger durant un long moment.

À côté de la gouverneure Welch, Nwaynna dit :

— On peut dire qu'il a l'air contrarié.

— C'est un euphémisme.

Soudain, Duhrer se pencha sur son bureau, attrapa son téléphone renversé, et pressa plusieurs touches.

— *Opératrice 17, que puis-je faire pour vous, général Duhrer ?*

— *Passez-moi le général Carl Maddox au Pentagone.*

— *Oui, monsieur, veuillez patienter.*

La gouverneure et Nwaynna, intriguées, attendirent.

— *Monsieur, ici l'opératrice 17. Je vous mets en relation avec le général Maddox.*

Une voix bourrue se fit aussitôt entendre.

— *Henry, ça fait longtemps. Qu'y-a-t-il ?*

— *Chrysalide… Je sais comment régler le problème.*

— *Oh… je suis tout ouïe.*

— *Je recommande de lancer l'opération table rase.*

— *Merde. Vous êtes sûr de vous ?*

— *Je crois qu'on n'a plus d'autre choix.*

— *Compris… Que Dieu ait pitié de nous.*

Duhrer raccrocha, balança le téléphone contre le mur, et sortit du bureau.

— Tout ça n'augure rien de bon, dit Nwaynna.

— Non, c'est le moins qu'on puisse dire.

Jenna Welch appuya sur l'icône téléphone de son bureau et appela Terry.

— *Oui, qu'y-a-t-il ?*

— Terry, cette fois, c'est très sérieux. Il faut que tu actionnes notre réseau de contacts sur Terre. Je veux tout savoir d'une certaine opération baptisée « Table rase ».

— *Est-ce qu'il s'agit d'une opération en cours ?*

— Soit elle l'est, soit la menace est imminente.

— *Bon. Ceci explique peut-être cela : je viens de recevoir une notification du Conseil de l'éducation de l'ONU. Ils rappellent leurs stagiaires.*

La gouverneure se renfrogna.

— Terry, c'est en train d'arriver ; ce dont nous avons parlé. Fais ce que tu as à faire. Assure-toi que ton frère soit informé de l'opération Table rase. Je t'aime.

— *Je t'aime, moi aussi.*

La gouverneure se tourna vers Nwaynna.

— Contactez nos amis en bas. Je veux qu'au lieu des quatre jours prévus, ils soient prêts en trois. Allez-y, et faites-moi un rapport en fin de journée.

— Bien, m'dame.

Nwaynna quitta le bureau, et la gouverneure se recala dans son fauteuil.

Ce qu'ils s'apprêtaient à faire allait soit déclencher une révolution… soit mettre un terme à celle qui les menaçait.

CHAPITRE QUATORZE

Le couvercle du caisson en forme de cercueil de Tom s'entrouvrit, et un visage familier apparut au-dessus de lui.

— Bon sang, il était temps, Richard. Je déteste ces caissons cryogénique.

Richard Fox, la cinquantaine athlétique, portait l'uniforme d'un colonel du corps d'intendance de l'ONU. Il était également le chef de l'alliance rebelle du sud-est des États-Unis. Il saisit la main tendue de Tom et l'aida à s'extraire du caisson.

— Je croyais qu'on n'avait conscience de rien dans ces machins. Pas de pensées, ni de rêves, ni rien de ce genre.

— Ce n'est pas parce que ces trucs ralentissent notre métabolisme à quatre-vingt-dix-neuf pour cent, qu'il ne se passe rien là-haut, répliqua Tom en tapotant sa tempe droite.

Autour d'eux, dans l'entrepôt des Nations Unies, se trouvaient d'autres conteneurs portant tous la mention « Destiné au recyclage ». Tous émirent une sorte de sifflement à l'ouverture.

Les membres de l'équipe de Tom en sortirent un à un, tous cherchant à s'éclaircir les idées après le temps passé en hibernation artificielle.

— Pas de problèmes avec les agents des douanes ? demanda Tom.

— Nan, les conteneurs ont été répertoriés comme des déchets de la colonie.

— Est-ce qu'on est en territoire surveillé ?

— Oui, mais…

Richard Fox sourit.

— Suivez-moi, dit-il.

Il conduisit Tom et son équipe à travers un labyrinthe de rayonnages et de caisses d'une hauteur impressionnante. Il appuya sur un bouton dissimulé au niveau d'une étagère, et une partie du sol s'abaissa, révélant une rampe qui descendait.

— Suivez cette direction, tout droit. Les motos se trouvent à une quinzaine de mètres dans le tunnel, avec trois caisses de matériel. L'une d'elles contient un fusil de précision dernier cri. Je suis certain que vous ferez du bon boulot avec ça. Vous avez la carte ?

— Oui.

— Bien. Les endroits où vous pourrez évoluer hors des zones surveillées y sont indiqués. Quelle est votre première destination ?

— Le poste de piratage. J'ai besoin que l'Oracle nous fournisse des infos.

— L'Oracle, hein ? sourit Fox. Eh bien, il est clair qu'elle pourra vous renseigner bien mieux que moi. Bon, pas d'autres questions ?

— Non. Merci, Richard.

Ils se serrèrent la main.

— Bonne chance, mon ami, dit Fox.

Poussant l'accélérateur au maximum, Tom baissa la tête, conscient de la présence du plafond en béton à peine à une longueur de bras au-dessus de lui. La moto électrique n'avait pas d'indicateur de vitesse, mais le souffle de l'air menaçait de déchirer certains de ses vêtements, signe qu'il devait rouler à trois cents kilomètres heure au moins.

Ses lunettes étaient dotées d'une technologie extraterrestre qui projetait des images directement sur sa rétine. Sans regarder derrière lui, il pouvait voir que le reste de son équipe le suivait de près, mais aussi que leur cible n'était plus qu'à quelques minutes.

Une voix à l'accent russe se fit entendre dans son oreillette.

— *Équipe rebelle en approche à grande vitesse, qui diable êtes-vous ?*

Tom sourit.

— Salut, Tina. Comment va ?

Tina Polyudov était une hackeuse russe connue sous le nom d'Oracle. Elle était les yeux et les oreilles de nombreux rebelles dans cette partie du pays. Elle avait la voix rocailleuse d'une brute mâle bodybuildée, mais hormis cela, elle était la féminité même.

— *Blyat ! Bon Dieu de merde, Tommy, c'est vraiment toi ?*

— En chair et en os. Je vais avoir besoin de ton aide, ma chérie.

Un chapelet d'injures, en russe, en anglais, et probablement en langue démoniaque, retentit dans l'oreillette de Tom.

— Ne t'avises surtout pas d'essayer de m'amadouer avec des « ma chérie », t'entends ? Je n'ai pas oublié ce que tu m'as dit, espèce de salopard. Donne-moi une seule bonne raison de ne pas te réduire en miettes, et de te donner à manger aux rats ?

Tom grimaça. La dernière fois qu'ils s'étaient vus, ils ne s'étaient pas séparés dans les meilleurs termes.

— Allons, Tina. On est dans la même équipe, toi et moi. J'ai besoin d'aide, et je sais que tu es la seule personne sur laquelle je peux compter pour tenir tête à ces salopards des Nations Unies. Est-ce qu'on pourrait au moins s'asseoir ensemble, tous les deux, comme des êtres humains civilisés, et parler de tout ça ? Parce que là, tout de suite, vois-tu, je traverse un tunnel à moto à un train d'enfer avec mon équipe, et tenir une conversation n'est pas ce qu'il y a de plus facile.

Il y eut un silence au bout du fil durant dix bonnes secondes, avant que Tina réponde :

— D'accord. Tant que vous laissez vos armes à l'arrivée, mes gars vous laisseront passer.

— Merci. T'es la meilleure.

— Ouais, c'est ça. Et toi, t'es le Pape !

La communication prit fin, mais Conrad, un des hommes de Tom – ils avaient tous entendu la conversation – prit le relais :

— Eh ben, Tom, on peut dire qu'elle a une dent contre toi. T'es bien sûr que ce gars-là s'appelle Tina ?

Tom éclata de rire.

— Je vous avertis, les gars : c'est bien une fille. Ne vous avisez surtout pas de laisser entendre le contraire devant elle.

— *Pas de danger. Mais dis-nous, qu'est-ce que tu as fait pour qu'elle t'en veuille autant ?*

— Eh ben, j'ai travaillé avec elle il y a cinq ans, pendant une mission d'entraînement. Et je vais être franc : elle est foutument sexy. Son corps, ses courbes… Elle a tout ce qu'il faut, là où il faut. Pour ne rien gâcher, elle est intelligente. Et elle est Russe. Alors, je ne sais pas si ça explique quelque chose ; bref, elle m'a dragué sec, mais j'ai fini par mettre un terme à ce petit jeu.

— *De quelle manière ?*

— C'était totalement mesquin de ma part, je le reconnais, mais sa voix… je n'arrivais pas à faire comme si ce n'était pas important. Alors, un jour où elle s'est montrée un peu plus entreprenante que d'habitude, je lui ai dit que je n'étais pas intéressé parce que, quand elle parlait, j'avais l'impression d'avoir en face de moi un culturiste russe de cent cinquante kilos.

Tous les gars éclatèrent de rire.

— *Tu sais y faire avec les femmes, il n'y a pas à dire.*

Des lumières apparurent devant eux. Tom mit ses pleins phares et dit :

— Okay, les gars, on arrive.

Deux grands costauds les attendaient au bas d'une rampe menant à une porte antidéflagration. Tom descendit de sa moto, se débarrassa du fusil de précision qu'il portait dans le dos, et le tendit au premier type qu'il rencontra. Puis, il écarta les bras et se laissa fouiller. Le petit protocole se répéta avec chacun des membres de l'équipe ; après quoi tous furent escortés à l'intérieur d'un vieil abri antiaérien datant du vingtième siècle. Une simple pièce aux murs de béton brut, vide à l'exception de quelques lits superposés.

Une porte s'ouvrit sur le mur du fond, et Tina apparut, silhouette curviligne et sportive. Son regard s'arrêta instantanément sur Tom ; elle s'avança résolument vers lui, souriant largement. En arrivant juste devant lui, elle lui décocha un coup de poing dans le ventre.

— Maintenant, on est quittes !

Elle se tourna vers le reste de l'équipe, et, tout sourire, leur fit signe de la suivre. Tom grogna et leur emboîta le pas, ignorant leurs rires.

« J'espère bien qu'on est quittes »...

Tom se trouvait avec Tina dans une petite pièce remplie d'écrans plats à l'ancienne et de ventilateurs ronronnants. Un ordinateur central était relié à l'un des « troncs » de ce que l'on appelait autrefois les autoroutes de l'information.

— Je n'y crois pas, dit Tina.

— C'est pourtant vrai. Des factions anti-ONU ont essayé d'éliminer une Radcliffe.

Tina secoua la tête.

— Bon, les communications entre ici et la colonie sont peu nombreuses ; donc, essayons de procéder méthodiquement.

Ses doigts voletaient sur son clavier à une vitesse impressionnante.

Tom se pencha pour voir ce qu'elle faisait, mais il eut droit en retour à un regard glacial.

— Désolé, dit-il en reculant. Tu n'aimes vraiment pas qu'on te colle de trop près, hein ?

— C'est faux… j'aime ça. Sur un lit. Mais tu as perdu le privilège de le découvrir en m'envoyant promener.

Tom ne répondit pas. Il se contenta de prendre une grande inspiration, et demanda :

— Qu'est-ce que tu fais, au juste ?

— Toutes les technologies extraterrestres sur Terre sont surveillées. Il se trouve que je peux accéder à la base de données des communications. Je scanne les flux de trafic entre la Terre et Chrysalide en cherchant certains mots clés, et… c'est bon, j'ai trouvé.

Tom se rapprocha, mais pas trop.

— Trouvé quoi ?

— Attends, il y a un tas de trucs inutiles là-dedans ; je dois faire le tri. Ta nana, Priya Radcliffe, est au centre de pas mal d'échanges avec les gars de l'UNIB. Laisse-moi extraire les références des données associées aux demandes d'accès.

Elle pianota rapidement sur son clavier ; puis :

— Okay, ça te dit quelque chose, ça ?

La voix d'un homme résonna dans un haut-parleur, quelque part dans la pièce : « *Ci-joint l'image d'une nouvelle stagiaire. C'est une Radcliffe. Elle partira d'ici dans quelques jours. Vous savez quoi faire.* »

Tom sourit.

— C'est ça. Bon sang, t'es géniale. Le type qui a reçu ce message est dans une cellule à la colonie. Nous ignorons justement qui est l'expéditeur. Est-ce que tu peux identifier la voix ?

Tina se retourna et le regarda.

— Identifier la voix ? Mais je sais à qui elle appartient. C'est la voix de Todd Winslow. Son père est le chef d'un groupe de rebelles dans le Montana ; un vrai de vrai ! Il est aussi en service actif dans l'armée. Je ne sais pas comment il est arrivé dans vos radars, mais il n'a vraiment pas le profil de la pomme pourrie.

— J'aimerais quand même lui parler.

— Pour lui coller ta bande d'assassins sur le dos ? réagit-elle en tournant son regard vers la porte derrière laquelle se trouvaient leurs deux équipes – probablement en train de se raconter leurs exploits respectifs. Non, reprit-elle, je vais l'appeler, *moi*, et voir ce qu'il en est.

Elle se tourna vers un mur d'appareils électroniques, et actionna un interrupteur sur un panneau qui en comportait une centaine d'autres sans inscription. Une sonnerie retentit dans le haut-parleur dissimulé ; puis une voix.

— *Allô ?*

La même voix que précédemment. Todd Winslow.

Tina se recala sur sa chaise et ajusta son décolleté.

— Salut, mon beau. Tu peux parler ?

— *Non. Dans vingt minutes.*

— Rappelle-moi.

— *À tout à l'heure.*

L'ordinateur de poche de Tom vibra. C'était un message de la colonie. Il lut : *« Demandons informations concernant l'opération Table rase. »*

— Qu'est-ce que c'est ? demanda Tina.

— Un message de la colonie. Ils veulent en savoir plus sur une opération baptisée Table rase.

Tina se tourna de nouveau vers son ordinateur portable.

— Quels mots clés veux-tu que j'utilise ? Opération Table rase ? Et quoi d'autre ?

— Essaie d'ajouter Priya, P-r-i-y-a Radcliffe.

Tom fronça les sourcils.

— Pour convaincre Radcliffe de coopérer avec eux, les gars de l'UNIB l'ont chargée de découvrir les responsables de certains attentats terroristes. Alors, tu pourrais peut-être ajouter les mots « terroristes », « bombe »…peut-être « Chrysalide » aussi. Essaie avec ça et voyons ce que ça donne.

L'un après l'autre, les écrans de la salle s'illuminèrent au rythme des requêtes SQL, des tentatives de recherche binaire, et des fonctions de recherche prédictive lancées par Tina. Tom sentit la pièce se réchauffer de quelques degrés à mesure que la puissance de traitement des machines était mise à l'épreuve.

— Quelles sont au juste les bases de données dans lesquelles tu effectues des recherches ?

— Toutes. Il y a longtemps que nous avons réussi à contourner le pare-feu Raven de l'UNIB. Si les infos qu'on cherche sont là-dedans, je les trouverai.

Une poignée de secondes plus tard, le premier résultat apparut. Tom se rapprocha pour y voir mieux.

— Un article de presse sur l'attentat du Tube à Cap Canaveral. C'est celui dans lequel les parents de Priya Radcliffe ont trouvé la mort. Ça, on connaît déjà.

Au cours des vingt minutes qui suivirent, d'autres résultats arrivèrent, mais aucun qui apporte des informations réellement nouvelles.

Ils en étaient là de leurs recherches quand Todd Winslow rappela.

— Oui ? répondit Tina.

— *Tu voulais parler ?*

— Absolument. Je mène une recherche, et ton nom est apparu. J'espérais que tu pourrais m'aider à y voir plus clair.

— *Je peux essayer.*

— Ça remonte à environ deux mois. Je vois ici que tu as organisé une communication avec la colonie, et que ça avait à voir avec…

— *Je m'en souviens. Il est assez rare que j'aie à parler aux colons de Chrysalide. Que veux-tu savoir ?*

— Quelle était la raison d'être de cet appel ?

— *On m'a informé qu'une fille qui se rendait sur Chrysalide avait peut-être été piégée. Tu connais les gars de l'UNIB, ces connards se foutent pas mal du sort des gens, et cette fille s'est fait avoir en beauté. Elle n'avait aucune idée de ce qui l'attendait. J'ai donc essayé de faire en sorte qu'un de nos gars la surveille.*

Tom hocha la tête. L'explication tenait debout ; elle correspondait à ce qu'il savait de l'affaire.

— Merci, *zaichik*, dit Tina. On se voit bientôt ?

— *J'ai un congé la semaine prochaine, alors oui, on pourrait se voir.*

Tina afficha un grand sourire, et chercha le regard de Tom.

— J'ai tellement hâte, dit-elle. On va s'en payer, tous les deux, crois-moi.

Tom ne put s'empêcher de secouer la tête. Elle n'avait pas changé un iota.

— *Je dois te laisser. Je t'aime.*

— Moi aussi.

Elle mit fin à l'appel ; ses joues avaient rosi.

— *Zaichik ?* dit Tom en souriant. Ça ne veut pas dire « lapin » ?

— La ferme, dit Tina.

Elle pointa du doigt son écran.

— Un autre résultat, et je parie que celui-là sera plus intéressant. Une vidéo prise par une sonde extraterrestre installée dans le complexe de l'UNIB.

Elle appuya sur une touche, et mit la vidéo en lecture. Elle montrait l'image en plan serré d'une armoire à dossiers ; l'angle de la caméra donnait l'impression d'y voir à travers les yeux d'un serpent qui se serait faufilé à l'intérieur du meuble, et scannerait lentement chaque document.

— Qu'est-ce qu'on voit au juste ?

— La sonde est capable de se métamorphoser, de ramper, de s'insinuer partout pour nous montrer tout ce que font ces types.

Tina tendit le bras et actionna un bouton sur le bureau voisin.

— Je crois qu'il faut que j'avance manuellement jusqu'à l'heure indiquée par l'estampille temporelle.

Le vidéo avança rapidement, faisant défiler des milliers de pages.

— Voilà, cette fois, on y est

Elle accentua la luminosité du document à l'écran, et l'agrandit pour qu'ils puissent le lire.

Date : 126.12 AE

Sujet : briefing classifié – Problème terroriste

. . .

SGNP : Soyons très clairs, messieurs. Cette conversation ne doit en aucun cas se retrouver dans un dossier officiel ou une base de données. Nous recevons des rapports sur des activités terroristes qui perturbent les services gouvernementaux. Nous savons qu'il y a des clandestins qui sortent des territoires non surveillés, mais l'opinion publique nous désavoue dès lors qu'il s'agit de prendre des mesures de répression. Vous aviez promis une solution ; c'est pour cette raison que nous avons financé l'UNIB. Que proposez-vous ?

CHD : Madame, les recherches sur le PBC sont terminées. Nous avons cinq projectiles prêts à l'emploi. Chacun d'eux est capable d'abattre l'équivalent en énergie explosive de près de cinq cents tonnes de TNT. De quoi balayer tout ce qui se trouve dans un rayon de trois cents mètres autour du point d'impact.

SGNP : Sommes-nous sûrs qu'on ne pourra pas remonter jusqu'à nous ?

CHD/GMB : Oui, madame.

GMB : Madame la secrétaire, ce qu'Henry a mis au point est silencieux. Pas de signature radar. Pas de radiation. Nous pouvons laisser sur site de quoi satisfaire l'équipe médico-légale, puis divulguer tout ça aux médias. Nous mettons ainsi ces derniers de notre côté, ce qui devrait permettre un retournement de l'opinion publique en notre faveur.

SGNP : J'y compte bien. L'utopie imaginée par nos ancêtres ne tient plus qu'à un fil. Elle a besoin d'un élan patriotique.

CHD : Madame, je crains cependant de ne pas pouvoir garantir que l'opération ne fera aucune victime.

SGNP : Ce qui fait pousser l'herbe nourrit aussi le cœur de ce que nous faisons ici, messieurs. Il y a parfois des sacrifices inévitables. Je suis sûre que tout patriote est à même de le comprendre.

CHD/GMB : Oui, madame.

— Qu'est-ce qui fait pousser l'herbe ? interrogea Tina, déroutée.

— Le sang, expliqua Tom en secouant la tête. Le sang fait pousser l'herbe.

— À en juger par la date, il y a vingt-sept ans, je suppose qu'ils discutaient de l'attaque terroriste de La Haye contre le Premier Conseil de l'ONU. Un attentat particulièrement sanglant.

— C'est tout ? Ou il y a d'autres choses ? voulut savoir Tom.

— On a d'autres résultats. Attends.

Tina consulta un autre écran, fit de nouveau une avance rapide, et agrandit un autre document papier.

Date : 146.205 AE

Sujet : Briefing classifié – Le problème Radcliffe

SGNP : Comment se fait-il que deux scientifiques soient responsables de l'un de nos plus importants projets de construction, alors même que – d'après ce que vous me dites – ils sont en contact avec des éléments rebelles ?

GHD : Ils ont réussi leur test polygraphique, madame. Le détecteur de mensonges n'a rien révélé. Si un des hommes de l'UNIB n'avait pas enregistré une de leurs conversations, nous n'aurions pas pensé à placer des traceurs sur eux. Ça arrive, malheureusement. Le fait de descendre d'un grand personnage historique leur confère un statut auprès des clandestins qui vivent dans les territoires non surveillés.

SGNP : On ne peut les laisser se balader sans surveillance. Qui sait ce qu'ils divulguent à l'ennemi ? On ne peut pas non plus courir le risque qu'ils se confient aux médias.

GHD : Je pensais que ce n'était plus un problème.

SGNP : Ne soyez pas naïf, Henry. Les données circulent toujours, même aujourd'hui. Nous devons régler la question définitivement.

GHD : Le PBC est en sommeil depuis sept ans. Il reste quatre projectiles non utilisés. Cela s'est révélé efficace la dernière fois… pourquoi ne pas réessayer ?

SGNP : Le PBC ? Ah oui, je me souviens. Oui, très bien… ce n'est pas pour rien que j'ai recommandé qu'on vous élève au grade de général. Mais il ne faut pas que cela ressemble à un assassinat. Les théoriciens du complot se mettraient immédiatement à fouiner.

GHD : Et si on procédait à deux tirs, cette fois-ci ? Un premier, qui terminerait sa course dans un champ, non loin de Cap Canaveral, sans faire de victimes ; et un autre, qui détruirait le Tube à un endroit précis où passerait la voiture des Radcliffe ?

SGNP : Excellent.

Tina secoua la tête.

— Je n'arrive pas à croire que ces abrutis aient mis tout ça par écrit, même si c'est au fond d'un meuble classeur, dans une chambre forte de l'UNIB.

— C'est la bonne vieille méthode militaire : paperasse hier, paperasse aujourd'hui, paperasse toujours. Ils ont probablement pensé que s'il n'y avait pas d'enregistrement électronique, il n'y avait pas de risque.

Tina sourit.

— Eh ben, ils se sont gourrés.

Tom s'appuya contre le dossier de sa chaise.

— Je suppose que CHD et GHD désigne d'abord le colonel, puis le général Heinrich Duhrer.

— Et SGNP, c'est sûrement cette sorcière et traître de Natalya Porochenko, la secrétaire générale.

Tom secoua la tête.

— Les Radcliffe ont été tués sur le coup au moment où un missile les a frappés alors qu'ils voyageaient dans le Tube. De toute évidence, PBC désigne un système de missile.

Tina passa à un autre ordinateur, entra une demande, puis envoya une image vers un des grands écrans. On y voyait un schéma du système.

— Voilà, dit-elle. C'était encore dans un des tiroirs de l'UNIB. Tout ce que vous voulez savoir sur le PBC, le « Projet de bombardement cinétique ».

Tom examina les spécifications du projet, un système satellitaire. Des barres de tungstène de plus de vingt tonnes, un système de guidage, et pour la propulsion, une fusée de conception primaire capable de tenir une combustion de soixante secondes. Les barres étaient placées tout simplement en orbite basse, en attente d'être larguées.

— C'est brillant, dit-il en secouant la tête. Personne ne peut soupçonner quoi que ce soit, parce qu'une attaque de missile suppose normalement une base de lancement ; c'est ce que tout le monde chercherait à localiser. Là, il suffit de cacher les barres de tungstène dans la soute d'une navette lors d'une banale série de lancements. Impossible de détecter quoi que ce soit ensuite, à part un léger frémissement de l'orbite géosynchrone. La gravité terrestre fait le reste ; chaque barre n'a plus qu'à s'écraser sur sa cible à cinquante mille kilomètres heure.

Il allait devoir faire un rapport sur tout ça. La colonie devait être informée au plus tôt.

Tom se frotta les yeux. Cela faisait des heures qu'ils examinaient des dossiers compromettants ; il rédigeait son rapport au fur et à mesure. Ses doigts étaient presque aussi fatigués que ses yeux.

Tina lui donna un coup de pied.

— Bon Dieu, Tom… il faut que tu voies ça.

Elle transféra l'image d'un document sur l'écran principal. Tom parcourut le texte et se sentit pâlir.

— Est-ce que je lis bien ce que je lis ?

— J'ai trouvé quelque chose concernant l'opération Table rase. On dirait qu'il s'agit d'un plan visant à attaquer la colonie avec des engins nucléaires.

Elle fit défiler le document sur l'écran.

— Bon Dieu de merde ! Ces salopards sont en train de préparer des ogives de treize mégatonnes. Et ils en préparent… soixante !

Tom se retourna vers son ordinateur.

— Je transmets tout de suite ces informations à la colonie.

— Je ne vois pas ce qu'ils vont pouvoir faire.

— Moi non plus… moi non plus.

— Le document dit qu'ils projettent d'utiliser quatre navettes pour les ogives, et quatre autres pour transporter cent soixante soldats en tenue de combat. Il faut que je trouve plus de détails… je vais tâcher de savoir où se trouvent les navettes, les ogives, quand elles seront déployées…

— Elles sont peut-être déjà en orbite, suggéra Tom.

— Je sais. Mais j'ai besoin de temps…

— Du temps, c'est justement ce qu'on n'a pas, dit Tom en serrant les poings. Un salopard est peut-être en train de préparer une ogive nucléaire en ce moment-même, pour la balancer au-dessus de chez moi.

CHAPITRE QUINZE

Dans la cuisine de l'appartement de sa tante, Priya lisait un e-mail qu'elle venait de recevoir de l'Académie David Holmes :

« *Compte tenu de vos résultats au cours du semestre d'automne, vous avez été placée en probation académique. Vos privilèges en matière de participation aux activités et événements liés au campus sont suspendus pour une année civile, après quoi vous pourrez présenter une nouvelle demande auprès du service des admissions. Toute question concernant ces résultats sera transmise au Conseil pour le progrès académique.* »

— Quoi ? s'écria-t-elle, manquant s'étrangler de colère en même temps qu'elle fixait son ordinateur de poche.

Tante Jen se précipita dans la cuisine.

— Que se passe-t-il ?

— Ces crétins de l'Académie n'ont pas gelé mon dossier scolaire pendant que j'étais à la colonie ; alors maintenant ils prétendent que j'ai échoué au dernier semestre.

— Oh, mon Dieu. Je... j'ai reçu des appels concernant ton manque d'assiduité. Je suis désolée, Priya. J'ai essayé de leur expliquer...

Priya se sentit trembler de tout son corps tandis qu'elle composait le numéro du campus. Après tout ce qu'elle avait vécu...

— Campus David Holmes, en quoi puis-je vous aider ?

— Pouvez-vous s'il vous plaît me passer le colonel Jenkins du Commandement des opérations spéciales de l'ONU ?

— Je suis navrée, mais nous n'avons pas la possibilité de transférer les appels vers cette partie du campus. Il va vous falloir les contacter directement. Y a-t-il autre chose que je puisse faire pour vous ?

— Avez-vous leur numéro de téléphone ?

— Non, je suis désolée. Y a-t-il autre chose ?

Serrant rageusement son ordinateur de poche, Priya grogna :

— Non, merci.

Elle écrivit rapidement un e-mail au colonel Jenkins, et appuya sur « Envoyer ».

— Chérie, reprit tant Jen d'une voix hésitante. Pardon de te demander ça, mais... étais-tu réellement à la colonie ?

Priya fronça les sourcils.

— Quoi ? Je ne comprends pas.

— Eh bien, comme je te l'ai dit, j'ai reçu plusieurs appels me signalant que tu n'étais pas en cours, et quand j'ai essayé d'expliquer que tu faisais un stage, ils ont vérifié et n'en ont trouvé aucune trace. Ils m'ont même dit que ce genre de stage n'était pas accordé aux « juniors ».

— Eh bien, ils se trompent, dit sèchement Priya. Je vais aller directement sur le campus pour régler le problème.

Elle quitta l'appartement et courut jusqu'à la station du Tube. L'adrénaline était si forte qu'elle ne sentait même plus les fourmillements dans ses jambes. Quand elle arriva à la station, elle grimpa les marches de l'escalier deux par deux.

L'hologramme familier apparut soudain devant elle.

« *Chère voisine, la bienvenue ! Ce sont des personnes comme moi qui assurent la bonne marche et la sécurité du Tube. Tapez *92-8374 sur votre dispositif SMS, et découvrez comment rejoindre notre équipe.* »

— La ferme, grommela-t-elle en se dirigeant à grands pas rapides vers un panneau de contrôle sur le quai des arrivées et des départs.

Elle appuya sa paume sur l'écran tactile pour que l'affichage bascule sur la page d'accueil. Mais au lieu de passer au bleu-vert habituel, l'écran devint rouge, et une voix de femme dit :

« *Bonjour Priya. Je suis Lexie, ton assistante sur le Tube. Ton compte personnel ne t'autorise à rejoindre aucune destination pour le moment. Merci.* »

L'écran devint noir.

Priya fronça les sourcils, sous le choc.

Puis, elle appuya de nouveau sa paume sur l'écran.

« *Bonjour Priya. Je suis Lexie, ton assistante sur le Tube. Ton compte personnel ne t'autorise à rejoindre aucune destination pour le moment. Merci.* »

Une vieille femme qui tenait un sac à provisions vide passa à côté d'elle, et s'arrêta.

— Oh, mon enfant, on dirait que le système a un problème.

Je vais au marché... avez-vous besoin d'aller dans cette direction ?

— Non... merci, dit Priya en s'éloignant du panneau de contrôle.

Elle entrevit soudain l'écrasante réalité de sa situation : elle était prise au piège.

La gorge serrée, elle redescendit précipitamment l'escalier, mais, plutôt que de reprendre la direction de l'appartement de sa tante, elle se dirigea vers la limite du quartier, où elle s'était déjà rendue une fois.

Elle avait l'impression que le monde entier l'observait. Les gens qu'elle croisait lui jetaient des regards en coin, et les rideaux des petits bungalows, le long de Haverhill Drive, se balançaient par endroits, signe que certains jetaient un coup d'œil curieux par leurs fenêtres. C'était à croire que tout le monde était au courant qu'elle était une paria, une exclue ?

Elle sentit la panique s'emparer de son esprit tandis qu'elle courait, et que de plus en plus de regards paraissaient se braquer sur elle.

C'est une erreur. C'est forcément une erreur.

Elle avait fait tout ce qu'on lui avait demandé de faire.

C'était injuste...

Parvenue à la limite de son quartier, déjà hors d'haleine, elle accéléra encore sa course à travers bois, et finit par s'effondrer au pied d'un chêne, le corps secouée de gros sanglots.

Harold changea de forme et s'installa sur ses genoux en ronronnant.

— Je ne peux pas croire qu'ils m'aient fait ça. L'école, ç'aurait pu être une simple erreur, mais l'accès au Tube, c'est certainement Jenkins, où ces connards des renseignements. L'agent Ted. Peut-être même le général. Mais *pourquoi ?*

Elle appuya sa tête contre le tronc d'arbre.

— Je n'aurais jamais dû revenir. J'aurais dû rester à la colonie. J'aurais pu recommencer une autre vie.

Elle était en larmes. Elle détestait la Terre et tous ses habitants.

— J'aimerais juste pouvoir parler à Terry. À Tom, ou à Stéphanie. À n'importe qui de la colonie.

Aussitôt, Harold se transforma à nouveau – cette fois en communicateur.

— Harold ? Qu'est-ce que tu fais ?

Elle porta le communicateur à son oreille. Ça sonnait !

Elle retint son souffle et pria – pour quoi au juste, elle n'en savait rien, mais elle priait.

— *Allô ?*

Elle faillit fondre en sanglots de nouveau. C'était Tom.

— Bonjour.

— *Priya ? Est-ce que c'est vous ?*

— O-oui.

Elle prit une grande inspiration et tenta de reprendre contenance.

— *Comment diable avez-vous réussi à appeler ? Que se passe-t-il ?*

Priya s'obligea à sourire.

— Je me suis servi d'Harold pour vous appeler. Et… je vais bien, mentit-elle.

— *Je n'en crois rien. J'entends bien que ça n'a pas l'air d'aller. Racontez-moi ce qui s'est passé.*

Elle expliqua alors tout ce qu'il lui était arrivé depuis son retour sur Terre – et comment elle se retrouvait à présent coincée, piégée, prisonnière.

Tom resta silencieux un long moment, avant de répondre :

— *Priya, je suis désolé. Sincèrement.*

— Je sais ce que tous ces gens pensent de moi maintenant. Le fait que je n'ai même plus accès au Tube en dit suffisamment long. Ils m'en veulent. Ils m'ont menti. Et le problème, c'est qu'ils ont toutes les cartes en main. J'ai eu beau faire tout ce qu'ils m'ont demandé, ça n'a pas dû leur suffire, apparemment. C'est fichu maintenant, je suis coincée ici. J'aurais dû rester à la colonie. J'espère seulement que ce que je leur ai donné a suffi à ce que vous… bref, vous savez ce que je veux dire.

— *Oui*, dit Tom.

Sa voix était chaleureuse ; elle la recevait comme une étreinte réconfortante.

— C'est terminé, Tom. J'en ai fini avec les Nations Unies. Fini avec la Terre. Avec tout.

Tom hésita, puis :

— *Qu'est-ce que vous diriez d'une vie… hors réseau ?*

— Que voulez-vous dire ?

— *Vous savez ce que je veux dire. Écoutez, à cet instant, je ne suis qu'à quelques centaines de kilomètres de vous…*

— Qu-quoi ? s'étrangla Priya, la gorge serrée par l'émotion.

— *Désolé de ne pas avoir pu vous dire cela plus tôt. Soyez encore un tout petit peu patiente. J'ai quelque chose à faire d'abord, mais gardez Harold près de vous. Maintenant que vous m'avez contacté par son intermédiaire, je dois être capable de faire la même chose dans l'autre sens.*

Priya essuya ses larmes avec sa manche.

— Le prince charmant va venir à mon secours ?

— *Je ferai tout ce que je peux. N'en parlez à personne, c'est* tout.

— Vous rigolez ? Je ne fais plus confiance à personne ici.

Tom ressentait des émotions contradictoires. Priya était bouleversée, et il voulait désespérément faire quelque chose pour l'aider… D'un autre côté, le fait qu'elle veuille retourner à la colonie le rendait étrangement heureux.

— Qui était-ce ? demanda Tina, sans même lever les yeux de son ordinateur portable.

— Oh, personne d'important, mentit-il.

— Si tu le dis.

L'ordinateur de poche de Tom émit un signal sonore indiquant la réception d'un message :

« *Laissez tomber la mission. Revenez immédiatement, par* *n'importe quel moyen.* »

— Et merde.

— Quoi encore ? voulut savoir Tina.

— On nous demande de rentrer, grimaça Tom.

Au même instant, Tina leva le poing et s'écria :

— Ça y est !

— Quoi ?

— Je suis dans la place, dit-elle en faisant passer son écran sur le moniteur principal. Regarde ça ! Il reste deux tirs possibles sur cinq. Nos petits joujoux se trouvent en orbite géosynchrone, à deux mille kilomètres au-dessus de nos têtes, avec une période de révolution d'environ deux heures.

— Tu plaisantes.

Tina ouvrit un tiroir de son bureau et en sortit un communicateur – un communicateur de la colonie. Tom s'en rendit compte en reconnaissant son marquage.

— Qui appelles-tu ? demanda-t-il.

Elle éluda sa question d'un geste brusque, et colla le communicateur contre son oreille. Il y eut un silence, puis :

— C'est Tina, dit-elle.

Elle paraissait nerveuse.

— Je vous ai envoyé des rapports concernant les données. D'accord. Désolée. J'ai pu m'introduire dans le système… Oui, madame, deux tirs possibles, c'est exact.

Elle se tourna vers Tom.

— Oui, il est là, et il a reçu l'ordre de… Avez-vous une cible ? D'accord, j'attends.

Tina tapa quelque chose sur son ordinateur.

— On dirait qu'il y a six minutes entre le largage et l'impact… Oui, madame. Dites-moi juste où et quand, et je m'en occupe.

Quand elle eut remis le communicateur dans le tiroir du bureau, Tom demanda :

— La gouverneure ?

— Oui.

— Comment diable peux-tu avoir une conversation avec elle, alors qu'elle se trouve à plus de trente millions de kilomètres ? Même à la vitesse de la lumière, il faudrait cinq minutes pour obtenir une réponse.

Tina sourit.

— Cet appareil utilise une technologie supraluminique. Du moins, c'est ce que ton frère m'a expliqué quand il me l'a donné. Il permet une communication en temps réel avec la colonie – en cas d'urgence.

Elle fit un geste en direction de la porte.

— Je vais continuer à travailler ici. Toi et ton équipe, allez-y.

— Attends une minute, dit Tom. Et ces navettes ? On ne sait même pas d'où elles sont lancées.

Tina l'agrippa par le bras, l'attira vers elle et se colla contre lui.

— Je sais que tu enrages de ne pas pouvoir te défouler sur je ne sais qui, mais tu dois y aller maintenant.

— Attends, j'ai besoin d'aide pour joindre quelqu'un. Est-ce que tu…

— Pas maintenant.

Elle lui montra de nouveau la porte.

— Vire ton petit cul d'ici ! J'ai du travail, et c'est du sérieux.

De retour sur le quai de la station du Tube, Priya attendait. Cela faisait une demi-heure qu'elle attendait, et il n'y avait toujours aucun signe de Tom.

Elle avait laissé un mot à sa tante, à l'appartement. Un simple mot qui disait : « Merci, et bonne chance pour la suite. » Rien de plus, pour ne pas risquer de causer indirectement des ennuis à sa tante.

Elle sentit le bruit de souffle habituel provenant des portes du Tube. Se pouvait-il que ce soit lui ?

Les portes s'ouvrirent, et elle ne put s'empêcher de sourire en voyant apparaître Tom, vêtu d'un treillis militaire.

Elle se dirigea vers lui, passa ses bras autour de son cou, l'attira vers elle, et planta un petit baiser sur ses lèvres.

— Merci d'être venu.

Surpris, mais ravi et tout sourire, Tom dit :

— Et bonjour, à toi aussi.

Elle fronça les sourcils.

— Qu'est-ce qui est arrivé à tes yeux ? Ils sont marron.

Il battit des paupières.

— Je sais que le bleu me va mieux, mais j'ai dû changer. Tu vas comprendre pourquoi.

Il s'approcha avec elle d'un panneau de contrôle, et apposa sa main sur l'écran tactile.

« *Bonjour, général. Je suis Lexie, votre assistante sur le Tube. Votre compte personnel vous autorise à rejoindre mille quatre cent cinquante-trois destinations. Laquelle souhaitez-vous rallier ?* »

Priya laissa échapper un petit rire.

— Deux passagers pour le DHEC, à Cap Canaveral. Priorité oméga.

— Deux passagers pour le Campus David Holmes à Cap Canaveral. Veuillez confirmer, s'il vous plaît.

— Confirmé.

Un bruit de souffle se fit entendre derrière les portes du Tube.

« *Soufflerie à dépression activée. Demande de mise en file d'attente pour voie de transport direct entre Coral Springs-North Junction et le terminal principal du DHEC-Cap Canaveral. »*

Tom se tourna vers Priya.

— Tu veux toujours revenir à la colonie ?

Elle passa son bras sous le sien.

— Oui.

— Bien. Parce que la navette qui va nous y conduire est en train de faire le plein de carburant sur le tarmac.

Il lui tendit un badge avec sa photo.

— À partir de maintenant, tu es Margaret Huber, inspectrice de produits.

Priya fixa le badge à son revers et leva les yeux vers lui.

— Tes yeux bleus me manquent.

— Tu veux que je te dise ? À moi aussi, ils me manquent. Idem au niveau des mains ; ce truc procure une drôle de sensation, dit-il en tirant légèrement sur la fine couche de peau caoutchoutée qui recouvrait sa paume. Heureusement que le général et moi avons des mains à peu près de la même taille.

— Liaison terminée. La voiture arrive dans trois… deux… un…

Ils s'engouffrèrent tous les deux dans une capsule à deux places. Priya sentit son cœur s'emballer – non pas parce qu'elle avait peur, mais parce qu'elle était excitée.

Tom tendit le bras et pris sa main dans la sienne.

Priya sourit. Quoiqu'il se passât au juste entre eux, elle savait au moins une chose : Tom était quelqu'un sur qui elle pouvait compter.

~

Terry se tenait devant la fenêtre panoramique de la tour de contrôle du trafic aérien. À côté de lui, Gene, le contrôleur du trafic orbital, manipulait par rotations des écrans flottants d'images radar et orbitales.

Terry sentait une tension dans l'air. La rumeur avait filtré dans la population que la gouverneure allait faire une annonce à l'échelle de la colonie – ce qui n'arrivait habituellement que pour le rapport annuel sur l'état de la colonie. Tout le monde avait donc compris qu'il se passait quelque chose d'important.

Terry écoutait dans son oreillette la voix râpeuse de son vieil ami Ian Wexler sur le canal réservé à la sécurité. Ce dernier était responsable du débarquement des stagiaires miniers, et plus généralement de quiconque arrivait de la Terre.

— *Tout le monde est passé au scan. Il semble que nous ayons un équipage clean au départ ; pas de contrebande détectée. Sam, où en est-on dans le bloc dortoir E ?*

— *Les scans prennent un peu plus de temps que prévu. Ces gars ont laissé derrière eux une tonne de saloperies.*

— *Ouais, ben, faut pas s'attendre à autre chose quand on fout une bande de gosses à la porte en leur demandant de remballer quatre mois de laisser-aller en dix minutes.*

— Soyez minutieux, les gars, d'accord ? reprit Terry dans son micro-cravate. N'oubliez pas que sept des nôtres ont fini par trahir la colonie. Des gens avec qui on avait rompu le pain, et en qui nous avions toute confiance. Je ne fais confiance à aucun de ces trous-du-cul ; alors si quoi que ce soit vous paraît suspect, je veux en être informé, compris ?

Plusieurs voix répondirent par l'affirmative.

Terry régla son micro de manière à ne parler qu'à Ian.

— Ian, tu m'entends ?

— *Oui.*

— Bien. Quand tu auras terminé là-bas, forme une équipe pour nous débarrasser de ces traîtres. Conduits ces sept salopards sur l'aire de départ, et assure-toi bien qu'ils embarquent dans cette foutue navette. On n'en veut plus ici.

— *Moi, je veux bien, mais attends-toi à ce que le capitaine de la navette essaie de nous baratiner. Il dira qu'il n'a pas assez de sièges pour accueillir sept passagers supplémentaires, ou je ne sais quoi.*

— Qu'ils jouent les culbuto dans la navette et roulent dans les allées, je m'en tamponne. Dis bien au capitaine qu'on se fout complètement de ce qu'il fera une fois en orbite et en route pour la Terre, mais que s'il s'avise de les débarquer sur le tarmac, on le descend au décollage.

Ian s'esclaffa.

— *Je fais passer le message, ne t'inquiète pas. Autre chose ?*

— Garde l'œil bien ouvert, c'est tout. Même une fois que ces types ne seront plus dans nos pattes, nous aurons encore quelques nuits blanches devant nous. Fais passer le mot dans l'équipe : qu'ils s'attendent à faire un paquet d'heures sup.

— *Bien reçu.*

Terry mit fin à la conversation. Au même instant, Gene dit dans son micro :

— Navette terrienne *Vancouver*, ici la tour de Chrysalide. Vous n'êtes pas dans les conditions d'une entrée en toute sécurité. Ralentissez à vingt-deux mille kilomètres heure, et corrigez votre angle d'entrée en revenant à quarante-cinq degrés.

— *Tour de Chrysalide, notre vitesse d'entrée normale est de vingt-huit mille kilomètres heure, avec un angle d'entrée de quarante-cinq degrés.*

Gene roula de grands yeux.

— Navette terrienne *Vancouver*, ici la tour de Chrysalide. Si vous continuez avec ce vecteur et cette vitesse, vous allez brûler vos tuiles thermiques. Vous ne survivrez pas à une réentrée dans l'atmosphère terrestre. Si vous tenez à pouvoir faire un aller-retour, je vous suggère vivement une approche à vingt-deux mille kilomètres heure et à quarante-cinq degrés.

— *Bien reçu, tour de Chrysalide. Ajustement de la vitesse à vingt-deux mille kilomètres heure avec un angle d'entrée à quarante-cinq degrés.*

Terry hocha la tête d'un air approbateur devant la patience et la détermination de Gene.

— On dirait que le métier commence à rentrer, commenta-t-il.

Gene haussa modestement les épaules, sans cesser de suivre sur son écran l'image satellite montrant la navette en train de faire des ajustements.

— Ah, ces pilotes, je vous jure. Parfois, c'est vraiment pour le plaisir de n'en faire qu'à leur tête.

Il se pencha de nouveau sur son micro.

— Navette terrienne *Vancouver*, ici la tour de Chrysalide. Vous êtes autorisée à entrer dans l'espace aérien de Chrysalide. Verrouillez le signal de la balise kilo x-ray tango.

— *Bien reçu, tour de Chrysalide. Décrochage de la trajectoire orbitale. Verrouillage sur le signal de la balise kilo x-ray tango.*

— Gene, pour info, dans très peu de temps nous allons

fermer tout le trafic aérien de la colonie, à l'exception de ce spatioport.

— Vraiment ? Que se passe-t-il ?

— La gouverneure va faire une déclaration pour l'expliquer. Je vous en informe juste pour que vous puissiez vous préparer dès que cette dernière navette sera partie pour la Terre. Il y aura encore un flot de navettes locales qui vont aller et venir, mais une fois que tout ça sera pris en charge, un de mes gars vous dira quoi faire. D'accord ?

— Ça semble inquiétant.

— Tout ira bien. Attendez la déclaration. Un de mes hommes viendra vous guider.

— D'accord.

Gene se pencha sur son micro.

— Navette terrestre *Vancouver*, virez à tribord au cap deux-huit-zéro pour intercepter le radiophare d'alignement, piste ILS alpha autorisée, maintenez deux mille cinq cents pieds jusqu'à la fin de l'approche.

— *Bien reçu, tour de Chrysalide. À tribord au cap deux-huit-zéro, piste ILS alpha autorisée, nous maintenons deux mille cinq cents pieds jusqu'à la fin de l'approche.*

Terry salua Gene en partant. La situation était sous contrôle ici, mais une fois que la gouverneure aurait demandé aux plus de trois millions de résidents de la colonie d'aller trouver refuge dans les mines pour leur propre sécurité… eh bien, s'il y avait un moment où la situation risquait de déraper et de leur échapper, ce serait bien à ce moment-là.

CHAPITRE SEIZE

Nwaynna fit signe à l'opérateur du chariot élévateur qui déchargeait l'une des bobines de graphène de mille huit cents kilos et cria à travers le hangar :

— Attention avec ça ! Il en faut une dans chaque soute de la navette. Assurez-vous qu'elles sont bien attachées ; ces navettes décolleront dès que vous les aurez chargées.

Une vingtaine d'hommes étaient rassemblés autour d'elle ; des hommes de confiance de Carl, bâtis comme des demis de mêlée, et équipés pour une mission à laquelle ils s'étaient secrètement entraînés depuis que la gouverneure avait défini les rôles de l'opération Liberté il y avait de cela près de deux ans.

— Bon, les gars, il s'agit d'établir des ancrages spatiaux géosynchrones et de larguer les modules d'atterrissage sur leur cible. Les pilotes ont les balises de signalisation pour chacun des points de connexion. Avez-vous des questions ?

Tous secouèrent négativement la tête.

— Parfait. Alors, les poings au milieu, avec moi…

Nwaynna brandit le poing au milieu de l'équipe de mineurs, et dès que tout le monde eut imité son geste, elle lâcha, à la façon d'un cri de guerre :

— Liberté !

— Liberté ! reprirent aussitôt en chœur les hommes, avant de se disperser vers leurs navettes respectives.

Nwaynna se tourna vers Carlos.

— Fais ce qu'il faut, reviens-moi rapidement, et dis à nos filles que je serai là dès que possible.

Carlos se pencha vers elle, lui donna un petit baiser et sourit.

— Je ne manquerai pas de leur dire de ne pas s'inquiéter, parce que maman est en train de nous sauver tous.

Il jeta un coup d'œil au chariot élévateur qui soulevait une autre bobine de graphène, et grimaça.

— Je dois y aller. Je t'aime.

Il planta un dernier baiser sur ses lèvres, et sortit du hangar en courant au petit trot.

Nwaynna regarda l'horloge. Ils n'avaient plus que quelques heures devant eux. Elle se dirigea d'un pas rapide vers la porte la plus proche en activant son micro-cravate.

— Les amis, il est bientôt l'heure d'y aller.

Carlos Stewart éprouva une vague sensation de nausée quand les propulseurs verticaux de la navette cessèrent leur poussée, le laissant en apesanteur.

— Monsieur Stewart, nous approchons de l'altitude requise

de onze mille kilomètres de la surface de la colonie. J'ouvrirai les portes de la soute dans environ cinq minutes.

— Bien reçu, répondit Carlos en se levant et en attachant son harnais de sécurité à l'un des anneaux métalliques du plancher de la soute.

Les semelles magnétiques de sa combinaison spatiale activées, il se déplaça tel le monstre de Frankenstein, luttant pour soulever les pieds et les placer l'un devant l'autre tandis qu'il marchait vers la bobine géante de ruban de graphène. Cette bobine de plus de trois mètres de haut sur un mètre de large pesait près de deux tonnes sur la colonie, mais du fait de l'absence de gravité, Carlos put facilement la faire tourner sur son axe et saisir la tige métallique qui avait été fusionnée avec l'extrémité du ruban.

Il tira lentement sur la tige et regarda le ruban semi-transparent se dérouler derrière lui. Entraînant l'extrémité du ruban vers le module d'atterrissage, il introduisit la tige métallique et environ soixante centimètres de ruban dans une fente située sur le dessus du véhicule à quatre roues ; puis, avec son poing ganté, il appuya sur un bouton situé à côté de l'ouverture, qui se referma immédiatement, fixant l'extrémité de la feuille de graphène au rover.

Il passa ses doigts le long du ruban à l'apparence fragile, trouvant difficile d'imaginer que, bien que n'ayant pas l'épaisseur d'un cheveu, ledit ruban était capable de supporter facilement un poids de plusieurs tonnes. Mais c'était justement le principe de l'ascenseur spatial.

Il n'était pourtant pas dupe. Sa femme était peut-être l'un des meilleurs esprits scientifiques de la colonie, mais lui n'était pas idiot non plus. S'il était bien en train d'installer un ascenseur spatial, ce dernier n'allait certainement pas être utilisé comme tel. Dans quel but ? Pourquoi la gouverneure déciderait-elle brusquement, en pleine évacuation de la colonie, d'installer immédiatement vingt-quatre ascenseurs spatiaux ? Mais, mieux valait faire ce qu'on lui demandait, et ne pas se poser trop de questions. Avec un peu de chance, quand tout cela serait terminé, Nwaynna lui expliquerait ce qu'il avait aidé à mettre en place, au juste.

La voix du pilote se fit entendre dans le haut-parleur de son casque :

— *Évacuation de l'air de la soute dans trois... deux... un...*

Soudain, un klaxon retentit dans le casque de Carlos. Le graphène vacilla sous la force de l'air s'échappant de la soute. Il se pencha sur le rover et vérifia ses réglages.

— Hé, pilote, avez-vous détecté l'indicateur de cible à infrarouge sur la surface pour que le rover puisse s'orienter ?

— *Absolument. Radiation électromagnétique de fréquence 1033 nanomètres.*

Carlos attrapa le rover par l'une de ses poignées et fit rouler le véhicule en apesanteur au-dessus de l'écoutille inférieure encore fermée de la soute.

Il suivit du regard le ruban de graphène attaché au rover jusqu'à la bobine géante, et hocha la tête d'un air approbateur.

— Le module d'atterrissage est aligné avec la bobine. Je suis prêt.

Il recula de quelques pas pour s'éloigner des portes de la soute, tandis que les voyants d'alerte jaunes clignotaient autour de lui.

— *Bien reçu. Ouverture de l'écoutille inférieure dans trois...*

Sous la semelle de ses bottes, Carlos sentit la vibration des lourds verrous des portes de la soute, qui s'ouvraient lentement. Le rover flotta au-dessus des portes ouvertes ; sa programmation s'activa automatiquement. Grâce à ses propulseurs verticaux, il descendit lentement sous le pont, suivant la balise qui avait été plantée à la surface de la colonie.

Le ruban se déroula de plus en plus vite à mesure que le rover descendait.

Soudain, Carlos ressentit une nouvelle vibration dans la navette, et sourit.

— Monsieur Stewart, votre transport vers la surface vient de s'amarrer.

Carlos s'approcha du sas, et se représenta le rover en descente contrôlée, accélérant de plus en plus, et avec lui le long ruban qui formerait la base de l'échafaudage de l'ascenseur spatial. Il savait que l'enjeu était immense pour tous les habitants de la colonie. Ces solutions qu'ils mettaient en place étaient bien plus qu'un simple moyen de transport depuis la surface ; il devinait que tout cela allait vraisemblablement contribuer à leur sauver la vie à tous.

Il y avait une vingtaine de tubes échangeurs de chaleur qui sortaient du sol le long de l'équateur de la colonie, et Nwaynna se tenait à l'extrémité de l'un d'entre eux. Elle n'était pas habituée à porter un casque de communication, mais ils allaient tous avoir besoin d'une protection oculaire, ainsi que de l'assistance visuelle. Il n'y avait presque pas de vent, ce qui était une bonne chose.

Elle se tourna vers les deux hommes qui l'accompagnaient.

— Vous êtes prêts ?

Les deux mineurs à la carrure imposante acquiescèrent d'un même mouvement.

— Oui, m'dame.

Nwaynna activa son micro-cravate.

— Okay, tout le monde, ici le site 1, au rapport. Nous sommes bientôt en position. J'ai besoin que chacun confirme qu'il l'est également, parce qu'une fois que nous aurons commencé, tout ira très vite. Un à la fois, s'il vous plaît. Site 2, où en êtes-vous ?

— *Nous sommes en place, et prêts.*

— Trois ?

— *Nous sommes prêts.*

Nwaynna continua jusqu'au site 24. Tout le monde était prêt.

Et puis, elle entendit les mots qu'elle attendait :

— *Chrysalide est maintenant de l'autre côté d'Epsilon.*

— Les amis, une petite prière avant de commencer.

Elle ferma les yeux.

— Seigneur, entends ma prière, et défends fièrement les habitants de la colonie. Je te servirai toujours, toi ainsi que notre peuple, et m'efforcerai d'être la meilleure personne possible. Amen.

Elle entendit dans son casque d'innombrables voix reprendre en chœur son « Amen ».

— Okay, tout le monde. C'est le moment d'y aller.

Elle appuya sur sa télécommande, et un flux vidéo apparut dans son viseur. Elle vit une trappe ouverte loin au-dessus de la colonie, par-delà l'atmosphère, et une bobine tournant rapidement et déversant ce qui semblait être une chaîne de ruban transparent.

— Votre attention à tous. Vos viseurs devraient maintenant afficher une image provenant d'une navette située juste au-dessus de vous. Ce que vous voyez est un véhicule tirant une très longue mais très fine feuille de graphène. C'est ce dont je vous ai déjà parlé. Nous faisons ça de la même manière que nous avons foré tout à l'heure, mais s'il y a des questions, c'est le moment.

La suggestion ne recueillit qu'un long silence.

— Bon, très bien. Nous sommes à moins de trois minutes de l'arrivée des modules d'atterrissage. Veillez à ce que tout soit bien scellé. Nous n'avons aucune marge d'erreur. Nos familles dépendent totalement de nous.

Un des mineurs leva les yeux vers le ciel.

— En voilà un ! Mais il n'est pas tout à fait au-dessus de nous.

Nwaynna mit une main au-dessus de ses yeux pour faire écran au soleil. Un objet sombre venait en effet de percer le voile de lumière qui formait comme une brume.

— Les nuages ont probablement décalé le signal de repérage, mais le rover va se recentrer automatiquement.

L'objet grossit et le bruit de ses moteurs s'intensifia. Nwaynna ne vit pas le ruban de graphène, et pendant quelques instants, l'inquiétude s'empara de son esprit. Et puis soudain, le soleil fit scintiller le matériau presque transparent qui s'étirait à la verticale au-dessus du rover.

Tous durent se boucher les oreilles quand le staccato des

propulseurs horizontaux du rover modifia la trajectoire de sa descente et la ralentit. L'atterrissage fut parfait, et le véhicule à quatre roues se posa juste à côté du tube échangeur de chaleur. Au-dessus du rover, le ruban de graphène se dressait comme par magie dans le ciel. Long de plus de onze mille kilomètres, il restait suspendu là, comme s'il était insensible à la gravité. Nwaynna était ébahie par ce spectacle insolite.

— Incroyable !

Elle activa son micro-cravate.

— Les rovers doivent avoir atterri à présent. Si ce n'est pas le cas, parlez maintenant.

Silence.

— Bien. Alors, on procède comme prévu. Allons-y.

Un des mineurs fit avancer le rover de quelques mètres et appuya sur un bouton du panneau de commande, libérant le ruban de graphène auquel était attachée la barre de métal, et le déroula plus loin.

L'autre mineur retira le bouchon du tube échangeur, et appliqua un composé d'assemblage de nanotubes à l'extrémité. Le premier mineur souleva la lourde barre et la glissa horizontalement dans l'extrémité du tuyau, tandis que le deuxième mineur scellait la connexion à l'aide d'une pince. Les deux mineurs prirent ensuite les mesures du signal du tuyau et de celui du ruban propre descendant du ciel, et se concertèrent.

Ils regardèrent Nwaynna.

— Ils sont identiques.

Nwaynna sourit et se remit en communication.

— Site 1 confirmons connexion. Site 2, au rapport.

— Confirmé. Tout est bon ici aussi.

— Site 3, tout est parfait.

— Site 4, idem.

Au grand soulagement de Nwaynna, tous les autres sites signalèrent une connexion réussie.

— Beau travail, tout le monde, approuva-t-elle finalement. Allons retrouver nos familles dans les souterrains. Aux autres de jouer maintenant.

Tandis que ses deux compagnons mineurs s'éloignaient, elle mit son communicateur à l'oreille et passa un appel.

La voix de l'homme qui lui répondit lui causait toujours un petit frisson.

— C'est fait ?

— Oui. Les vingt-quatre modules ont une bonne connexion électrique.

— Bien joué. Maintenant, détendez-vous. Votre famille a besoin de vous.

Nwaynna savait que son travail était loin d'être terminé. L'étape suivante la terrifiait.

— Oui ? dit Jenna Welch dans son communicateur.

— *Madame la gouverneure, c'est Tina. Je suis désolée de vous appeler, mais je viens de tomber sur quelque chose qui me paraît important, et comme vous m'avez dit de vous contacter s'il y avait quoi que ce soit concernant la colonie que je jugeais bon de porter à votre connaissance...*

— Absolument. Je vous écoute.

— *Il semble qu'une des raisons pour lesquelles les Nations*

Unies s'intéressent tellement à la colonie, est qu'ils croient que vous cachez quelque chose. Je viens de vous envoyer le dossier que j'ai trouvé.

— Ne quittez pas. Laissez-moi y jeter un coup d'œil.

Welch sortit son ordinateur de poche.

— Je ne vois rien, dit-elle.

— *Je viens de vous l'envoyer il y a deux minutes. C'est sûrement en route.*

— Ça y est, je l'ai.

Elle ouvrit le fichier. C'était un dossier de l'ONU scanné.

Date : 151.99 AE

Objet : Briefing classifié - inquiétudes concernant les colonies

GHD : Nous avons appris de sources diverses qu'il existe un niveau secret dans les mines de la colonie de Chrysalide, auquel aucun mineur n'a accès.

SGNP : Vous pensez qu'ils cachent quelque chose là-dessous ?

GHD : Nous avons plusieurs théories, mais celle que nous jugeons la plus probable remonte à l'époque de l'Exode. À la mort de Holmes, le moteur qu'il avait mis au point n'a jamais été retrouvé. S'il se trouve là-dessous... eh bien, ce n'est pas bon pour nous. Notre équipe scientifique pense que ce que Holmes a fabriqué pourrait bien être transformé en une arme dévastatrice.

SGNP : Une arme qui pourrait être retournée contre nous...

GHD : Exactement.

SGNP : Bon, voyons ce que nous pouvons faire pour découvrir ce qui peut bien se cacher à ce niveau secret.

GHD : Oui, madame.

— Avez-vous identifié les personnes qui parlent ? voulut savoir la gouverneure.

— *Il est vraisemblable que GHD désigne le général Heinrich Duhrer, chef de l'UNIB, et que SGNP corresponde à Natalya Porochenko, la secrétaire générale des Nations Unies.*

Welch ne put réprimer un petit rire sardonique.

— Quand on pense que cette garce fait tout ça alors qu'elle aurait pu régler le problème par un simple coup de fil. Nous n'avons rien à cacher à quelque « niveau secret » que ce soit ; il suffisait que ces abrutis nous posent la question. Y a-t-il autre chose, Tina ?

— *Non, madame.*

— Merci pour cette info. Nous allons bientôt être confinés, alors si vous n'arrivez pas à me joindre, envoyez-moi un e-mail. Je finirai par l'avoir.

Jenna Welch mit fin à la conversation. Au même moment, Terry entra dans son bureau, portant un sac marin en bandoulière.

— Tu es prête ?

Elle se leva. Elle portait un treillis. Elle n'aurait su dire quand, pour la dernière fois, elle avait arboré la tenue militaire, mais elle était sûre d'une chose : il y avait longtemps, *très* longtemps, qu'elle se préparait à ce moment.

La navette de Priya s'arrêta devant la porte d'embarquement; tout autour, sur le tarmac, c'était le chaos, mais un chaos sous contrôle. La trappe s'ouvrit, on approcha un escalier roulant, et, quelques instants plus tard, une demi-douzaine d'agents de sécurité armés s'engouffrèrent dans la cabine.

— Tout va bien, murmura Tom à côté d'elle. Ils prennent les choses en main.

Quand l'équipage terrien fut escorté hors du vaisseau, et que les pilotes de la colonie eurent pris les commandes, un des hommes fit une annonce :

— Conformément aux ordres de la gouverneure, cette navette assurera sa sécurité lorsque nous arriverons sur Epsilon pour l'évènement à venir. Compte tenu de la gravité de la planète, vous n'aurez pas besoin de vos gilets lestés. Nous sommes en train de refaire le plein de carburant ; nous décollerons dans quinze minutes. Tenez-vous prêts.

Priya écarquilla les yeux, stupéfaite.

— Epsilon ? Son atmosphère est bien toxique, non ? Et il y fait aussi chaud que dans un four ! Sans parler de la gravité, qui est deux fois moindre que celle de la Terre. Et aussi…

Tom exerça une petite pression sur sa main. Il n'avait pas l'air le moins du monde inquiet.

— Tout ira bien. J'y suis allé plusieurs fois. Oui, la gravité n'y est pas folichonne – elle est environ deux fois plus importante que celle de la colonie, et quarante pour cent plus forte que celle de la Terre – mais on ne s'y sent pas comme dans un four, non, et l'air n'y est pas toxique. La température diurne moyenne est d'environ cinquante degrés Celsius, et elle chute à trente degrés la nuit. Ce n'est pas confortable, mais on n'en meurt pas.

Un officier qui avait pris un siège devant eux se retourna et sourit.

— Salut, Chapper. Je me disais bien que je connaissais cette voix.

Ils se serrèrent la main.

— Salut, Sanchez. Peut-être que tu peux éclairer ma lanterne et me dire ce qui se passe. Je débarque tout juste de la Terre.

Le soldat secoua négativement la tête.

— Je n'en sais pas plus que toi, mon vieux. L'appel de la gouverneure vient de tomber. On suit le mouvement, c'est tout. Tout le monde se réfugie dans les mines.

Priya regarda par le hublot, par-delà le camion de ravitaillement en carburant, vers la colline au loin où se trouvait l'entrée de la mine qu'elle connaissait bien à présent. Il y avait foule devant. Pour qu'elle puisse les voir d'aussi loin, les colons devaient être des milliers.

— Comment est-ce possible ? demanda-t-elle. Cette colonie compte plus de trois millions de personnes. Et là, comme ça, brusquement, il faudrait qu'elles se réfugient toutes sous terre ?

— Ce n'est pas idéal, mais nous n'avons pas le choix. D'après la gouverneure, une Armada terrienne équipée de bombes se dirige vers nous. Ils auraient de quoi raser entièrement la colonie. Mais manifestement, Welch avait prévu un tel scénario, et heureusement les gens lui font confiance. Elle a ordonné de se mettre à l'abri, et c'est ce que tout le monde fait.

Le véhicule de ravitaillement s'éloigna, et Sanchez, devant, dit :

— Allez, attachez vos ceintures, tout le monde. Et tenez-vous prêts à entrer dans l'Histoire.

Trente secondes plus tard, la navette s'élança sur la piste, et ils furent bientôt dans les airs. Tous encaissèrent les G en s'efforçant de ne pas grimacer, plaqués contre les sièges. Priya n'avait jamais rien connu de tel ; elle serra violemment la main gauche de Tom, supportant la pression toujours plus intense à mesure que la navette s'élevait. Elle avait l'impression qu'un éléphant était assis sur sa poitrine.

Soudain, une voix de femme se fit entendre dans les haut-parleurs de la cabine.

« Ici la gouverneure Welch. Je m'adresse aux soldats de ma navette, ainsi qu'à ceux de la navette numéro deux. Je sais que ce qui se passe est soudain pour la plupart d'entre vous, en particulier pour l'équipe qui vient d'arriver de la Terre. Je m'en excuse, mais le temps nous a manqué pour pouvoir procéder autrement. Sachez que nous avons pris toutes les dispositions nécessaires pour assurer la sécurité de vos familles, et qu'elles attendent impatiemment votre retour.

« Demain, les relations entre la Terre et la colonie seront très différentes. La nature exacte de ce changement est encore difficile à appréhender, mais j'espère que ce sera le début d'une nouvelle ère. Quoi qu'il en soit, dans les prochaines heures, vous allez être surpris par ce que nous vous réservons. En attendant, détendez-vous. Nous n'entrerons pas dans l'atmosphère d'Epsilon avant une heure. Je vous retrouve dès que nous serons posés. »

Un compte à rebours s'alluma à l'avant de la cabine, indiquant quatre heures et quarante-cinq minutes. Qu'est-ce que ça signifiait ?

Priya essaya de tourner la tête vers Tom, mais les G étaient encore si intenses que même ce simple mouvement lui demandait un violent effort.

— Essaie de ne pas bouger, lui dit Tom.

Sa voix était tendue, mais il gérait manifestement mieux qu'elle la situation.

— On encaisse encore entre quatre et cinq G.

— Qu'est-ce que c'est que ce compte à rebours ? réussit à articuler Priya.

— Aucune idée. Détends-toi. Ne lutte pas contre les G, ou tu seras épuisée quand on atterrira. Tu auras besoin de toutes tes forces pour te déplacer sur Epsilon.

Priya ferma les yeux et se concentra sur sa respiration.

Dans quoi est-ce que je me suis fourrée ?

CHAPITRE DIX-SEPT

Quand la navette se posa sur Epsilon, la gravité plus élevée se fit aussitôt ressentir, mais après les G qu'elle venait d'encaisser durant la plus grande partie du voyage, Priya ne trouva pas cela si grave.

— Bienvenue sur Epsilon, dit Tom en souriant comme un gamin.

Il se leva, remit son arme en place, et tendit la main à Priya.

— Je n'en pouvais plus d'être pressée comme un citron contre ce maudit siège, souffla-t-elle. Je suis sûre que le motif en maille de l'assise va rester imprimé sur mes fesses.

Tom s'esclaffa.

— J'aimerais bien voir ça.

Priya lui décocha un regard accusateur.

— Tu crois vraiment que c'est le moment de plaisanter ? Alors que des millions de vies sont en jeu ?

Ils suivirent les autres soldats à l'avant de la navette. Ils n'étaient pas encore sortis que la chaleur dans la cabine avait déjà largement augmenté. Les vêtements de Priya étaient adaptés à l'été floridien, mais la vague de chaleur qu'ils essuyèrent en sortant était sans commune mesure avec les températures les plus extrêmes qu'elle ait jamais connues – excepté peut-être celle du niveau douze quand elle était descendue dans la mine.

Lorsqu'ils descendirent l'escalier et posèrent le pied à la surface de la planète, elle prit quelques secondes pour contempler le paysage. Le spectacle était désolant. Ils se trouvaient dans une vallée escarpée entre deux crêtes, et tout était gris et poussiéreux. Une brume flottait au-dessus d'eux, masquant les nuages.

— Fais attention, dit Tom derrière elle. Tu n'es pas encore à cent pour cent de tes capacités. La première fois que j'ai débarqué ici, j'ai fini par dégringoler les escaliers.

L'autre navette stationnait une centaine de mètres plus loin environ. Non, elle ne « stationnait » pas – elle se déplaçait. Lentement. Au pas. Latéralement ?

— Tom… comment se fait-il que cette navette, là-bas, bouge de cette manière ?

— Oh, ça… c'est de la technologie extraterrestre. On s'en sert un peu partout ici.

Priya se figea, bouche bée, en arrivant en bas de l'escalier. Des milliers de petits objets argentés voletaient au ras du sol en direction de leur navette, formant un océan fourmillant, une mer d'araignées scintillantes. Elles se regroupèrent autour du train d'atterrissage, et dès que l'escalier commença à se rétracter, la navette se mit en mouvement, portée par cette marée arachnide.

— Toutes ces petites choses… où emmènent-elles les navettes ?

— Il y a des grottes là-bas, répondit Tom en pointant du doigt l'endroit en question. Elles y seront à l'abri des éléments.

— Qui a programmées ces choses pour faire ça ?

Une voix de femme répondit :

— Je peux vous présenter quelqu'un qui pourra vous expliquer tout ça.

Priya se retourna et vit une femme blonde dont le visage lui parut instantanément familier, bien qu'elle fût certaine de ne l'avoir jamais rencontrée auparavant. Terry se tenait à côté de la femme ; il portait un treillis militaire, une arme de poing rangée dans son étui de ceinture, et un sac à dos sur l'épaule.

La femme lui tendit la main.

— Priya Radcliffe ? Je suis Jenna Welch…

— La gouverneure ! souffla Priya d'une voix entrecoupée en lui serrant la main.

— Oui.

Elle désigna d'un geste Terry, puis Tom.

— Et vous avez déjà fait la connaissance de mes deux fils.

Priya regarda les deux Chapper avec des yeux écarquillés, avant de leur lancer un regard noir.

— Pourquoi aucun d'entre vous ne m'a-t-il dit que la gouverneure était votre mère ?

Terry laissa échapper un petit rire.

— Quelle différence cela aurait-il fait ?

Elle se tourna vers Tom.

— Et toi ?

— Tu ne m'as jamais posé la question.

Jenna Welch sourit. Elle glissa un bras sur les épaules de Priya, et se mit à marcher avec elle.

— Je ne peux pas vous dire à quel point vous me rappelez quelqu'un que j'ai connu il y a longtemps.

Sans lui laisser le temps de répondre, la gouverneure se lança dans ce qui ressemblait fort à une visite guidée. Elle désigna un sentier surélevé sur leur gauche et dit :

— Vous voyez ça, là-bas ? C'est la première indication que nous avons eue de l'existence d'une vie extraterrestre sur Epsilon. Nous avons su tout de suite, en voyant ça, que cela ne pouvait être que le fruit d'une forme de vie intelligente.

Priya scruta les hauteurs en question et dit :

— Je vois un tracé rectiligne, surélevé par rapport au sol naturel. Il ne peut s'agir d'une ancienne rivière.

— Non, exactement. Il s'avère qu'il s'agit des vestiges d'une route, un peu comme celle que les Romains ont construit il y a plus de deux millénaires.

— Et ceux qui ont construit cette route seraient les mêmes que… que ceux qui ont inventé la technologie extraterrestre qui a déplacé les navettes ?

Elle ajouta, son pouls s'accélérant :

— Et… ces bâtisseurs seraient toujours là ?

— Je vais laisser la personne que nous allons rencontrer dans quelques instants répondre à la première question. Quant à la deuxième, je crains qu'ils ne soient partis depuis longtemps. Et quand je dis longtemps, je veux dire environ deux cent mille ans.

Priya regarda de nouveau la route surélevée. Elle avait résisté aux éléments durant deux cent mille ans ? C'était inouï.

Quand elles parvinrent à l'entrée de la grotte, la gouverneure se tourna vers la douzaine d'hommes qui les avaient accompagnées depuis la navette.

— Je viens d'être avertie que nous aurons des orages en fin de soirée, avec de possibles inondations dans la vallée. Il faut donc accélérer le rythme. Assurez-vous que c'est ce qu'ils font aux navettes, et puis revenez ici au plus vite, si vous ne voulez rien manquer du spectacle.

Elle se tourna vers Terry et Tom.

— Vous deux, vous restez avec moi.

Tandis qu'elle parlait, Priya l'observa, et trouva qu'il y avait quelque chose d'étrange chez elle. Elle était si… *jeune*. Pour être la mère de Terry et Tom, il fallait qu'elle ait au moins la cinquantaine, mais elle paraissait vingt ans de moins. Et puis, il y avait cette étrange sensation de familiarité que ressentait Priya ; elle ne pouvait s'empêcher de penser qu'elle avait déjà vu cette femme.

Mais où ?

Il faisait étonnamment froid à l'intérieur des grottes. Contrairement aux cavernes naturelles aux parois le plus souvent rugueuses et humides, celles-ci présentaient un aspect lisse, arrondi. De surcroît, on y respirait un air stérile, qui paraissait avoir été filtré. Tandis qu'ils marchaient, Priya commença à ressentir le poids de la gravité. Après qu'ils eurent descendu une rampe lisse – la quatrième depuis qu'ils étaient entrés – elle demanda à Tom :

— Est-ce que ce sont les colons qui ont construit cela, ou bien était-ce déjà là auparavant ?

— Tout ce que tu as vu jusqu'à présent était déjà là. Mais tu verras aussi bientôt plusieurs « touches » humaines – du moins, c'est le souvenir que j'en ai. Je ne suis pas venu ici depuis plusieurs années, et le type qui dirige tout ça… eh bien, c'est un original, en quelque sorte. Un esprit libre.

— Ce n'est pas la gouverneure qui dirige cet endroit ? Si ce n'est pas elle, qui est-ce ?

Au même instant, ils obliquèrent sur leur droite, et Priya se figea aussitôt, cherchant à comprendre ce qu'elle voyait. Devant elle se trouvait une grande salle, une sorte d'auditorium d'une quinzaine de mètres de large, équipée d'immenses écrans vidéo disposés sur toute la largeur, et affichant chacun un flux d'informations venues elle ne savait d'où. Sous ces écrans s'alignaient de nombreux postes de travail, la plupart occupés par des hommes. On aurait tout à fait pu se croire dans la salle de contrôle des lancements de Cap Canaveral. Au-dessus des écrans principaux, un compte à rebours avait été activé ; il affichait une durée restante d'un peu plus de deux heures.

— Voilà le responsable de cet endroit, dit Tom, désignant un homme de grande taille, silhouette musclée à la peau foncée.

Priya en eut le souffle coupé.

— Non, c'est impossible !

Et pourtant… le doute n'était pas permis. Elle avait vu la photo de cet homme une bonne centaine de fois au moins. C'était l'un des plus grands scientifiques de l'histoire ; l'homme qui avait donné son nom à son école.

La gouverneure le salua ; puis ils se tournèrent tous les deux vers Priya, et s'approchèrent.

— Vous… vous êtes David Holmes, bredouilla-t-elle. Mais vous êtes mort !

L'homme éclata de rire.

— Eh bien, je me sens tout, sauf… *mort*.

Abasourdie, Priya fit un pas en arrière, puis un autre, et se heurta à Tom. Ce dernier posa ses mains sur ses épaules, et murmura :

— Tout va bien. Calme-toi.

Elle haussa les épaules pour échapper à son étreinte, et se tourna vers lui.

— Me calmer ? Tu en as de bonne ! Mets-toi à ma place. Il y a de quoi paniquer, là, non ?

Elle se tourna de nouveau vers Holmes. Cette fois, ce qu'elle vit la déstabilisa quelque peu ; des larmes brillaient dans ses yeux, qu'il essuyait doucement. Est-ce qu'il… pleurait ?

— Bon sang, mais qu'est-ce qui se passe ici ? s'écria-t-elle.

Tom lui répondit :

— Maman dit que non seulement tu ressembles à Neeta Radcliffe, mais que tu te comportes également exactement comme elle. Neeta et Dave étaient les meilleurs amis du monde.

Holmes lui tendit la main.

— Je suis très heureux de vous rencontrer, dit-il. J'ai cru que Margaret avait perdu la tête quand elle m'a parlé de vous, mais je m'aperçois qu'elle avait dit vrai. J'ai l'impression de voir Neeta en vous regardant. Jusqu'à l'accent britannique. C'est incroyable.

— Margaret ?

Holmes inclina légèrement la tête en se tournant vers la gouverneure.

— Margaret Hager.

Priya aurait bien fait un pas de plus en arrière, mais elle était déjà appuyée contre Tom. C'était trop d'impossibilités d'un seul coup.

— Vous êtes… Margaret Hager. *La* Margaret Hager ? La première gouverneure de la colonie. La présidente des États-Unis durant le Grand Exode.

— S'il vous plaît, appelez-moi Margaret, sourit la gouverneure.

Priya se retrouva quelques minutes plus tard assise seule dans un bureau avec David Holmes, l'homme qui avait sauvé l'humanité. Leurs genoux se touchaient presque. Tout cela était irréel.

— Je n'arrive pas à croire que je suis en train de parler avec le célèbre docteur Holmes.

— Et moi, j'ai du mal à croire que je m'adresse à une jeune Radcliffe. Mais appelez-moi Dave.

— D'accord… Dave.

C'était encore plus surréaliste.

Harold en profita pour grimper sur les genoux de Priya et se transformer en chat. Dave sourit, et approuva d'un hochement de tête.

— Intéressant, dit-il. Je me demandais pourquoi certaines des IA par ici avaient commencé à prendre la forme d'un chaton ces dernières années.

— *Des* IA ? Vous voulez dire qu'il y a d'autres Harold ?

— Non, il n'y a qu'un Harold, mais bien d'autres IA, oui.

— Pourtant, vous venez de dire que lorsqu'Harold se transforme en chaton, les autres font de même, c'est bien ça ? Les IA seraient liées entre elles ?

— Eh bien, elles ne se transforment pas toutes en même

temps, si c'est ce que voulez dire, encore qu'elles le pourraient facilement. Quant à l'existence d'un lien entre elles, je dirais oui et non. Je ne prétends pas avoir compris tout ce qu'elles font, mais on pourrait quelquefois comparer leurs comportements à celui des abeilles dans une ruche.

— Vous voulez dire comme les Borgs dans cette vieille série TV, Star Trek ?

Dave sourit.

— Waouh, je n'en reviens pas que vous connaissiez cette série ; elle appartenait déjà à l'histoire avec un H majuscule quand j'étais jeune. Mais non, pas tout à fait comme les Borgs. En fait, ces IA ont des personnalités bien distinctes, mais elles fonctionnent sur une base de données commune. On peut donc supposer que lorsque l'image d'un chaton est entrée dans la base de données en question, d'autres IA l'ont reprise.

Priya fronça les sourcils. Dave ne put réprimer un petit rire.

— C'est fou, Neeta avait la même expression quand quelque chose la préoccupait.

— Pour être honnête, une foule de choses me préoccupent en ce moment. Et pour commencer… comment se fait-il que vous soyez encore en vie ?

— Je me doutais que vous voudriez commencer par-là. Mais pour bien vous répondre, il me faut revenir un peu en arrière ; faire un peu d'histoire. Je suppose que le gouvernement de la Terre a dissimulé toutes les preuves de la vie extraterrestre que nous avons découverte sur cette planète ?

— Oui, acquiesça Priya.

— Bon, alors voici une chronologie des faits ; du moins, pour autant que je puisse la dérouler telle qu'elle a eu lieu. Il y a environ deux cent mille ans, cette planète était très différente de ce qu'elle est aujourd'hui. On y trouvait des prairies luxuriantes, il y faisait un peu plus frais, et une civilisation d'êtres insectoïdes s'y épanouissait ; une civilisation qui possédait l'équivalent de la technologie du milieu du XXe siècle. Il y avait ici des villes, des fermes agricoles, et un secteur manufacturier relativement développé.

« Et puis un planétoïde est arrivé. Il a frappé Epsilon avec une telle puissance que l'impact a projeté une quantité énorme de débris dans l'espace, et que la surface de la planète s'est transformée en fournaise. Mon hypothèse est que Chrysalide résulte à la fois de ce qui a été projeté dans l'espace, et des restes du planétoïde qui a frappé Epsilon. Epsilon s'est dotée d'une lune.

« Nous avons découvert les vestiges d'un observatoire, qui laissent penser que les habitants d'Epsilon ont dû voir approcher inéluctablement l'astéroïde. Ils ont alors envoyé des millions d'êtres de leur espèce sous terre, lesquels, étonnamment, ont survécu. Ils étaient piégés parce que la surface de la planète était devenue inhabitable, mais ils ont bel et bien survécu. En fait, selon nos estimations, ils ont prospéré pendant encore cent mille ans, période durant laquelle leur technologie n'a cessé de s'améliorer, dépassant de loin la nôtre. Harold n'en est qu'un exemple.

« Mais ils ont fini par avoir un problème. Le taux de natalité a commencé à chuter, sans qu'ils parviennent à redresser la situation. De génération en génération, ils sont devenus moins nombreux. Je pense que cela est dû à ce qu'on appelle le rayonnement de fond naturel, ou ambiant – ce rayonnement radioactif qui existe sous la surface de la plupart des planètes. Quoi qu'il en soit, ils ont fini par s'éteindre, tous, laissant derrière eux des connaissances et des technologies d'une richesse incroyable.

— Et puis, vous êtes arrivé, dit Priya.

— Oui. Et puis, je suis arrivé.

Il se pencha en avant, appuya ses coudes sur ses genoux.

— Je suis arrivé, et je me suis trouvé face à ces vestiges d'une autre civilisation. Mais le gouvernement sur Terre… cette découverte leur a fichu une frousse bleue. Ils étaient effrayés par l'idée qu'une intelligence extraterrestre ait pu surpasser l'humanité. Ils ont sans doute eu peur de la manière dont cette intelligence et cette technologie risquaient de perturber les structures de leur pouvoir. Ils ont accepté la terraformation de Chrysalide. Ils ont accepté la colonie minière. Mais pour ce qui était d'Epsilon, ils ont voulu faire comme si cela n'existait pas.

Il sourit, avant d'ajouter :

— Je n'étais évidemment pas d'accord avec ça.

— Alors… quoi ? Vous avez simulé votre propre mort ?

— Non, rien d'aussi dramatique. J'ai simplement ignoré leurs consignes, et j'ai continué de me rendre sur Epsilon par moi-même. Ils ont menacé de faire exploser l'endroit pour m'en empêcher. Et de détruire les « extraterrestres » que j'avais découverts. Les IA en l'occurrence. À cette époque-là, nous ne savions pas avec certitude si des choses comme Harold étaient réellement des formes de vie, ou de pures créations technologiques.

— Heureusement, au lieu d'atomiser l'endroit, ils ont envoyé deux équipes dans deux navettes pour me récupérer et me ramener sur Terre. Je les avais pourtant prévenus que s'ils essayaient de m'emmener contre mon gré, ils le paieraient au prix fort. Ils ne m'ont pas cru. (Il sourit.) Alors, quand la première navette a atterri, j'ai lancé les IA afin qu'elles se mettent à la démonter.

Priya se mit à rire.

— Vraiment ?

— Vraiment. Quand la deuxième navette est arrivée, et qu'elle a vu ce qui était arrivé à la première, elle est repartie aussitôt d'où elle venait. Malheureusement, l'équipage de la première navette a paniqué ; ils ont couru dans la mauvaise direction, et ils ont fini par tomber dans une crevasse. Je n'avais pas l'intention de causer la mort de qui que ce soit.

— Je comprends mieux pourquoi vous êtes sur cette planète, dit Priya, et pourquoi vous n'êtes pas mort comme le racontent les livres d'histoire. En y réfléchissant, cela explique aussi pourquoi le gouvernement a raconté à tout le monde qu'Epsilon était un enfer irrespirable ; ils voulaient être certains que personne n'essaie de s'y rendre. Mais… attendez, il y a une chose que je ne m'explique pas…

— C'est comment il se fait que je sois *toujours* en vie après toutes ces années, n'est-ce pas ? coupa Dave.

Priya hocha la tête.

— Oui.

— Je le dois aux IA. Pour bien comprendre, voyez-les comme des… réparateurs. D'après ce que je sais, les premières versions ont été conçues pour assurer la maintenance des ordinateurs et aider à l'assemblage des processeurs et des puces. Elles étaient la solution que l'espèce insectoïde avait trouvée pour créer une sorte d'usine d'ordinateurs. Manipuler des processeurs à l'échelle sub-nanométrique était un jeu d'enfants pour ces robots, et j'en suis toujours à essayer de comprendre comment fonctionnent certains de ces objets conçus pourtant il y a plus de cent mille ans. Il reste quelques exemples d'IA de la première génération, et je peux vous assurer qu'ils n'ont rien à voir avec celle qui ronronne sur vos genoux. Mais elles font bien leur boulot ; cent mille ans après, beaucoup de ces ordinateurs fonctionnent toujours. Les IA ont chacune leurs instructions – un peu comme ce qu'on appelle la « directive première », ou encore la « directive de non-ingérence », pour rester dans la référence Star Trek – et elles continuent de s'en acquitter, bien après que leurs créateurs sont décédés.

« Bref, revenons à mon histoire. Epsilon est devenue ma maison. Il le fallait bien, parce que j'étais persona non grata partout ailleurs. Et sans doute serais-je mort ici, si je n'avais eu ce… cet accident. Je n'entrerai pas dans les détails, mais je me suis empoisonné avec quelque chose que les extraterrestres avaient laissé derrière eux. Quand j'ai interrogé les IA pour savoir quel « poison » j'avais pris, ce qu'elles ont compris, c'est : « J'ai besoin d'être réparé. »

« Et ce que j'ai compris alors, moi, c'est qu'elles avaient la capacité de me guérir – surtout les générations d'IA les plus récentes, qui sont capables de traverser certaines barrières ou frontières poreuses comme notre peau, et c'est exactement ce que l'une d'elles a fait. C'était une petite chose, minuscule, qui tenait dans la paume de ma main, et qui s'est… fondu en moi en quelque sorte. J'ai senti une certaine pression, mais pas de réelle douleur. Je me suis dit que cette chose allait faire son boulot, et puis ressortir.. suinter ou je ne sais quoi pour quitter mon corps. Mais ça ne s'est pas produit – du moins, pas que je sache. Il m'a fallu des années pour comprendre ce qui s'était passé ce jour-là.

En fait, il suffit de… de ne pas mourir pour se dire que quelque chose a bien dû se produire.

Il laissa échapper un petit rire.

— Alors, c'est vrai, je n'ai plus vieilli depuis. Pourquoi ? Je pense que cette petite chose continue de s'activer à l'intérieur de moi, et de réparer… eh bien, les pièces qui lâchent. Et me voilà.

— Et Margaret ? Elle aussi a une de ces choses à l'intérieur de son corps ?

— Oui. Comme vous le savez, elle est devenue la gouverneure de la colonie. Elle ne supportait plus les décisions des dirigeants des Nations Unies, leur manière de penser. Les tensions ont été extrêmes entre les deux parties. Elle aussi a fini par être empoisonnée, sauf que dans son cas, c'était intentionnel ; son empoisonneur était un fonctionnaire de l'ONU en visite à la colonie. Margaret et moi n'avions pas rompu le contact ; jamais. Quand j'ai appris ce qu'il lui arrivait, j'ai envoyé une IA jusqu'à elle ; ça lui a sauvé la vie. C'est alors qu'elle a eu une idée géniale : laisser croire que la tentative d'assassinat avait réussi, et que l'ONU avait gagné. Depuis, elle continue de diriger la colonie… en coulisses, en quelque sorte.

— C'est une histoire incroyable, absolument incroyable, souffla Priya.

Avant d'être frappé par une pensée soudaine.

— Attendez… quand j'étais à la colonie, j'ai été attaquée. J'ai failli mourir. On m'a dit que l'unique raison pour laquelle j'ai survécu, c'est parce que Terry a inséré quelque chose dans ma blessure. Est-ce qu'il a… ?

— Non, ne vous inquiétez pas. Vous ne vivrez pas éternellement. J'ai découvert par la suite que les IA sont capables de produire des nanites de réparation. Ils ne pèsent que quelques grammes, ne sont pas autonomes, et sont pratiquement mono-tâches. Ils réparent le corps humain, restent dans le système durant environ six mois, avant de devenir inertes et d'être réabsorbés. J'ai fourni nombre de ces nanites de réparation à la colonie pour un usage médical. C'est certainement ce qu'ils ont dû utiliser pour vous soigner.

Dave jeta un coup d'œil à sa montre.

— Bon, il va bientôt être l'heure de s'amuser un peu. D'autres questions avant de passer à la suite ?

— Une seule : qu'entendez-vous par « s'amuser un peu » ?

Dave se leva et sourit.

— Venez. Je vais vous montrer.

Priya était encore un peu étourdie par toutes les révélations que Dave venait de lui faire, autant que par le changement d'atmosphère. Ils étaient retournés dans la salle de contrôle ; elle était assise au centre, à côté de Dave, qui portait un micro-cravate à l'ancienne et s'apprêtait à faire le spectacle.

Une voix qu'elle ne reconnut pas annonça dans les haut-parleurs de la salle :

— *Centre de contrôle d'Epsilon, nous sommes maintenant à H moins cinq minutes de l'activation de l'anneau de distorsion.*

— *PAO, dit Dave d'une voix forte, lancez la diffusion simultanée du compte à rebours, ainsi que des autres relevés télémétriques et des images dont nous disposons dans la salle de contrôle. Que tout le monde sur Chrysalide puisse voir ce qui se passe.*

Un des hommes qui était arrivé avec la gouverneure et officiait en qualité de responsable des relations publiques, se précipita vers un poste de travail, d'où il activa la diffusion externe vers la colonie minière. Il se tourna vers Dave, et leva le pouce.

— *À tous ceux qui entendent ma voix, ici le directeur de mission David Holmes, qui vous parle depuis le centre de commandement d'Epsilon. Nous sommes à H moins quatre minutes de l'activation de l'anneau de distorsion que j'ai fait installer autour de la colonie minière.*

Il coupa son micro un instant pour s'adresser au responsable des relations publiques :

— Est-ce qu'ils peuvent voir l'image de l'écran numéro un ?

L'homme acquiesça d'un hochement de tête.

— Oui, monsieur, je diffuse le contenu de tous les écrans.

— J'ai besoin que les communications minières soient ouvertes. Mettez-moi en relation avec Nwaynna. Je veux une liaison directe avec elle.

Quelques secondes plus tard, une voix de femme se fit entendre :

— *Allô ?*

Dave ouvrit de nouveau son micro.

— Nwaynna, c'est Dave Holmes. Vous êtes mon relais direct. Prête à entrer dans la danse ?

— *Oui.*

Dave fit signe au responsable des relations publiques, qui répondit en levant de nouveau le pouce.

— Nwaynna, quel est le niveau de puissance de l'anneau ?

— *Nous sommes à dix pour cent*, répondit Nwaynna.

— Qualité du signal ?

— *Nous avons une onde sinusoïdale propre. Aucune indication d'harmoniques salissant le signal. 4,325 térawatts circulent actuellement dans l'anneau. Tous les systèmes sont prêts pour la mise sous tension.*

Dave approuva d'un hochement de tête et poursuivit son annonce :

— Colonie minière de Chrysalide, vous êtes maintenant informée que plusieurs navettes approchent en provenance de la Terre, et qu'elles ont l'intention d'attaquer notre colonie. Laissez-moi vous rassurer d'emblée : elles n'y parviendront pas.

« Je compte vous faire revivre ce que j'ai moi-même vécu pendant le Grand Exode. Nous allons jouer au chat et à la souris avec nos agresseurs. Ce qu'ils ignorent encore, c'est que la souris, c'est eux ; pas nous. Quand le compte à rebours arrivera à zéro, nous activerons ce que j'appelle une bulle de gravité, et nous commencerons à déplacer l'ensemble de la colonie de sa position actuelle. Ne vous inquiétez pas : lorsque ce sera terminé, nous reviendrons à notre position initiale.

« Je sais qu'ayant grandi sur la colonie, chacun d'entre vous a reçu une éducation digne de ce nom, et sait donc ce qu'est l'anneau de distorsion, mais c'est une chose de lire de quoi il s'agit, et c'en est une autre d'en faire l'expérience. Je tiens cependant à vous rassurer : vous ne sentirez rien. Chrysalide accélérera, mais vous ne ressentirez aucun changement de vitesse du fait de la bulle d'isolation gravitationnelle.

« Avec les réglages prévus cette fois, dix secondes après l'activation de l'anneau de distorsion, vous voyagerez à près de mille deux cents kilomètres heure. Au bout de dix minutes, la vitesse sera de cent soixante mille kilomètres heure. Quant aux navettes en provenance de la Terre… eh bien, j'ai une surprise pour elles.

Dave donna des instructions à un technicien de la salle de contrôle, et quelques instants plus tard, deux des écrans muraux affichèrent de nouvelles images. L'une semblait être une vue depuis le cockpit d'une navette, et l'autre une vue depuis l'intérieur d'une soute.

— Chrysalide, dans la partie supérieure de l'écran, vous pouvez voir une vue de la colonie minière en orbite au-dessus de la planète. Dans la partie inférieure, il s'agit d'une vue provenant de l'intérieur de la première des navettes terrestres. Elles sont maintenant parfaitement visibles.

Priya regarda le compte à rebours dérouler les dernières secondes.

— Communications minières, appela Dave, commencez la séquence de mise sous tension contrôlée, et maintenez la puissance à quatre-vingts pour cent de la capacité maximale.

— *Bien reçu, salle de contrôle.*

Dave coupa de nouveau son micro et se tourna vers Priya.

— Alors, vous vous amusez ?

— Si seulement je comprenais ce qui se passe. Qu'est-ce qu'un anneau de distorsion ?

— Nous avons mis en place un système composé de vingt-quatre caloducs enfouis profondément sous la surface de la lune au-dessus, et nous y avons fixé des feuilles de nanotubes de graphène, le tout formant un anneau autour de la colonie. Depuis des décennies, nous convertissons l'énergie thermique en ressource énergétique, et cela en prévision d'un événement tel que celui d'aujourd'hui. Grâce à ce réservoir d'énergie, je reproduis la formule qui nous a permis de réussir l'Exode il y a de cela plusieurs générations.

Les écrans se mirent à briller fortement tandis qu'un anneau d'énergie brûlante pulsait autour de la lune toute entière. La vue du cockpit de la navette montra la colonie se déformant légèrement, et puis la lune entière commença à reculer.

Dave rouvrit son micro-cravate.

— Colonie minière de Chrysalide, vous êtes en route. Communications minières, procédez selon le plan prévu.

Il ramassa un communicateur et dit dans l'appareil :

— Allez-y.

L'image provenant de la soute changea, la caméra révélant plusieurs bombes attendant d'être déployées. Soudain, l'enveloppe en métal d'une des bombes se mit à briller intensément. Quelque chose cherchait à s'introduire à l'intérieur.

— Chrysalide, ce que vous voyez est la soute d'une des navettes. Plusieurs de nos appareils se sont introduits à bord, et ils sont en train des désassembler les bombes qui étaient destinées à notre colonie.

L'écran qui avait montré précédemment la colonie minière flottant au-dessus de la planète s'illumina brusquement, tandis que quatre des navettes explosaient rapidement l'une après l'autre.

Dave soupira.

— Il est regrettable que nous ayons dû en arriver là. Notre but n'a jamais été la vengeance. Le fait est que nous formons un seul peuple, une seule espèce ; nous venons tous du même endroit. J'espère qu'un jour nous serons de nouveau un seul et même peuple.

« Ici, David Holmes. J'en ai terminé. Reposez-vous ; nous serons de retour dans douze heures pour mettre un terme à tout cela.

Il coupa son micro, l'ôta et cria à l'adresse des personnes présentes dans la salle :

— Un orage se prépare là-haut, alors allons nous mettre à l'abri, manger un morceau, faire une sieste, ou tout ce que vous voudrez. Je vous retrouve ici dans douze heures.

Il allait s'adresser au responsable des relations publiques quand il sentit une tape sur son épaule. La gouverneure.

— Que diriez-vous de manger avec moi ? demanda-t-elle. La nourriture ici n'est pas vraiment…

Elle s'interrompit.

— Priya ? Qu'est-ce qui ne va pas ?

— C'est juste que… Je sais que la colonie a été déplacée, que les navettes ont été mises hors d'état de nuire, et donc que tout risque est écarté pour le moment. Mais cela ne s'arrêtera pas là. La Terre enverra de nouveau des navettes, et cette fois il n'y aura pas de technologie extraterrestre à bord. La colonie, en fin de compte, fera une cible facile. N'est-ce pas ?

Margaret Hager hocha la tête

— C'est vrai, Priya. Vous avez tout à fait raison. Mais seulement si nous nous arrêtons maintenant.

Elle posa sa main sur l'épaule de Priya.

— Dave est la personne la plus intelligente que j'aie jamais rencontrée, et il a eu plus d'un siècle pour réfléchir à ce problème. Il ne m'a pas encore dit tout ce qu'il a prévu, mais je lui fais confiance, et vous devriez, vous aussi. Je lui dois tout. Si nous sommes là aujourd'hui, c'est grâce à lui. Et même si j'ai échoué lamentablement à réparer les politiques du vingt-et-unième siècle – et pourtant, Dieu m'est témoin que j'ai essayé ! – peut-être que Dave aura une réponse pour celles du vingt-troisième siècle.

Priya prit une grande inspiration, puis souffla :

— D'accord. C'est juste que je déteste ne pas savoir ce qui se passe. Et surtout de ne rien pouvoir y faire.

Margaret Hager laissa échapper un petit rire.

— Je connais ça mieux que personne. Allons, venez. Allons manger quelque chose.

CHAPITRE DIX-HUIT

Douze heures plus tard, ils étaient de retour dans la salle de contrôle des missions. Priya avait la nuque et le dos endoloris à force de tension ; cela la rendait folle de savoir qu'ils étaient à quelques minutes de quelque chose d'énorme, et qu'elle n'avait absolument aucune idée de ce que c'était. Dave allait-il sortir de son chapeau une baguette magique et détruire la Terre ? Allait-il, d'une manière ou d'une autre, faire entendre raison au gouvernement de la Terre, afin qu'il laisse la colonie tranquille ?

Elle le vit remettre son micro-cravate en place et lui faire un clin d'œil.

— Cessez de me faire des clins d'œil, David Holmes, lâcha-t-elle soudain. J'en ai assez de tous ces secrets. Ça me rend dingue.

Il se mit à rire.

— Vous n'imaginez pas combien de fois j'ai entendu Neeta me dire la même chose. Détendez-vous. Ça va vous plaire.

Priya laissa échapper un soupir de frustration, bien que voir

Dave faire preuve d'un tel calme, d'une telle assurance, lui procurât en même temps, malgré elle, une sorte de soulagement.

Elle l'entendit lancer au responsable des relations publiques :

— J'ai besoin d'avoir Tina Polyudov sur l'écran trois via le communicateur prioritaire. Et basculez toutes les communications vers la colonie via les canaux de communication prioritaires. Je veux qu'ils voient cela en temps réel.

Les écrans s'animèrent de nouveau.

— Tina ? fit Dave. Vous m'entendez ?

Une femme apparut sur un écran en haut à gauche. Elle hocha la tête.

— *Fort et clair, répondit-elle. J'ai tout ce que vous m'avez demandé, et je suis prête à diffuser l'ensemble sur tous les canaux terrestres. Je n'attends plus que votre feu vert.*

Priya fronça les sourcils en entendant la voix grave et éraillée de la femme, à la physionomie pourtant si féminine.

— Merci, Tina, dit Dave. Je reviens vers vous dans un instant.

Priya leva une main hésitante.

Dave coupa son micro et demanda :

— Oui ?

— Elle est sur Terre ?

— Oui.

— Dans ce cas, comment se fait-il que vous puissiez lui parler en temps réel ?

Dave jeta un rapide coup d'œil à l'horloge.

— La notion d'intrication quantique vous est-elle familière ?

Priya hocha la tête.

— C'est lorsque deux particules sont générées et que leur état reste identique quelle que soit la distance qui les sépare… Oh ! (Elle ouvrit de grands yeux.) Êtes-vous en train de me dire que vous avez réussi à rassembler suffisamment de particules intriquées pour créer un moyen de transmettre la voix et les données ?

— Exactement, mais je vous expliquerai tout ça un peu plus tard. Vous verrez, c'est passionnant.

Comme il se remettait au travail, Tom apparut à côté de Priya.

— Comment ça va ? Remise du choc causé par tout ça ?

— Plus ou moins. Tu veux t'asseoir avec moi ?

Tom regarda autour de lui.

— J'ai l'impression que tous les sièges sont pris, mais je vais m'agenouiller à côté de toi.

— Non, prends ma place, dit Priya. Je vais venir sur tes genoux.

— Ça va jaser.

— Et alors ?

Tom s'assit ; elle s'installa sur ses genoux et lui demanda :

— Tu sais ce qui va se produire ?

— Absolument pas, répondit-il.

Dave ralluma son micro.

— Colonie minière de Chrysalide, nous sommes de nouveau en ligne. Bienvenue.

— Mademoiselle Polyudov, où en sommes-nous avec les liaisons satellites de la Terre ?

— *J'ai réussi à entrer dans leurs systèmes de contrôle des satellites. Je suis prête à transmettre dès que m'en donnerez l'ordre. Nous aurons comme jamais l'attention du monde.*

— Le projet Thor est-il opérationnel ?

— *Oui. J'ai les coordonnées GPS des deux cibles que vous avez demandées, et plusieurs diffuseurs vidéo en direct à l'extérieur de ces lieux pour corroborer les preuves.*

— Bien. Alors, rendons hommage au grand Dr Jerry Pournelle. Tina, lancez le projet Thor.

— *Avec plaisir.*

Les néons de Times Square affichaient les publicités pour les derniers spectacles de Broadway et les films à succès du moment. David Gatewood les ignora tandis qu'il se frayait un chemin à travers la foule. C'était un New Yorkais ; seuls les touristes prêtaient attention à ces panneaux lumineux géants. Il se rendait à son travail pour remplacer l'équipe de jour. Mais alors qu'il se faufilait entre touristes et vendeurs ambulants, les lumières s'éteignirent brusquement, et ce fut comme si le monde s'arrêtait.

Il se figea à son tour, et regarda autour de lui les écrans noirs. Soudain, ils s'animèrent, affichant une transmission non autorisée. C'était la première fois que Gatewood assistait à un tel événement. Tous les écrans montraient la même chose : la bannière étoilée flottant au vent.

Le drapeau américain était pourtant interdit, relégué au même rang que l'ancien drapeau confédéré. Mais Gatewood aimait l'histoire ; il avait entendu parler de l'époque lointaine où les États-Unis étaient une nation indépendante, « unie sous l'autorité de Dieu, indivisible, proclamant la liberté et la justice pour tous. »

La foule murmura autour de lui. Tous étaient conscients que le simple fait de lever les yeux vers les écrans à présent était probablement illégal, mais cela ne dissuada personne de le faire. Un logo apparut dans le coin inférieur gauche des écrans : « Bibliothèque présidentielle Ronald Reagan », pouvait-on lire. Et puis, une voix se fit entendre, résonnant haut et fort dans les rues brusquement frappées d'immobilité de New York :

« La liberté n'est jamais à plus d'une génération de l'extinction. Nous ne l'avons pas transmise à nos enfants par le sang. La seule façon pour eux d'hériter de la liberté que nous avons connue est de se battre pour elle, de la protéger, de la défendre et de la leur transmettre en leur expliquant comment ils doivent faire de même au cours de leur vie. Et si vous et moi ne faisons pas cela, alors vous et moi pourrions bien passer nos dernières années à dire à nos enfants et aux enfants de nos enfants comment c'était autrefois... quand les hommes étaient libres. »

Une sorte de vibration parcourut la foule à cet instant.

Puis, l'image du drapeau se dissipa, et un homme apparut à l'écran. Un homme dont le visage était connu de tous. Depuis l'école et les livres d'histoire. C'était l'homme qui avait sauvé la race humaine.

Que se passe-t-il ?

David Holmes se tint fièrement face caméra, et sourit.

~

Comme des milliers d'autres personnes, Shinzo Watanabe s'était figé en plein carrefour de Shibuya, l'un des carrefours piétonniers les plus fréquentés de Tokyo. Personne ne bougeait. Tous avaient les yeux rivés sur l'écran géant qui diffusait l'image d'un homme dont le visage était familier à l'humanité toute entière.

— *Bonjour à tous. Non, vos yeux ne vous trompent pas. Je suis bien David Holmes.*

Une traduction en japonais défilait en bas de l'écran, mais Watanabe comprenait l'anglais.

Il devait s'agir d'une vidéo truquée par le gouvernement. Mais… pourquoi ? Dans quel but ?

Puis le visage de Holmes disparut, bien que sa voix poursuivît la narration et que la traduction en japonais continuât à défiler, tandis que l'écran diffusait à présent une série de vidéos.

Une navette des Nations Unies atterrissant sur la planète Epsilon.

De minuscules robots, ou ce qui y ressemblait, mettant en pièces la navette.

L'aile d'un insecte géant iridescent, et à son extrémité un poison puissant qui aurait dû tuer David Holmes.

Des créatures extraterrestres changeant de forme.

Pendant chacune de ces séquences, Holmes continuait d'intervenir en « voix-off ». Il expliqua pourquoi il n'était pas mort sur Chrysalide ; comment il se faisait qu'il soit encore en vie.

Comment était-ce possible ?

Une autre vidéo apparut à l'écran ; il était indiqué qu'elle datait de moins de vingt-quatre heures. On y voyait ce que Holmes prétendait être une attaque de la Terre contre la colonie.

Watanabe regarda avec fascination un anneau briller intensément autour de la colonie, et avec horreur l'explosion des navettes.

Suivirent des images de documents classifiés des services de renseignements des Nations Unies. Holmes en commenta les passages pertinents, qui indiquaient que la secrétaire générale et le chef du Bureau des renseignements de l'ONU étaient derrière de nombreuses attaques contre des citoyens des Nations Unies.

Quelqu'un dans la foule s'écria :

— L'ONU nous a menti !

D'autres voix approuvèrent, ou au contraire manifestèrent leur désaccord.

Shinzo Watanabe ne savait plus que croire.

Puis l'homme qui prétendait être David Holmes réapparut. Cette fois, deux femmes se tenaient à ses côtés. L'une était blonde et avait la peau claire ; l'autre était plus jeune, et arborait une peau sombre et de long cheveux noirs.

Watanabe était incapable de détacher son regard de l'écran, tandis que cet homme surgi du passé poursuivait son message.

David Gatewood se tenait toujours au milieu de la foule compacte de Times Square ; épaules contre épaules, tous n'avaient d'yeux que pour les écrans géants de la célèbre place de Manhattan.

— *Citoyens de la Terre,* reprit l'homme qui disait être David Holmes, *je veux vous présenter quelqu'un qui a fait autant que moi pour notre sauvegarde à tous il y a près de deux siècles. Une femme qui, en récompense de son dévouement, a fait l'objet d'une tentative d'assassinat par le gouvernement qui vous dirige aujourd'hui.*

Il désigna le femme blonde qui se tenait à côté de lui.

— *Voici Margaret Hager, la dernière présidente des États-Unis d'Amérique, et la personne qui représentait les Nations Unies à l'époque du Grand Exode. Si j'ai un regret, c'est qu'elle n'ait pas été nommée secrétaire générale après l'Exode, car je suis persuadé que le monde s'en serait porté beaucoup mieux.*

Il désigna alors d'un geste l'autre femme, plus jeune, qui se tenait également à côté de lui.

— *Et voici Priya Radcliffe, une descendante directe de Burt et Neeta Radcliffe, deux personnes qui ont également joué un rôle majeur dans la survie de l'humanité. Priya, Margaret, je vous remercie toutes les deux d'être ici avec moi aujourd'hui.*

Holmes fit de nouveau face à la caméra.

— *Je suis conscient de vous avoir montré beaucoup de choses que certains d'entre vous peuvent avoir du mal à croire. Des choses dont beaucoup préféreraient ne pas accepter la réalité. Mais peut-être parviendrais-je à vous convaincre si je vous montrais ce que vos dirigeants sont en train de faire... en ce moment-même.*

Il fit un signe de tête à quelqu'un qui se trouvait hors-champ, et une vidéo montrant un tout autre endroit apparut sur les écrans. Le logo des Nations Unies apparaissait sur un mur à l'arrière-plan ; la secrétaire générale Natalya Porochenko se trouvait au premier plan, s'en prenant à plusieurs personnes qui s'activaient nerveusement devant des terminaux d'ordinateur.

— *Coupez-moi tout de suite cette diffusion, ou je vous fais tous exécuter pour trahison,* hurlait-elle. *Maintenant !*

Gatewood grimaça. L'hostilité s'empara également de la foule autour de lui.

— Brûlons cette garce !

— Comment est-ce possible ?

— Traîtres !

— Nous devons marcher sur l'ONU !

Holmes apparut de nouveau à l'écran, l'air sombre.

— *Je sais que beaucoup parmi vous continueront de ne pas croire ce que je dis. À ceux-là, je demande de faire une chose toute simple : levez les yeux vers le ciel.*

Gatewood, comme toutes les personnes présentes à Times Square, levèrent les yeux et… restèrent bouché bée.

Une boule incandescente flottait dans le ciel nocturne, devenant de plus en plus grande, de plus en plus brillante, transformant presque la nuit en jour.

— *Peuple de la Terre, ce que vous voyez au-dessus de vous est Chrysalide. Merci de bien vouloir accueillir la colonie comme un voisin temporaire. Si j'ai décidé de rapprocher Chrysalide de vous, c'est pour vous faire comprendre que les habitants de la colonie ont pendant trop longtemps été séparés de ceux de la Terre, et vice versa. En réalité, nous ne formons qu'un seul peuple. N'oubliez jamais cela.*

— Nom de Dieu, s'écria quelqu'un. C'est bien réel !

— Hager au poste de secrétaire générale ! cria un autre.

— Il faut en finir avec les Nations Unies !

Dave poursuivit :

— *Beaucoup parmi vous se demandent peut-être : « Et maintenant ? » Je comprends qu'il soit plus facile de laisser les choses évoluer d'elles-mêmes. Maintenir le statu quo, ne pas faire de vagues. J'ai moi-même cédé à cette tentation ; j'en suis aussi coupable que nombre d'entre vous. Mais comme l'a dit Ronald Reagan il y a tant et tant d'années, la seule façon pour nos enfants d'hériter de la liberté que j'ai personnellement connue, est de se battre pour elle, et de la protéger. Ma génération a échoué dans cette noble tâche. Nous n'avons pas fait ce que nous aurions dû faire. Margaret, moi-même et d'autres aurions dû nous battre davantage pour vous tous. Mais il est encore temps de le faire ; sur ces mots, je promets donc de commencer le combat qui aurait dû avoir lieu il y a plus de cent cinquante ans déjà.*

La vidéo se divisa en deux images sur un même écran, montrant deux bâtiments. Gatewood reconnut l'un et l'autre. Le premier était le siège administratif de l'ONU, où travaillait la secrétaire générale. L'autre, qui se dressait sur la 66ᵉ Rue, abritait les services de renseignement des Nations Unies, l'UNIB.

Du haut du ciel, deux traînées enflammées descendirent vers la Terre. Au moment de l'impact, les deux côtés de l'écran partagé devinrent instantanément d'un blanc éblouissant. Le sol trembla, et les détonations se répercutèrent à travers toute la ville.

Les lueurs blanches se dissipant, la vidéo partagée révéla que les deux bâtiments avaient été détruits.

— Nom de Dieu, s'écria quelqu'un. David Holmes vient de les réduire en poussière !

La foule applaudit.

Dave, Margaret Hager et Priya réapparurent à l'image.

— *Peuple de la Terre. Vous venez de perdre votre secrétaire générale, ainsi que le chef de l'agence de renseignement, mais ils étaient corrompus au-delà de tout ce que vous pouvez imaginer. Désormais... vous êtes libres.*

« Mais rappelez-vous : la liberté n'est rien d'autre que ce que vous en faites. J'espère que vous saurez prendre les bonnes décisions. En attendant, (il sourit aux deux femmes qui étaient à ses côtés) nous serons là pour vous soutenir.

NOTE DE L'AUTEUR

Voilà, c'est la fin du *Dernier souffle de la liberté*. J'espère sincèrement que ce roman vous a plu.

Je dois préciser que lorsque j'ai terminé d'écrire le premier tome de cette série, *Menace primale*, je n'avais pas l'intention de lui donner une suite.

Je vais tâcher d'être plus précis... Je sais que ce premier volume s'achevait sur un épilogue qui esquissait, et même un peu plus que cela, ce qui pourrait se passer lorsque l'humanité trouverait enfin un nouvel endroit où vivre. À l'époque, j'avais longuement réfléchi pour savoir s'il fallait ou non inclure cet épilogue. Je ne voulais pas écrire une scène qui promettait le début d'une nouvelle histoire. Je voulais montrer Dave Holmes et les autres s'installant dans leur nouvelle réalité, donner un bref aperçu de ce qu'il pourrait leur advenir, histoire d'ouvrir des perspectives tout en mettant un terme à l'histoire.

Et peut-être que faire ce choix, c'était en quelque sorte se préparer à l'inévitable. Pourtant, je le répète, je n'avais pas l'intention de faire une suite. Je pensais que l'histoire de *Menace primale* se suffisait à elle-même. Le monde avait été sauvé, tout le monde n'avait pas survécu, et certaines personnes dont nous étions sûrs qu'elles étaient mortes ne l'étaient finalement pas. C'était une bonne fin pour un récit quelque peu épique.

Et puis les gens se sont mis à le lire ; le roman a commencé à toucher un lectorat toujours plus grand. *Incroyable !*

Peu de temps après sa publication, il s'est retrouvé sur la liste des best-sellers de *USA Today*. J'étais *bluffé* !

Et je dois dire que si je n'avais pas été aussi obstiné, aussi persévérant que je l'étais alors, ni *Menace primale* ni sa suite n'auraient jamais vu le jour. J'ai commencé par essuyer une cascade de refus de la plupart des éditeurs pour *Menace primale*. Toutefois, une grande maison d'édition, dont je tairais le nom, a envisagé d'en acheter les droits. Mais on m'a demandé alors de faire en sorte que le personnage principal soit conforme à une tendance appelée OwnVoices.

À l'époque, je n'en avais jamais entendu parler. Pour faire simple, le principe de OwnVoices est d'encourager les écrivains issus de minorités et de groupes marginalisés à raconter leurs propres histoires.

Je me suis dit : pourquoi pas ? Jusqu'à ce que j'apprenne que le responsable des acquisitions de la maison d'édition en question ne pensait pas être en mesure d'obtenir un feu vert concernant *Menace primale*. Pourquoi ? Eh bien, parce que le personnage principal était noir, et que je suis un Américain d'origine israélienne !

J'ai bien compris qu'il fallait que David Holmes ne soit plus noir, ce que j'ai refusé. Peu de temps après, j'ai fini par m'auto-publier. [C'est la première fois que je raconte « publiquement » cette anecdote, et je le fais avant tout comme on ferait un doigt d'honneur à l'establishment qui entend enfermer les auteurs dans une voie spécifique. Nous vivons dans une société diverse et magnifique ; nous devrions tous pouvoir écrire sur le sujet qui nous plaît, et sur qui nous voulons, avec respect, et donc impunément].

J'ai reçu des centaines d'emails me demandant quand sortirait la suite de *Menace primale*. À chaque fois, je rétropédalais en disant que je n'avais pas encore de calendrier, mais que si les lecteurs le demandaient, je finirais par m'y mettre et publier cette suite.

Eh bien, les lecteurs se sont exprimés, et j'ai répondu à leur attente. J'espère que vous avez apprécié ce roman.

Mais j'entends déjà fuser une question : puisqu'il n'y a pas d'épilogue dans *ce* roman, cela signifie-t-il que vous n'entendez pas lui donner une suite ?

Soupir...

Je répondrais ce que je réponds toujours : si suffisamment de lecteurs le demandent, alors oui, il y aura probablement un tome 3. C'est ma façon de vous dire que si vous avez aimé cette histoire, n'hésitez pas à en parler à vos amis, afin de créer cette demande.

Quant à savoir s'il y a matière à une suite, très honnêtement, la question se pose à peine. Bien sûr que oui. La Terre a-t-elle réglé ses problèmes gouvernementaux ? La colonie minière elle aussi est loin d'avoir achevé son histoire. Dave Holmes, Margaret Hager, et maintenant Priya... Chacun de ces personnages pourrait exister seul, et tenir le rôle principal de nouvelles grandes histoires.

Et le vaisseau spatial que la Terre construisait, ce chantier que la pénurie de matière première provenant de la colonie a mis à l'arrêt ? Vous ne pensiez tout de même pas que j'avais oublié cela ? Pourquoi le précieux métal ne se trouve-t-il que sur la colonie ?

Et est-ce une coïncidence que le niveau 12 ait le même climat que la surface d'Epsilon, ou croyez-vous que j'y fasse allusion uniquement pour vous distraire ?

Je n'ai pas actuellement de troisième tome prévu dans mon agenda, mais ce sont bien mes lecteurs qui influencent au bout du compte ce que j'écris, et selon quelle priorité. Si cette nouvelle série, *L'Exode*, trouve un lectorat nombreux et que la demande est forte, croyez-moi : j'ai déjà beaucoup d'idées en tête pour la suite.

Bon, laissons là ce sujet pour le moment. Vous trouverez ci-après l'habituel « addendum » dans lequel je reviens sur les questions scientifiques et technologiques abordées dans le roman, sur ce qui est réel ou de l'ordre du possible, et ce qui ne l'est pas.

Dans cette partie intitulée « Note de l'auteur », je vous parle directement de qui je suis, de ce que je fais, et pourquoi. Donc, reprenons…

Étant donné que *Le dernier souffle de la liberté* constitue le deuxième tome d'une série, je suppose que je me suis déjà présenté à vous. Je vous épargnerai donc une redite de ces éléments purement biographiques.

Toutefois, j'aimerais parler un peu du contrat qu'en tant qu'auteur, je passe avec vous, lecteurs.

J'écris pour divertir.

C'est vraiment mon premier, mon principal objectif, car ce que la plupart des lecteurs attendent d'un roman, c'est précisément cela : qu'il les divertisse.

C'est en tout cas ce que j'essaie toujours de faire. L'histoire d'abord, toujours.

J'éprouve un immense plaisir notamment lorsque des lecteurs m'expliquent que la curiosité les a poussés à vérifier si ce que j'écris est vrai, et qu'ils ont été choqués d'apprendre que de très nombreux éléments de mes histoires sont bien réels.

Personnellement, je suis fier d'essayer de divertir les gens, tout en essayant de rester aussi fidèle que possible à la science et à la technologie. Et si le roman s'inspire d'une manière ou d'une autre d'événements réels, j'essaie de fournir des extraits vérifiables qui permettent aux lecteurs d'en savoir un peu plus sur les faits relatifs aux sujets abordés dans l'histoire.

Lorsque j'aborde des sujets susceptibles de susciter la controverse, ou autour desquels je sais qu'il existe des opinions clivantes (le sujet des OGM, par exemple), je ne prends jamais position en tant qu'auteur. Je sais évidemment que la controverse existe, mais je laisse mes personnages jouer leur rôle, sans en faire des porte-paroles. Je m'efforce néanmoins d'exposer les faits tels qu'ils existent afin que le lecteur puisse tirer ses propres conclusions.

Jusqu'à présent, j'ai traité d'incidents liés au nucléaire entrant dans la catégorie des « broken arrows » (littéralement « flèches brisées ») – voir *Opération main morte – Levi Yoder t. 1*), de l'exploitation sexuelle des enfants (*Infiltré* – Levi Yoder t.2) ou encore de la face cachée de la recherche médicale (*Le facteur Darwin*).

D'aucuns ont qualifié mes choix d'éclectiques, d'inattendus, mais la grande majorité des réactions que j'ai reçues jusqu'à présent ont été fort heureusement positives. Et je vous en remercie. « Poster » des commentaires est, bien sûr, le moyen le plus simple de me faire savoir, ainsi qu'à d'autres, ce que vous avez pensé de ce roman, ou de n'importe quel autre de mes écrits. Le bouche à oreille est précieux pour les pauvres auteurs que nous sommes.

Encore une fois, quel que soit le sujet que je traite, historique, scientifique en particulier, mon objectif premier est toujours de divertir.

Puissiez-vous avoir pris du plaisir à cette histoire, et continuer à me suivre dans les histoires à venir.

Mike Rothman
20 mars 2020

Si vous avez aimé cette histoire, permettez-moi de vous présenter un autre de mes titres que beaucoup de mes lecteurs de science-fiction m'ont dit avoir apprécié. Il s'agit d'un techno-thriller médical (dans le style de Crichton), mais il implique la communauté du renseignement, l'espionnage et beaucoup d'autres choses que les lecteurs de thrillers ont tendance à rechercher. Et oui, je m'intéresse beaucoup aux aspects techniques de la génétique, à la recherche scientifique en général ; j'aime introduire des éléments de science dans ce qui pourrait n'être qu'un simple thriller, plus conventionnel. Ce techno-thriller s'appelle *Le facteur Darwin*.

Je vous en livre une brève description :

Juan Gutierrez, un chercheur en cancérologie, a passé des années à étudier le génome animal à partir duquel il est possible de démontrer l'immunité à certains types de cancer. Au cours de ses recherches, Juan découvre un modèle génomique qui lui permet de prédire l'évolution d'une espèce sur des milliers de générations.

Grâce à l'algorithme développé à partir de ce modèle, Juan touche du doigt ce qu'il croit être la clé qui permettra à l'humanité de vaincre les prédispositions génétiques aux cancers.

Mais ce que Juan a baptisé le « facteur Darwin » suscite l'envie d'autres personnes qui, loin de s'intéresser au traitement du cancer, entrevoient de tout autres applications à ce nouvel algorithme génétique.

Nate Carrington, un analyste médico-légal du FBI, est aux prises avec plusieurs affaires non résolues quand il est appelé dans un ranch où un étrange incident s'est produit : un veau nouveau-né a été retrouvé au milieu d'un troupeau de bétail mort. Nate va bientôt faire le lien entre cet incident et les autres « cold cases » sur lesquelles il travaille : l'analyse de l'ADN du veau ne correspond à aucun autre ADN dans la base de données du FBI.

Peu après, dans un hôpital rural de Virginie-Occidentale, quatre employés sont retrouvés morts, et un nouveau-né doit être transféré dans une unité de haut confinement biologique.

Ce n'est que lorsque le département recherche du Ministère de la Santé alerte tous les hôpitaux et services de police du pays, que le monde prend conscience du danger auquel il est confronté.

EXTRAIT DE LE FACTEUR DARWIN

Jon LaForce descendait d'un pas lourd le sentier escarpé qui menait dans la vallée de Tikaboo. Il avala une gorgée du mauvais vin rouge qu'il avait acheté dans une station-service un peu plus tôt. Presque aussitôt, une sensation de chaleur intense grimpa dans son cou et fit rougir ses joues.

C'était la deuxième fois ce mois-ci qu'il se faisait virer de son boulot.

Il ne savait pas au juste ce qui l'avait poussé à venir se perdre ici, au milieu de nulle part, dans le sud-est du Nevada. Quand il était gosse, ses amis parlaient souvent de venir dans cette région espionner les avions militaires qui décollaient ou atterrissaient. Ils évoquaient à voix basse des expériences secrètes, des nuages mystérieux dans le ciel, et bien sûr des ovnis. Après tout, c'était ici qu'ils étaient censés détenir ces extra-terrestres, non ? La zone 51.

Jon ne croyait pas à toutes ces conneries, et il doutait qu'un seul de ses amis ait eu le cran de venir fouiner dans le coin, de près ou de loin. À vrai dire, en regardant autour de lui, il devait bien admettre qu'ils n'avaient pas manqué grand-chose. Des hectares sans fin de sauge du désert.

Il avala une nouvelle gorgée de sa bouteille, et continua sa descente le long du sentier, ses oreilles bourdonnant à cause de l'alcool. Soudain, quelque chose surgit d'un buisson d'armoise au pied de la colline. Jon sortit son Glock de son étui et se mit en position de tir. Des lynx rôdaient parfois dans le secteur.

Mais ce n'était qu'un chien errant. Pelage chocolat, longue queue, oreilles tombantes – peut-être un labrador retriever.

Jon rangea son arme et siffla l'animal.

— Et alors, mon vieux, qu'est-ce que tu fiches ici ?

Le chien agita furieusement la queue et se dirigea vers lui.

Jon reboucha la bouteille de vin, tendit un bras et donna sa main à renifler au chien. Comme l'animal soufflait dans sa main, puis reniflait de haut en bas les jambes de son pantalon, Jon remarqua une plaie sanglante sur sa patte avant droite.

— Quelque chose t'a croqué la patte, mon vieux, hein ?

Le chien gémit et tourna la tête en direction des broussailles.

— T'as un beau poil, bien brillant. Tu m'as l'air bien nourri.

Il secoua la tête et tapota le dos de l'animal.

— Qu'est-ce que tu fiches ici ? Quelqu'un est sûrement en train de te chercher. Je ferais peut-être bien de te conduire dans un refuge ; pour voir s'ils peuvent trouver ton propriétaire. Ce qui est sûr, c'est que je ne peux pas m'occuper de toi. C'est tout juste si j'arrive à m'occuper de moi-même ces temps-ci.

Un bruissement se fit entendre dans les broussailles, à une cinquantaine de mètres de là. Le chien gémit, fit quelques pas en remontant le chemin, et se tourna vers Jon, l'air de dire : « Tu viens ? »

Jon sortit de nouveau son Glock de son étui et s'avança en direction du bruit.

Le labrador se précipita devant lui et émit un grognement sourd.

— Chuuut…

Jon fit un pas d'écart pour le dépasser, mais le chien se mit à couiner, à mordre les jambes de son jean en essayant de le tirer en arrière, vers le haut de la pente, loin du bruit.

— Hé, le cabot, qu'est-ce que tu fiches ?

Jon dégagea sa jambe d'un coup sec et donna un coup de pied à l'animal, qui l'esquiva facilement.

Le labrador battit en retraite, tout gémissant ; il glapit une fois, puis fila vers le haut de la colline.

En bas du sentier, deux autres animaux sortirent précipitamment des broussailles. Deux chiens encore, à l'aspect presque identique au labrador chocolat.

Mais au comportement bien différent.

Ces chiens-là n'agitaient pas la queue en tirant la langue. Ils fixaient Jon d'un air menaçant en rentrant la tête et en avançant d'un pas raide.

Jon pointa son arme sur eux en leur lançant d'un ton bienveillant :

— Et alors, les chiens, votre copain vous manque ?

À peine eut-il braqué son arme dans leur direction que les chiens se séparèrent, l'un s'écartant à gauche, l'autre à droite.

Jon sentit son cœur battre plus fort. Il visa le chien à sa

droite. L'animal détala aussitôt pour se cacher derrière un gros rocher.

C'était comme s'il savait que l'arme était dangereuse.

L'autre chien se mit à gratter la terre gravillonneuse. Jon pivota aussitôt vers lui et effectua un tir de sommation.

L'animal continua d'avancer, mais en zigzag, rendant un tir difficile à ajuster.

Jon sentit un frisson lui parcourir l'échine.

Sa main tremblait, tandis qu'il s'efforçait de tenir le chien en mouvement dans sa ligne de mire. L'espace d'une seconde, il se remémora l'époque où il avait servi dans l'artillerie en Afghanistan. Il avait dû apprendre alors à tirer sur des ennemis qu'il voyait à peine. Aujourd'hui, pour la première fois de sa vie, il était à deux pas de sa cible, le doigt pressé sur la gâchette.

L'animal venait tout juste de bondir quand la balle s'enfonça dans son épaule. Il tomba au sol en gémissant.

Presque au même instant, Jon sentit plus de cinquante kilos de masse animale s'écraser sur son dos. Le deuxième chien le projeta au sol et referma l'étau de sa mâchoire sur son poignet, du côté où il tenait l'arme.

Jon lutta contre l'animal enragé. Il poussa un cri, mais sa voix fut brusquement étouffée. Le chien sur lequel il venait de tirer avait planté ses crocs dans sa gorge.

Plaqué au sol, Jon sentit sa trachée broyée par la mâchoire incroyablement puissante de l'animal. Sa vision devint floue ; l'air lui manquait.

Son cœur battit à tout rompre sous l'effet de la terreur. *Seigneur, il y a tant de choses que j'aurais pu...*

Un voile noir tomba devant ses yeux.

Hans Reinhardt se tenait en haut du sentier rocailleux, respirant l'odeur âcre de l'armoise brûlée. Une demi-douzaine d'hommes en treillis équipés de lance-flammes déchaînaient le feu de l'enfer sur le paysage rocailleux, qui craquait dans la chaleur ardente.

L'opération s'était déroulée comme prévu – jusqu'à maintenant. À présent, c'était la merde totale. Un désastre complet. Ses chefs du Service de renseignement extérieur du gouvernement fédéral allemand avait eu beau tenté de le rassurer, sans parler de leurs homologues américains à Langley, Hans savait qu'il était temps de changer son fusil d'épaule. Il devait déplacer l'opération en un lieu plus retiré. Un lieu moins susceptible de voir se produire des... « incidents ».

Le commandant de la base, un colonel de l'armée de l'air, s'approcha et se planta à côté de lui.

— Il s'appelait Jonathan LaForce, un ancien artilleur de marine. Dix ans en Afghanistan. Libération honorable à la fin de son service.

— Qu'est-ce qu'il pouvait bien foutre ici ? Je croyais que cette base était sécurisée.

Le commandant changea nerveusement de jambe d'appui.

— Elle *est* sécurisée, assura-t-il. Nous avons juste sous-estimé les mesures d'isolement nécessaires pour le chenil. J'ai visionné moi-même les enregistrements de la vidéosurveillance. Il semble qu'une de nos expériences a trouvé le moyen d'ouvrir le loquet de son box. Les autres n'ont eu qu'à l'imiter. Et avant qu'on ait eu le temps de les arrêter, les animaux avaient creusé un trou sous la clôture d'enceinte.

Hans donna un coup de pied dans un caillou qui roula dans la pente ; il serra les dents de frustration.

— Un soldat des Marines mort est la dernière chose dont nous avons besoin. Difficile d'évaluer la gravité du problème.

L'embarras du colonel s'accentua.

— La bonne nouvelle, c'est que c'était une espèce de marginal. Pas de famille, et apparemment pas de boulot non plus. Un vagabond que pas grand-monde ne va chercher, semble-t-il ; du moins, pas avant un certain temps. Nous allons nous occuper de ses restes.

— Et les expériences ? Les a-t-on toutes retrouvées, et neutralisées ?

— Nous en avons retrouvé cinq grâce à leur marquage par transpondeur passif. Nous les avons capturés et nous nous en sommes débarrassés.

Le colonel laissa échapper un soupir, avant d'ajouter :

— Malheureusement, nous n'avons encore pas pu localiser la sixième. J'ai fait envoyer les drones. Ils sont programmés pour quadriller le terrain et rechercher le signal de l'animal. Nous le trouverons.

Hans se demanda comment un trou du cul aussi incompétent avait pu être nommé commandant de base, surtout dans un lieu aussi sécurisé – enfin, prétendument sécurisé.

— Nous n'avons pas le temps de mener des recherches aussi longues, colonel. Nous ne pouvons pas permettre qu'une de nos expériences se retrouve confrontée à des civils.

— Nous allons traquer ce chien…

— Il ne s'agit pas d'un putain de *chien*, abruti ! coupa Hans. Il s'agit d'un cauchemar sur pattes, spécialement sélectionné, et qui possède assez de force et d'intelligence pour foutre le camp de votre soi-disant chenil sécurisé, et supprimer dans la foulée un ancien marine armé qui s'est mis en travers de son chemin.

Le colonel plissa les yeux et serra les mâchoires.

— Écoutez-moi bien, reprit Hans. Ma tête est déjà sur le billot, mais la *vôtre* aussi ; pas question que cette histoire s'ébruite. Notre accord ne doit pas être connu. Mais ne nous voilons pas la face, votre gouvernement s'est déjà révélé incapable d'empêcher des fuites sur Wikileaks.

— Monsieur Reinhardt, tempéra le colonel, croyez-moi, je sais exactement ce qui est en jeu. Il est *inutile* de me le rappeler. Il s'agit d'une opération secrète, et qui a vocation à le rester. Je vais superviser personnellement le nettoyage.

Le colonel pointa un doigt dans le sens de la pente.

— Nous avons trouvé du sang qui appartient, croyons-nous, à l'animal disparu. Il est blessé, ce qui va limiter sa capacité à nous échapper. Entre nos hommes à pied et les drones dans le ciel, nous allons le trouver.

Hans le fixa d'un œil noir.

— Bon Dieu, je vous le conseille.

Frank O'Reilly versa quelques centimètres de gravier fin dans le trou pour piquets de clôture qu'il venait de creuser. Il tourna un regard par-dessus son épaule vers Johnny, un des ouvriers agricoles qu'il venait d'engager pour son ranch.

— Assure-toi bien d'avoir au moins dix centimètres de gravier dans chaque trou avant de les tasser, comme ça, dit-il en damant le gravier à l'aide d'un gros poteau en bois. On a besoin d'une base solide pour ces piquets de clôture. Le bétail finira par se frotter contre, alors il faut que tout ça soit bien robuste, tu comprends ?

— Oui, m'sieur O'Reilly. Et il faut séparer les piquets de deux mètres cinquante, pour que ces planches de cinq mètres couvrent deux écarts à chaque fois, c'est bien ça ?

— C'est ça. Veille à espacer régulièrement les poteaux, et à ce qu'ils soient bien d'équerre avec le sol.

Frank tendit à Johnny la tarière pour creuser les trous et sourit. Le garçon de ranch venait d'avoir dix-huit ans. Frank ne pouvait s'empêcher de revoir sa Kathy au même âge. Le même esprit vif, la même énergie débordante ; sa petite fille chérie toute fraîche émoulue du lycée, prête à affronter le vaste monde.

Il donna une tape sur l'épaule de Johnny.

— Compris ?

— Oui, m'sieur, mais sans vouloir être indiscret, pourquoi engager des ouvriers tout à coup ? Vous songez à prendre votre retraite ?

Frank se mit à rire. Il secoua la tête et répondit :

— Johnny, j'ai peut-être cinquante-trois ans, mais j'en ai encore un peu sous le pied, comme on dit. Contente-toi de terminer ce travail. Et tu ferais bien de respecter les consignes. Je veux un boulot impeccable. Je viendrai vérifier tout ça, alors rien à la va-vite, tu m'entends ?

— Oui, m'sieur. N'ayez aucune crainte là-dessus.

Johnny ramassa la tarière et s'avança jusqu'à la marque du trou suivant à creuser.

Au moment au Frank tourna les talons pour partir, il manqua de trébucher sur un chien assis juste derrière lui.

— Bon sang, mais d'où sors-tu, toi ?

Le labrador chocolat restait assis là, la langue pendante. Un bel animal. Le pelage brillant, tout en muscles, bien nourri apparemment. Pas un chien errant.

Frank tendit la main vers lui.

— T'es un gentil chien ?

L'animal se releva et agita la queue. Il renifla la main de Frank ; puis il baissa la tête, approcha sa truffe des bottes du propriétaire de ranch, et les renifla en remontant ensuite le long du jean. Finalement, il se rassit, se lécha les babines et se mit à gémir. Il fixa Frank de ses yeux marron brillant, regarda son pantalon, puis releva les yeux vers son visage. Et il gémit de nouveau.

Frank pencha la tête, cherchant à comprendre ce que le chien essayait de lui dire. Soudain, il comprit et se mit à rire.

— Ah ! Je sais pourquoi je t'intéresse autant.

Il sortit de sa poche un petit morceau de bœuf séché plié qu'il gardait comme encas, et le lança doucement au chien.

L'animal l'attrapa en vol et le mâcha avec contentement.

— Bon, le chien, il faut que j'y aille maintenant. Je vais me faire houspiller si je ne suis pas rentré à temps pour le dîner.

Frank parcourut à pied les quelque huit cent mètres qui le séparaient de sa modeste maison blanche de style ranch construite une trentaine d'années plus tôt. Comme il s'approchait de la maison, il entendit trotter à côté de lui. *Pardi ! J'aurais dû réfléchir à deux fois avant de nourrir ce chien.* Il fit mine d'ignorer l'animal et gravit les marches du perron en bois.

Une bonne odeur de rôti de bœuf flottait dans l'air.

Megan sortit sous l'auvent d'entrée.

— Oh, très bien, te voilà de retour. Le dîner est presque prêt. Va te laver les mains.

Il planta un baiser sur ses lèvres.

— Ça sent bon, dit-il.

Elle regarda derrière lui, l'air perplexe.

— Tu t'es fait un ami ?

Le labrador était assis au pied des marches du perron, et les fixait d'un air d'attente.

Frank secoua la tête.

— J'ai fait l'erreur de lui donner un morceau de bœuf séché.

Megan repoussa ses cheveux auburn mi-longs derrière ses oreilles, s'agenouilla et tapota doucement une lame de bois du perron.

— Viens, mon grand. Alors comme ça, tu aimes le bœuf séché ?

Le chien grimpa les marches et se coucha sur le dos devant elle, lui montrant son ventre, et agitant rapidement la queue sur les lames de bois.

Megan se mit à rire en lui grattant le ventre.

— T'es un gentil chien, toi, hein ?

Elle leva les yeux vers Frank, affichant ce petit sourire penaud qu'il connaissait si bien.

— Tu crois qu'il a un propriétaire ?

— Aucune idée. Il vagabondait. Apparemment, on a pris soin de lui, mais il ne porte ni collier ni rien.

Il hésita.

— Je croyais qu'après avoir perdu Daisy, tu t'étais jurée de…

— Oh, regarda ça, le pauvre ! s'exclama Megan.

Elle examinait la patte avant droite de l'animal.

— On dirait qu'il s'est battu ou je ne sais quoi.

Le chien se mit à gémir tandis qu'elle explorait sa blessure.

— Je suis certain qu'il va se débrouiller tout seul, dit Frank.

— Non.

Megan se leva et s'essuya les mains dans son tablier.

— Il faut le conduire chez le véto et le faire examiner.

Frank se demanda combien le vétérinaire allait encore essayer de leur escroquer.

— Ce chien n'est même pas à nous.

Megan se retourna et le regarda d'un air qui voulait dire que sa décision était prise.

— De plus, le véto pourra vérifier s'il a une puce électronique comme on en met aux chiens aujourd'hui.

Megan mesurait un mètre cinquante et avait des allures de lutin, mais quand elle avait décidé quelque chose, elle n'en démordait pas. Si trente ans de mariage avaient appris une chose à Frank, c'était bien celle-là.

Il leva les mains en signe d'abdication.

— Bon, mais et le dîner ?

— Le dîner attendra.

Megan rentra dans la maison et fit signe au chien de la suivre, ce qu'il fit.

— Je crois qu'on a gardé la vieille gamelle de Daisy. Je m'occupe de vérifier si cet animal a soif pendant que tu appelles le véto. Préviens-le qu'on arrive.

Les portes de la salle d'examen s'ouvrirent, et une jeune assistante vétérinaire en blouse bleue qui portait une longue queue de cheval noire, s'avança.

— O'Reilly ? appela-t-elle.

Frank leva la main et dit :

— Ici.

Le regard de l'assistante se posa sur le labrador chocolat couché aux pieds de Frank et Megan.

— Et toi, mon beau, comment tu t'appelles ?

— Il ne nous ap…

— Jasper, coupa Megan, le plus naturellement du monde.

Frank grogna intérieurement. Il espérait qu'elle n'allait pas s'attacher à cet animal. Il appartenait forcément à quelqu'un. Un chien errant ne pouvait pas avoir une allure aussi soignée.

— Bon, allons peser Jasper et voir comme il se porte.

Jasper se leva en même temps que Megan, et trotta docilement à côté d'elle jusque dans la salle d'examen. Frank secoua la tête, et suivit le mouvement.

L'assistante vétérinaire – Sherri, d'après le nom écrit sur sa blouse – s'arrêta à côté d'une grosse balance en métal.

— Voyons voir si Jasper veut bien grimper là-dessus, dit-elle.

Avant que Megan ait le temps d'inciter Jasper à aller dans la bonne direction, l'animal s'approcha de la balance et y grimpa de lui-même.

— Ça, c'est un bon chien, le félicita Sherri. Ouah, soixante-deux kilos neuf cents. Je n'aurais jamais dit autant.

Elle nota le poids sur une feuille de papier, qu'elle glissa dans le dossier médical de Jasper.

— Avez-vous un de ces lecteurs de puce électronique ? demanda Frank.

Il ignora le regard noir de Megan.

— Jasper s'est égaré et a échoué sur notre propriété aujourd'-hui ; il n'a ni collier et plaque. Personne, à notre connaissance, n'a signalé avoir perdu un labrador dans notre secteur. Mais nous voulions faire les choses comme il faut, et voir s'il est pucé ou non.

— Oh, bien sûr, dit Sherri. Je reviens tout de suite.

Elle disparut par une autre porte pendant que Megan caressait ardemment la tête de Jasper. Quelques instants plus tard, Sherri revint avec ce qui ressemblait à une grosse télécommande formant une boucle à une extrémité.

Megan serra la main de Frank quand l'assistante vétérinaire s'approcha de Jasper.

Sherri passa l'appareil sur le dos de Jasper dans un mouvement de va-et-vient.

— Humm, fit-elle. La plupart des vétérinaires implantent la puce entre les omoplates de l'animal, mais là je ne détecte rien.

Megan serra plus fort la main de Frank.

— Assurons-nous au moins qu'il n'y en a pas ailleurs, ajouta Sherri.

Elle passa lentement l'appareil sur l'arrière-train de Jasper, puis revint vers les membres antérieurs. Quand elle arriva à la patte avant droite, le chien gémit.

— Tout va bien, Jasper, tenta de l'apaiser Megan. Elle ne va pas te faire mal.

L'assistante vétérinaire s'arrêta sur la blessure incrustée de saletés.

— Pauvre chou, tu t'es fait un joli bobo. Le Dr Dew va t'arranger ça.

Elle termina de passer l'appareil sur le corps de Jasper, et secoua négativement la tête.

— Pas de puce ; du moins, je ne trouve rien.

Frank n'eut même pas à tourner la tête ; il savait que Megan souriait. Il soupira d'un air sombre, comprenant qu'ils venaient d'adopter un chien.

— Bon, dit-il. Dans ce cas, en plus de soigner cette blessure, profitons-en pour faire un bilan complet à Jasper.

— Très bien. Le Dr Dew va s'occuper de lui dans un moment. Étant donné que Jasper semble souffrir à sa patte avant droite, il se peut que nous devions lui faire une radio et l'endormir pour soigner la blessure. Je pense qu'il faudra compter dans les quatre cents dollars, précisa-t-elle en arquant un sourcil interrogateur.

— Soignez-le, c'est tout, répondit rapidement Megan. Nous paierons ce qu'il faut.

Frank embrassa sa femme sur le haut du crâne. C'était typiquement le genre de décisions qui ne souffrait aucune discussion avec Mme O'Reilly.

~

Frank passa presque une heure dans la salle d'attente, à côté de Megan qui n'arrêtait pas de gigoter. Quand enfin le vétérinaire apparut – sans Jasper – Megan agrippa le bras de Frank et le serra très fort.

Le vétérinaire était un homme imposant, avec un physique de culturiste ; pourtant, sa voix était douce, presque féminine. Il adressa à Frank et à Megan un grand sourire.

— Jasper se réveillera de l'anesthésie dans environ vingt minutes, mais tout va bien. On dirait qu'il s'est fait attaquer ; sa blessure s'est infectée. Heureusement, la radio ne montre aucune fracture. Néanmoins, c'est une chance que nous en ayons fait une, parce que je n'aurais probablement jamais vu cela autrement.

Il sortit de la poche de sa blouse blanche un petit sachet en plastique transparent, et le tendit à Frank. Il contenait un morceau de fil métallique d'environ dix centimètres.

Le Dr Dew montra son bras et indiqua avec son index un endroit situé dix centimètres au-dessus de son poignet.

— Ce fil a réussi à se loger entre la peau et le muscle, juste au-dessus de la blessure. Je ne sais pas comment il a atterri là, mais j'ai pu l'enlever sans difficulté.

— Alors… Jasper va bien ? voulut savoir Megan.

Grand sourire de nouveau.

— Il est encore dans les vapes pour le moment, mais tout va bien. La blessure est recousue. Il est sous antibiotiques. Il faudra veiller à ce qu'il les prenne bien pendant deux jours. Je vous donnerai également une pommade à mettre sur la blessure une fois par jour.

Un aboiement résonna derrière eux, et les portes de la salle d'examen s'ouvrirent avec fracas. Jasper déboula dans la salle d'attente, la démarche zigzagante, une patte bandée à la façon d'une momie. Il courut droit jusqu'à Megan, et se mit à tourner rapidement sur lui-même, tout excité, comme s'il ne s'attendait plus à la revoir.

Sherri arriva juste derrière lui.

— Je suis navrée, Dr. Dew, mais Jasper s'est réveillé beaucoup plus vite que prévu, et il s'est mis à gratter follement à la porte. Je ne voulais pas qu'il arrache ses points de suture. On dirait qu'il voulait vraiment revoir sa maîtresse.

Megan gratta la tête de Jasper. De toute évidence, ces deux-là avaient déjà établi un lien très fort.

— Bon, on ne va pas laisser ce grand gaillard enfoncer d'autres portes, dit le D^r. Dew en riant. Ce qui est certain, c'est que c'est le labrador le plus lourd, le plus *athlétique*, que j'aie jamais vu – et j'en ai vu ! C'est étrange, parce qu'il n'a pas l'air comme ça de peser plus de trente-cinq ou quarante kilos, ce qui est déjà très bien pour un labrador ; mais ce chien a une musculature incroyablement dense. Et à en juger par sa dentition, il est encore jeune. Il pourrait bien prendre encore un peu de volume.

Frank émit un petit grognement.

— Je suis fatigué d'avance en imaginant la corvée que ce sera juste pour le nourrir à sa faim.

Jasper s'écarta d'eux, attrapa une couverture pour chien fourrée sous une des chaises de la salle d'attente, la rapporta et la déposa sur les genoux de Frank.

Megan sourit.

— Oooh, il t'a entendu dire que tu es fatigué et il t'apporte une couverture.

Le Dr. Dew tapota Jasper sur la tête.

— Tu es un chien futé, toi !

Jasper s'assit bien droit et approuva d'un « ouaf » sonore.

Frank ne parvenait pas à se départir complètement de l'impression que quelque chose clochait chez cet animal. Mais en regardant Megan le dorloter, il comprit que ce qu'il pouvait penser n'avait plus tellement d'importance.

LE FACTEUR DARWIN

ADDENDUM

Mon parcours professionnel m'a permis d'être totalement immergé dans le monde de la science pendant des décennies. Étant donné ma formation scientifique, et l'opportunité qui m'a été donnée de côtoyer certains chercheurs universitaires, il n'est pas surprenant que j'aie trouvé des moyens de puiser dans ma formation et dans la leur, pour produire des histoires intégrant des éléments de technologie.

D'aucuns seraient certainement tentés de qualifier ce roman de récit de « science-fiction dure », et je suppose qu'ils ne seraient pas loin de la vérité. Ce qui est amusant, c'est que Larry Niven, l'un des grands maîtres du genre, a lu *Menace primale*, et l'a qualifié de « fiction scientifique et d'aventure », sans doute parce que ce roman comporte de nombreux éléments empruntés au genre du thriller d'action. La comparaison pourrait d'ailleurs tout aussi bien s'appliquer à ce livre-ci, *Le dernier souffle de la liberté*.

« Qu'est-ce que la science-fiction dure ? » me demanderez-vous peut-être. « Et est-ce quelque chose que je peux lire ? »

Pour moi, ce qui différencie la «hard »science-fiction de la «soft», c'est que dans la première, la science n'est pas seulement un ingrédient de l'histoire, mais un élément clé de celle-ci.

Toutefois, à mon humble avis, cela ne signifie pas qu'il faille être titulaire d'un diplôme universitaire pour comprendre ce qui se passe. Tout ce dont vous avez besoin, c'est d'aimer les bonnes histoires qui contiennent de la science et de la technologie. C'est à l'auteur de rendre la partie scientifique accessible à tout un chacun.

Comme pour toutes mes histoires, je m'efforce de maintenir un certain niveau d'exactitude scientifique dans les éléments auxquels le lecteur est exposé. Il est certain que tout récit de fiction ou presque comporte des éléments qui sont encore irréalisables aujourd'hui. Néanmoins, en m'appuyant sur une base scientifique solide, j'essaie d'aller de l'avant en prédisant ce qui pourrait arriver et, à partir de là, de construire un récit qui, je l'espère, se révèle divertissant et peut-être même instructif.

Nombre des concepts que j'utilise dans ce roman découlent d'éléments scientifiques que j'ai introduits dans *Menace primale* ; aussi, reviendrai-je sur quelques-uns de ces éléments à la fin de cet addendum, afin que les gens puissent également se familiariser avec certains termes qui ne sont peut-être pas décrits de manière aussi détaillée dans ce roman.

Je me dois d'indiquer que le but de cet addendum est de parler des éléments techniques que j'ai utilisés dans cette histoire, et de vous donner, à vous lecteurs, un aperçu de la manière dont certains éléments dit de « science dure » peuvent s'y rapporter, ou ont servi d'inspiration. Par exemple, j'ai parlé d'un «communicateur prioritaire» qui permet de communiquer en temps réel à travers de grandes distances, non sans violer – du moins en apparence – certaines des lois scientifiques telles que nous les connaissons aujourd'hui. J'admets que le concept lui-même n'est pas nouveau dans la science-fiction, mais dans cet addendum, je tenterai de distinguer le réel de ce qui ne l'est pas, et j'expliquerai comment des éléments de la science connue pourraient permettre d'accomplir des choses remarquables, tout en prenant bien garde de ne pas raconter d'absurdités. Je parlerai également ici d'un projet baptisé Frappe orbital cinétique (FOC), présent à la fin de notre histoire. Il s'agit d'un projet tout à fait réel conçu dans les années 1950, et je parlerai également d'un certain « Projet Thor ». Comme je l'ai fait dans *Menace primale*, je reprendrai le concept d'anneau de distorsion, et même s'il n'existe absolument rien dans la science d'aujourd'hui qui possède de telles propriétés, ce concept ne relève pas pour autant du domaine de la fantaisie la plus totale ; il y a en fait des éléments de physique raisonnables derrière tout cela !

En fournissant des explications relativement brèves de concepts qui peuvent être très complexes, mon intention est surtout de vous permettre de comprendre globalement tel ou tel sujet. Ceux qui voudraient en savoir plus trouveront également ici suffisamment de mots-clés pour entreprendre leurs propres recherches, et acquérir une compréhension plus complète de l'un ou l'autre de ces sujets.

Bon, assez bavardé ! Passons à présent à la science de la science-fiction.

Le réseau du Tube :

Dans cette histoire, nous présentons un nouveau système de transport qui est devenu le principal moyen d'aller d'un point A à un point B en très peu de temps, même si je sais qu'il peut sembler quelque peu fantaisiste qu'un voyage de New York à Los Angeles puisse ne prendre qu'une heure, alors que la même distance par avion aujourd'hui prend généralement le triple, au minimum.

Les éléments d'un tel moyen de transport ont pourtant déjà été évoqués dans la culture populaire par Elon Musk avec un projet de train supersonique appelé Hyperloop. Le principe du réseau du Tube n'est pas différent.

Le plus gros problème du transport à grande vitesse aujourd'hui reste le frottement. Non pas tant le frottement des pneus sur la route que le frottement de l'air. Même un avion se heurte à la résistance de l'air – la fameuse « traînée » – encore plus dense à grande vitesse. Songez à la dévastation qu'un ouragan peut causer lorsque des vents de 300 kilomètres à l'heure s'abattent sur la plupart des bâtiments.

Imaginez maintenant des vents de 700, 1 000, voire 2 000 kilomètres-heure. Peu de matériaux sont capables de résister à de tels frottements. Mais au fait, dans quelles conditions n'y a-t-il pas de frottement ?

Dans le vide.

Comme dans le vide spatial, les choses peuvent se déplacer pratiquement aussi vite qu'elles le veulent sans subir d'effets néfastes parce que le vaisseau spatial ou je ne sais quoi pousse dans le vide. Le réseau du Tube (tout comme l'Hyperloop proposé par Musk) comporte deux éléments clés indispensables à son fonctionnement. D'abord, pas de frottement sous le véhicule. Les technologies existantes associées à la lévitation magnétique permettent de résoudre ce problème. En substance, les trains à grande vitesse avanceraient non pas sur des roues, mais sur un coussin magnétique, sans qu'il n'y ait le moindre contact entre le train et le rail en dessous.

L'autre élément est la nécessité d'un vide. En créant un Tube et en aspirant tout l'air qu'il contient, le train devient en quelque sorte un vaisseau spatial autonome sur Terre. Il se déplace sans frottement et peut atteindre des vitesses étonnantes.

Pour vous donner un exemple pratique, imaginons que vous êtes dans l'une de ces capsules tubulaires que j'ai décrites dans le livre. Pour ne pas que les gens éprouvent un trop grand stress, l'accélération maximale sera d'environ 0,3 G, ce qui correspond à la force que l'on ressent au décollage d'un avion de ligne.

Supposons maintenant que vous partiez d'une position debout, à 0 kilomètre-heure. Au bout d'une minute d'accélération, vous rouleriez à près de 600 kilomètres-heure. Au bout de cinq minutes, vous atteindriez plus de 3000 kilomètres-heure.

Incroyable, n'est-ce pas ?

La technologie permettant une telle chose existe, mais la raison pour laquelle elle n'est pas encore mise en pratique est que le développement d'un moyen de maintenir un véritable vide sur de longues distances représente un coût énorme. Mais gageons que ces questions seront résolues au fil du temps et de l'évolution des technologies, aussi bien que des sources d'énergie.

Par conséquent, si l'on me demandait si je pense que nous disposerons d'un réseau de « tubes » d'ici une centaine d'années, je dirais qu'il y a de fortes chances pour que ce soit le cas, oui.

Le communicateur en temps réel :

Le communicateur en temps réel. Dans le domaine de la science-fiction, il s'agit d'une sorte de trope. Comment Star Trek peut-il communiquer avec une flotte stellaire à travers la galaxie et avoir une conversation en va-et-vient ? Cela devrait être impossible. Voici pourquoi…

Imaginons que vous souhaitiez parler à quelqu'un qui se trouve à une minute-lumière de vous. (Une minute-lumière étant la distance parcourue par la lumière en une minute).

Imaginons que vous décrochiez votre téléphone et que vous entamiez la conversation. Cela ressemblerait à quelque chose comme ceci :

VOUS : *«Bonjour »*.

UN AMI : Il vous entend dire «Bonjour» une minute plus tard ; puis il vous dit: *«Tu me dois cinq dollars»*.

VOUS : Après avoir attendu deux minutes au total, vous entendez : *«Tu me dois cinq dollars»*.

Comme série TV captivante, ou conversation pratique, on a vu mieux ! Alors, comment résoudre ce problème ? Dans de nombreux romans de science-fiction, on fait un signe de la main et on dit qu'on utilise l'intrication quantique. En clair, il n'existe pas de solution raisonnable à ce problème. Je vais vous expliquer pourquoi, tout en m'efforçant de vous exposer comment on pourrait y parvenir sans tomber dans le grotesque.

Tout d'abord, qu'est-ce que l'intrication quantique ?

En deux mots, l'intrication quantique est l'idée selon laquelle, par le biais de diverses méthodes, un objet unique peut être divisé en deux parties, chacune des parties finissant par partager un lien invisible, même si la distance qui les sépare est relativement grande.

Imaginons un instant que je prenne un bonbon et que je le coupe en deux à l'aide d'un couteau disons très spécial. Il en résulte deux morceaux de bonbons, mais qui ont une propriété étrange. Quand je retourne l'un des deux, l'autre se retourne également. Magique ? Croyez-moi, pour la plupart des gens, c'est presque du vaudou.

Ce qui est étonnant, c'est que l'intrication quantique a déjà été vérifiée expérimentalement, tant au niveau subatomique qu'au niveau macroscopique, à l'aide de deux petits diamants.

Imaginons quelqu'un qui aurait un téléphone « intriqué » ; l'un des postes se trouverait chez vous, et l'autre à l'autre bout de la galaxie. Vous pourriez avoir une conversation agréable sans retard.

J'entends la plupart d'entre vous me dire d'arrêter là. Mais je ne peux pas, car même si tout ce que j'ai dit plus haut est vrai, ce que j'ai décrit est également absurde.

Ce qui suit ne s'adresse qu'aux plus courageux d'entre vous, le niveau étant celui d'un cours de troisième cycle :

Il y a une faille fondamentale dans ce scénario, mais avant de l'aborder, essayons de décrire à quoi ressemble un protocole de communication pratique.

Lorsque nous envoyons un message à quelqu'un, nous avons toujours entendu dire que nous envoyons des 1 et des 0, et c'est vrai, mais dans la pratique, nous envoyons des messages que nous pouvons lire, comme « Hello » («Bonjour»).

Concentrons-nous sur le «H» de « Hello », et permettez-moi

de vous exposer un exercice d'encodage rudimentaire.

Numériquement, un «H» équivaut à un 01001000, en tant que caractère ASCII codé sur huit bits. Pour les informaticiens, c'est l'équivalent d'un 72 décimal ou d'un 48 hexadécimal. Mais, encore une fois, en termes de 1 et de 0, notre «H» est connu sous la désignation 01001000. Il s'agit d'un codage sur huit bits, parce que chaque bit (le 1 ou le 0) occupe un espace, et que pour coder un de nos caractères lisibles par l'homme, il faut une combinaison de huit 1 et 0.

Ainsi, si je disposais d'un dispositif à intrication quantique, j'aurais besoin de huit bits différents pour obtenir une intrication ; et donc il suffirait que quelqu'un mette en place le modèle correct, pour que je puisse lire le «H» à distance. Génial, non ?

Bien sûr, comme vous vous en doutez probablement, il y a un « mais ».

Chaque fois que vous lisez un de ces bits intriqués, il se démêle. Donc, en gros, chaque extrémité a une chance d'écrire ou de lire. Et une fois que vous l'avez fait, ces bits ne parlent plus avec leurs frères et sœurs, et c'est terminé. Et ce qui est encore pire, c'est que si vous lisez quelque chose avant que quelqu'un n'ait envoyé le message, vous ne recevrez jamais ce dernier.

Bon, là, on est mal. Voilà pourquoi j'ai dit que l'utilisation de l'intrication quantique est un peu absurde si l'on n'a pas pris soin d'y réfléchir longuement au préalable. Surtout lorsque l'auteur se contente d'expliquer «J'ai utilisé l'intrication quantique» pour résoudre le problème, à l'occasion du fameux « éclair de génie » dans le roman. J'aime aller plus loin.

Alors, que faire ? N'oubliez pas, les amis, que j'aime vous

présenter des choses qui *pourraient* être, autant que possible.

J'ai longuement réfléchi à cette question et voici un scénario possible, compte tenu de ce que nous savons de l'intrication quantique.

Imaginez que vous disposiez d'un chargeur (d'arme à feu, donc un « magasin » pour utiliser le terme correct) rempli d'ensembles de ces huit bits intriqués. Dès que vous avez utilisé un ensemble, le suivant apparaît, et cetera. Étant donné que nous parlons de particules dont la taille pourrait très facilement être subatomique, ce « magasin » pourrait contenir un nombre incroyable d'ensembles de bits intriqués. Je dirais même que vous auriez deux magasins, l'un pour lire, l'autre pour envoyer. Bon, d'accord, et maintenant ?

Imaginez que vous disposiez d'une horloge de haute précision synchronisée sur les deux communicateurs. En gros, le principe serait que chaque communicateur lise et envoie régulièrement, disons toutes les millisecondes, un ensemble de bits. Après chaque message, les bits non mélangés sont mis au rebut et la série suivante est utilisée, sur les deux appareils. De cette manière, ils sont toujours synchronisés et se parlent par l'intermédiaire du bon ensemble de particules intriquées.

Ainsi, lorsqu'un message est envoyé par quelqu'un, il est immédiatement reçu. C'est ce qui constitue la base du communicateur en temps réel.

Vous devez considérer les magasins comme une sorte de batterie. Chaque communicateur ne peut fonctionner que pendant un nombre « n » d'années, avant d'être à court d'ensembles de bits intriqués.

Et je précise que je n'ai abordé là que la transmission d'un seul caractère. En fin de compte, cette méthode peut être utilisée pour transmettre des messages textuels, aussi bien que des fichiers audio et vidéo.

Sommes-nous tout près de fabriquer une de ces choses ? Non... et puis, il y a la question de savoir s'il est possible d' « écrire », de forcer explicitement les paramètres – mais la science n'est pas loin de pouvoir rendre cela possible.

Le Projet Thor :

J'ai parlé du FOC, le projet de frappe orbital cinétique, ou bombardement cinétique, un concept dans lequel des tiges de tungstène de la taille d'un poteau de téléphone sont placées en orbite dans l'espace, puis larguées sur des cibles qui ne se doutent de rien. Ce concept peut sembler quelque peu fantaisiste, et il a certainement déjà été utilisé dans l'univers de la science-fiction comme arme. La vérité, c'est que ce concept a été développé dans les années 1950 par le Dr Jerry Pournelle alors qu'il travaillait chez Boeing, où il analysait les propositions de nouveaux systèmes d'armement. Il avait surnommé « Projet Thor » l'idée d'un tel système.

Le principe scientifique de ce système est en fait assez simple. Les tiges métalliques sont en tungstène, un matériau très dense et résistant à la chaleur. Son point de fusion est supérieur à 3000 degrés Celsius, alors que l'acier fond à environ 1400 degrés. Cela peut ne pas sembler très destructeur, mais si l'on prend un matériau très dur et très dense et qu'on le projette à très grande vitesse, on obtient des impacts capables d'imiter de petites explosions nucléaires, quoique sans les radiations et les retombées.

Selon les estimations de l'Armée de l'air, une tige de tungstène d'environ six mètres de long sur trente centimètres d'épaisseur, et pesant approximativement huit mille cinq cents kilos, percuterait la Terre à une vitesse dix fois supérieure à celle du son, et équivaudrait à douze tonnes d'explosifs dit « brisants » (capables de fragmenter une cible). Cela suffirait à dévaster des dizaines de pâtés de maisons et à détruire complètement de solides bâtiments en béton. Il est également probable que la tige en question ferait exploser les fenêtres à près d'un kilomètre autour du point d'impact.

En poussant les choses à l'extrême, on pourrait imaginer un petit moteur accélérant la tige sur son trajet, en augmentant la vitesse ; avec un diamètre un plus important, on pourrait obtenir des impacts à près de 50000 kilomètres-heure, et l'équivalent de 500 tonnes d'explosifs « brisants ». La destruction toucherait alors la plupart des bâtiments dans un rayon de près d'un kilomètres autour du point d'impact, et ferait exploser les vitres des bâtiments à plus de deux kilomètres à la ronde.

La plupart des éléments du roman sont exacts. La technologie connue permettrait sans difficulté de créer des petits moteurs accélérant ces tiges, ou de viser une cible particulière à partir de coordonnées GPS. En outre, ce type d'arme serait très difficile à détecter avant qu'elle n'atteigne sa cible, notamment du fait qu'elle n'aurait pratiquement pas de SER, ou de « section équivalente radar ». Le lancement serait indétectable, puisqu'il s'agirait tout simplement d'un objet tombant de l'espace.

Le principal point négatif de cette solution est son coût. Mettre ces barres en orbite coûterait des sommes folles.

Se pourrait-il qu'il y en ait déjà aujourd'hui ?

Difficile de le savoir, mais je suis sûr que si c'est le cas, l'information est classifiée.

Les nanites :

Bien que les applications spécifiques des nanites dans ce roman soient fictives, les nanites eux-mêmes ne relèvent pas de la fiction. Le monde de l'ingénierie a la capacité de créer des objets au niveau moléculaire depuis un certain temps.

Le meilleur exemple en est la fabrication d'unités centrales d'ordinateurs. Aujourd'hui, nous fabriquons de l'électronique en masse avec des processus opérationnels sur des dimensions incroyablement réduites, de l'ordre de sept nanomètres. C'est plus de mille fois plus petit que la largeur du cheveu le plus fin. La largeur moyenne d'un atome est de 0,1 à 0,3 nanomètre.

Nous avons même réussi à fabriquer de minuscules machines à l'échelle nanométrique. Un nanite est un petit robot. Un nano-robot, en quelque sorte. Il y a quelques temps déjà que la médecine nous promet des robots de la taille d'une molécule. Le concept que j'ai utilisé dans *Opération main morte (Levi Yoder, t.1)*, où ces «médecins minuscules» sont capables de réparer le corps (dans les limites du raisonnable) et de repousser les maladies, n'est pas aussi ridicule qu'il n'y paraît.

Aujourd'hui, il est déjà possible de synthétiser des nanites capables de déterminer leur position, et de délivrer de minuscules unités d'un médicament au bon endroit. Par exemple, si l'un de ces nanites transportait un médicament destiné à traiter une forme spécifique de cancer, il serait porteur également d'un capteur qui l'aiderait à identifier sa cible moléculaire.

Les avantages d'une approche aussi précise sont

évidents. Songez aux chimiothérapies, qui inondent le corps entier de poisons, endommageant les cellules saines en même temps que les cellules cancéreuses. Les nanites pourraient être «programmés» pour ne cibler que les cellules malades.

Pourtant, aujourd'hui, nous n'utilisons pas les nanites comme de minuscules médecins. Pourquoi ?

De nombreux défis se posent, parmi lesquels la capacité de fabriquer ces nanites en quantité suffisante pour effectuer des tests cliniques. Aujourd'hui, cette fabrication est extrêmement coûteuse et, franchement, c'est le principal obstacle technique.

Mais une fois cet obstacle franchi, le champ est ouvert pour ce qui pourrait être une révolution dans le domaine de la médecine, en générant des méthodes entièrement nouvelles pour traiter le cancer, d'autres maladies, et peut-être même arrêter le processus de vieillissement.

L'anneau de distorsion :

Dans ce livre, je décris ce que le docteur Holmes a appelé un « anneau de distorsion », et je me réfère souvent au phénomène créé par cet anneau en parlant de bulle de gravité.

Le concept est assez simple à imaginer. Vous enveloppez quelque chose (par exemple un vaisseau, la Terre, etc.) dans une bulle, et c'est la bulle qui voyage à des vitesses extrêmes, alors que tout ce qui se trouve à l'intérieur de la bulle n'a aucun sens relatif du mouvement.

On pourrait croire le concept tout droit sorti d'un roman de « space fantasy », et pourtant il existe bien des publication scientifiques sur le sujet. Je me suis servi d'un article en particulier pour élaborer une partie de mon modèle concernant ce que cet anneau de distorsion pourrait faire.

Je vous renvoie à ce document écrit par Miguel Alcubierre et intitulé *« Le moteur de distorsion : le voyage supraluminique dans la relativité générale. »*.

Je me suis également référé aux travaux du docteur Harold « Sonny » White, du Centre spatial Johnson de la NASA. Il a publié un excellent papier basé sur la métrique d'Alcubierre, intitulé « Mécanique du champ de distorsion ».

Beaucoup s'arrêteront probablement ici, mais pour les autres, j'aborderai brièvement quelques points plus complexes.

On notera d'abord que le Dr. Alcubierre mentionne dans son titre le concept de relativité générale, et il le fait pour une raison bien précise : il y a une différence entre la relativité générale et la relativité restreinte.

Pour la relativité restreinte, des observateurs situés à différents points de référence, mesureront la masse et la vitesse différemment, parce que l'espace et le temps se dilateront et se contracteront de telle sorte que la vitesse de la lumière dans un espace vide soit constante pour tous les observateurs.

Un exemple permet souvent de mieux comprendre le problème. Disons que j'allume une lampe-torche : la lumière qu'elle répand va se diffuser à la vitesse de 300 000 kilomètres par seconde, notée généralement « c ». Si je me trouve à bord d'un vaisseau spatial voyageant à 0.5 c. et que j'allume cette même lampe-torche, la lumière qui en sort voyagera également à c.

Je vois certains d'entre vous se gratter la tête et se poser la même question : imaginons que je me tienne sur Terre, et que je puisse voir la lumière du vaisseau spatial se diffuser, est-ce qu'elle voyagera à la vitesse de 1.5 c ? Et dans le cas contraire, pourquoi ?

Pour la personne qui se trouve à bord du vaisseau spatial, tout semble se produire normalement, alors qu'en fait le temps et l'espace se distordent autour d'elle. Le temps ralentit, et les distances se contractent. C'est ce qui permet à cette personne dans le vaisseau et à celle qui l'observe, de voir toutes deux les choses conformément à la relativité restreinte.

Ici, je laisse le lecteur cogiter un peu, et je m'excuse sincèrement auprès de lui si tout cela est difficile à comprendre ; *c'est* un sujet compliqué.

Il se trouve que la relativité restreinte constitue en réalité une sorte de sous-ensemble de la relativité générale, qui décrit l'espace-temps en soi. L'espace-temps est en fait un modèle dans lequel l'espace et le temps sont entremêlés, pour simplifier les discussions concernant les quatre dimensions. Ici, Einstein a déterminé que les grands objets causent une distorsion de l'espace-temps, et que cette distorsion est connue comme étant la gravité.

Toute proposition de voyager à de très grandes vitesses nécessite la prise en compte de cette distorsion de l'espace-temps.

L'anneau de distorsion exploite ce fait de la même manière que l'article d'Alcubierre. Il tire parti de l'expansion et de la contraction de l'espace lui-même et, ce faisant, enveloppe l'objet dans une espèce de bulle. Cet objet (un vaisseau ou la Terre, par exemple) ne bouge pas ; c'est l'espace qui bouge autour.

Dans notre histoire, la Terre se déplace sur cette distorsion, un peu comme le surfeur sur une vague.

Je conseillerais également de se renseigner sur la théorie de l'inflation cosmique. Elle fournit une base solide pour en apprendre plus sur le mouvement supraluminique (dont la vitesse est supérieure à celle de la lumière).

J'ajouterais que des effets de la relativité comme la dilatation temporelle ont été vérifiés de manière expérimentale. Je vous renvoie aux expériences menées par Hafele et Keating de l'Observatoire naval des États-Unis, lesquels ont documenté ce qui survient quand quatre horloges atomiques d'une incroyable précision sont synchronisées, et que deux d'entre elles font plusieurs fois le tour du monde en avion, tandis que les deux autres restent à la même place. Quand les horloges sont réunies et les heures indiquées comparées, il est constaté que les horloges qui ont voyagé à grande vitesse présentent un infime décalage.

Les explications que je donne dans ce livre sont conformes au concept de « warp drive », ou propulsion par distorsion, auquel le D$^\text{r.}$ Alcubierre fait référence.

Les deux seules choses qui empêchent encore que tout ceci relève de la réalité sont l'absence d'une source d'énergie suffisamment puissante (même si nous n'en sommes plus très loin), et le concept toujours théorique de masse négative. Il ne nous restera alors qu'à envelopper les objets dans une bulle, ou quelque chose qui y ressemble, puis d'isoler cette bulle gravitationnellement, pour que tout ce qui s'y trouve ne ressente pas le mouvement.

Cool, non ? J'attends impatiemment la naissance d'un D$^\text{r.}$ Holmes, qui résoudra concrètement le problème et nous fera entrer dans une nouvelle ère.

L'ascenseur spatial :

Il y a longtemps déjà que la science-fiction s'est emparée du concept d'ascenseur spatial, mais aujourd'hui ce concept n'a plus grand-chose de fictionnel.

Qu'est-ce qu'un ascenseur spatial ?

Essayons de faire simple : imaginez que vous puissiez placer un objet très loin dans l'espace qui maintiendrait une orbite géosynchrone. C'est ce que nous faisons régulièrement quand nous lançons des satellites. Un tel objet pourrait servir de point d'ancrage à un ascenseur, ou quelque chose qui y ressemble.

Imaginez maintenant que vous puissiez descendre une corde depuis une telle hauteur et attacher celle-ci à l'endroit où elle tombe sur Terre. Il ne resterait dès lors qu'à faire monter ou descendre des objets dans l'espace.

Pourquoi faire cela ?

Eh bien, pour commencer, parce que la technologie actuelle fait qu'envoyer des fusées dans l'espace coûte très cher en ressources. Et puis, si nous avions une myriade d'ascenseurs spatiaux en place, il serait beaucoup plus facile d'assembler de grands objets (des vaisseaux spatiaux, pourquoi pas ?) dans l'espace.

Bon, alors qu'est-ce qu'on attend pour s'y mettre ? Quel est le problème ?

Le problème ? C'est toujours le même : le matériau dans lequel fabriquer cette « corde » hypothétique.

Prenons quelques exemples pour l'illustrer.

D'abord, pour maintenir une orbite géosynchrone, il faut se trouver environ à trois cent cinquante mille kilomètres de la

Terre. C'est la hauteur à laquelle la gravité vous tire vers le bas et la force centrifuge qui vous fait voler s'équilibrent.

Cela signifie que nous avons besoin d'une corde d'une longueur minimale de trois cent cinquante mille kilomètres. Alors, combien pèse une telle chose ?

Prenons l'exemple de la corde la plus légère que je connaisse. Cette corde pèse quarante-huit grammes au mètre linéaire, et a une capacité de charge impressionnante de sept cent cinquante kilos.

Combien pèserait trois cent cinquante mille kilomètres de cette corde ?

D'après ma calculatrice, nous arrivons à un total de 1,699,467 kilos juste pour la corde. Cela signifie en gros que cette corde n'est pas assez solide pour supporter son propre poids, sans même parler d'une charge supplémentaire.

Voilà qui illustre le plus gros problème que posent ces ascenseurs spatiaux : dans quel matériau les concevoir.

Dans cette histoire, j'ai longuement parlé du graphène. Je laisse au lecteur qui est intéressé par le sujet le soin d'aller chercher des informations sur ce matériau et ses possibilités, mais disons juste que si nous parvenions à produire massivement du graphène (ce qui n'a rien d'impossible), alors ce concept de l'ascenseur spatial deviendrait quelque chose à la fois de réel et d'extrêmement pratique.

Je noterais enfin que le graphène a des propriétés physiques proprement stupéfiantes, notamment une conductivité électrique et thermique qui surpasse de loin celle de tous les types de « conducteurs » connus.

À PROPOS DE L'AUTEUR

Je suis un fils de militaire, un polyglotte et la première personne de ma famille à être née aux États-Unis. Toute ma jeunesse en a été influencée ; cela a instillé en moi l'amour de la lecture, et une curiosité pour le monde et tout ce qu'il renferme. Adulte, ma passion des voyages et de l'aventure m'a permis d'explorer d'innombrables lieux inimaginables, qui servent parfois de cadre aux histoires que j'écris.

J'espère encore une fois que celle-ci vous a plu.

Mike Rothman

Pour suivre mon actualité ou me contacter, rendez-vous sur mon blog : www.michaelarothman.com, sur ma page Facebook : www.facebook.com/MichaelARothman, ou sur Twitter : @MichaelARothman